Wie jeden Sonntagmittag wollte ich nicht hin. Wie jeden Sonntagmittag trödelte ich herum und versuchte, ein bisschen Zeit herauszuschinden. Nur …

»Iris!«, rief Pierre. »Was treibst du noch?«

»Schon gut, komme gleich.«

»Beeil dich ein bisschen, wir kommen noch zu spät.«

Warum hatte mein Mann es so eilig, zum Mittagessen zu meinen Eltern zu fahren? Während ich sonst was in Kauf genommen hätte, um diesem Essen zu entgehen. Das einzig Gute daran war, dass ich mein neustes Kleid einweihen konnte. Am Abend vorher hatte ich ihm den letzten Schliff gegeben und war nun mit dem Ergebnis sehr zufrieden. Ich tat, was ich konnte, um mein Nähtalent zu pflegen und nicht aus der Übung zu kommen. Außerdem vergaß ich beim Schneidern alles: meine sterbenslangweilige Arbeit bei der Bank, die Routine meines Lebens und den Niedergang unserer Beziehung. Ich hatte dann nicht mehr den Eindruck zu verlöschen. Im Gegenteil, ich fühlte mich lebendig: Wenn ich an meiner geliebten Nähmaschine saß oder Entwürfe zeichnete, pulsierte das Leben in mir.

Ich betrachtete mich ein letztes Mal im Spiegel und seufzte.

Dann ging ich zu Pierre in die Diele, er stand da und tippte auf seinem Handy herum. Ich beobachtete ihn einige Augenblicke lang. Jetzt kannte ich ihn schon seit zehn Jahren, doch seine Sonntagskluft hatte sich um kein Jota verändert: Oxfordhemd, Baumwollhose und die ewigen Bootsschuhe.

»Da bin ich«, sagte ich.

Er zuckte zusammen, als hätte ich ihn bei etwas ertappt, und steckte das Telefon in die Tasche.

»Wurde auch Zeit«, schimpfte er und zog seine Jacke über.

»Sieh mal, das hab ich gestern fertig genäht. Wie findest du es?«

»Sehr hübsch. Wie immer.«

Er hatte schon die Haustür geöffnet und war auf dem Weg zum Wagen. Mir hatte er keinen einzigen Blick gegönnt. Wie immer.

Punkt 12 Uhr 30 parkte er unseren Wagen vor dem Haus meiner Eltern. Mein Vater machte uns die Tür auf. Das Rentnerdasein bekam ihm nicht gut, sein Bauch wurde stetig dicker, und sein Sonntagsschlips schien ihn immer mehr zu beengen. Er schüttelte seinem Schwiegersohn die Hand und gab seiner Tochter einen flüchtigen Kuss, bevor er Pierre ins Wohnzimmer zog, um den traditionellen Portwein zu trinken. Ich begrüßte kurz meine beiden älteren Brüder, die schon beim zweiten Glas waren. Einer lehnte am Kamin, der andere saß Zeitung lesend auf dem Sofa, allgemeines Gesprächsthema war die aktuelle politische Lage. Dann ging ich zu den Frauen in die Küche. Meine Mutter, die Schürze um die Taille gebunden – und das nun schon seit vierzig Jahren –, überwachte die sonntägliche Lammkeule und öffnete Dosen mit grünen Bohnen, während meine Schwägerinnen sich um das Mittagessen ihrer Sprösslinge kümmerten. Die Kleinsten bekamen die Brust. Die Größeren unterbrachen ihr Festmahl – Dauphine-Kartoffeln mit einer Scheibe kaltem Braten –, um ihre Tante auf die Wange zu küssen. Ich half meiner Mutter ein wenig, schleuderte den Salat und rührte die Salatsoße an, während ich allen dreien zuhörte, wie sie über Madame X schwatzten, die einen Aufruhr in der Apotheke veranstaltet habe, und über Monsieur Y, bei dem Prostatakrebs diagnostiziert worden sei. Und meine Mutter kommentierte je nachdem: »Sie sollte sich schämen, sich so aufzuführen, das gehört sich wirklich nicht.« Oder: »Das ist schon traurig, er ist noch so jung …« Ich für meinen Teil schwieg, ich hasste solchen Tratsch.

Ich schwieg auch während des Essens, bei dem wie immer mein Vater den Vorsitz führte. Hin und wieder warf ich einen Blick auf Pierre, der jedoch fühlte sich pudelwohl in meiner Familie, die doch so langweilig war und das genaue Gegenteil meiner Wünsche und Hoffnungen. Um mich abzulenken, machte ich mich nützlich wie früher, als ich noch »die Tochter des Hauses« war. Natürlich, wir waren ja auch die einzigen Kinderlosen. Als ich die Käseplatte brachte, sprach mich eine meiner Schwägerinnen an.

»Iris, dein Kleid ist toll! Wo hast du es aufgetrieben?«

Ich lächelte ihr zu und spürte endlich Pierres Blick auf mir ruhen.

»Auf meinem Speicher.«

Sie runzelte die Stirn.

»Ich habe es selbst genäht.«

»Stimmt, ich hatte vergessen, dass du ab und zu ein bisschen nähst.«

Am liebsten hätte ich ihr gesagt, dass sie nicht die Einzige war, die es vergaß, aber ich schwieg. Ich hatte keine Lust, gerade jetzt einen Streit vom Zaun zu brechen.

»Du hast wirklich Talent, ich bin ganz hin und weg. Glaubst du, du könntest mir auch eins nähen?«

»Gern, wenn du möchtest. Lass uns noch mal darüber sprechen.«

Es grenzte an ein Wunder, dass sie ernsthaft daran dachte, ein Kleid zu tragen. Dabei hätte ich die Herausforderung, meine Schwägerin umzustylen, nur zu gern angenommen, denn sie versteifte sich darauf, ihre üppigen Formen – eine Folge ihrer Schwangerschaften – zu verstecken, indem sie nur Hosen und Schlabberpullis trug.

Das daraufhin eintretende Schweigen kühlte die Atmosphäre deutlich ab. Ich zog es vor, mich wieder auf meinen Platz zu setzen und das Thema nicht zu vertiefen. Es war hart, wieder einmal mit meinem geplatzten Traum konfrontiert zu werden.

»Trotz allem schade, dass Iris diese Schule nicht besuchen konnte«, sagte mein ältester Bruder.

Ich stellte mein Glas wieder ab, noch bevor ich einen Schluck Wein getrunken hatte. Mit schief gelegtem Kopf schaute ich ihn an. Er sah aus wie jemand, der sich gerade einen Lapsus geleistet hat. Dann wandte ich mich meinen Eltern zu, die unbehaglich auf ihren Stühlen herumrutschten.

»Von welcher Schule redest du?«

»Du hast ihn missverstanden«, antwortete meine Mutter. »Dein Bruder wollte bloß sagen, du hättest auf diesem Gebiet mehr Erfolg haben können.«

Ich lachte bitter auf.

»Stimmt, Maman. Ihr habt mich wirklich sehr unterstützt. Wie konnte ich das vergessen.«

Ich fühlte mich um mehr als zehn Jahre zurückversetzt, damals hatte ich ihr eine komplette Festgarderobe geschneidert. An jenem Tag hätte es mir weniger wehgetan, wenn sie mich geohrfeigt hätte, doch:

»Iris, erwartest du etwa ernsthaft, dass ich diesen Fetzen auf der Hochzeit deines Bruders trage?« Mit diesen Worten hatte sie das Kleid auf einen Stuhl geschleudert.

»Maman, probier es wenigstens an«, hatte ich sie angefleht. »Ich bin sicher, du siehst darin wunderschön aus, und ich habe so lange daran gearbeitet …«

»Wenn man sieht, was dabei rausgekommen ist, hättest du wohl besser für die Schule gelernt!«

Die Stimme meines Bruders holte mich in die Gegenwart zurück. Er musterte meine Eltern und schien jetzt sehr mit sich zufrieden, weil er dieses Thema, das während meiner ganzen Jugend ein Streitthema zwischen ihnen und mir gewesen war, zur Sprache gebracht hatte.

»Also wirklich: Sagt es ihr. Es ist doch alles längst verjährt. Es kann ihr Leben nicht mehr ändern!«

»Würde mir vielleicht mal jemand erklären, worum es hier geht?« Ich stand wütend auf. »Papa? Maman?«

Meine Schwägerinnen warfen ihrem jeweiligen Mann einen fragenden Blick zu und standen ebenfalls auf. Rein zufällig brauchten die Kinder gerade ihre Mutter. Auch Pierre stand auf, trat hinter mich und legte mir die Hände auf die Schultern.

»Beruhige dich«, murmelte er mir ins Ohr, bevor er sich an meine Familie wandte: »Was ist das für eine Geschichte?«

»Schon gut, ich erkläre es dir«, mischte sich mein ältester Bruder ein, nachdem er sich vergewissert hatte, dass die Kinder außer Hörweite waren. »Iris, du hast dich doch nach der Schule an einer Schneiderschule beworben, ohne jemandem etwas davon zu sagen, oder?«

»Woher weißt du das? Und außerdem haben sie mich ja sowieso nicht genommen.«

»Das hast du geglaubt, weil du nie eine Antwort bekommen hast … Aber da irrst du dich eben.«

In meinem Hals bildete sich ein Kloß, ich begann zu zittern.

»Du bist angenommen worden, du hast es nur nie erfahren.«

Wie durch einen Nebel hörte ich meinen Bruder erzählen, dass unsere Eltern meine Post geöffnet und so entdeckt hatten, was ich hinter ihrem Rücken unternommen hatte. Ich hatte damals geglaubt, sobald ich diese verdammte Handelsschule hinter mir hätte, auf die sie mich gegen meinen Willen geschickt hatten – denn ich träumte nur von Nähmaschinen und Modehäusern –, wäre ich frei zu tun, was ich wollte. Schließlich war ich endlich volljährig, also konnten sie mir keine Vorschriften mehr machen.

Doch die Wahrheit war anders, ganz anders, und heute erfuhr ich sie: Sie hatten beschlossen, diesen Brief aus der Welt zu schaffen, und hatten ihn verbrannt. Sie hatten mich betrogen. Ich fühlte mich, als wäre ich gerade von einer Dampfwalze überrollt worden. Meine eigenen Eltern hatten mir mein Leben gestohlen. Ich schwankte und musste die Übelkeit niederkämpfen, die in mir hochstieg. Doch das Schwächegefühl verflüchtigte sich schnell, der Zorn gewann die Oberhand.

»Tut uns leid, wir hätten damals eingreifen sollen.«

Die Entschuldigungen meiner Brüder waren mir egal, sie hatten nie unter der autoritären Knute meiner Eltern leiden müssen. Schon weil sie Jungen waren. Und dann, weil sie Jura und Medizin studiert hatten. Das passte natürlich besser zur Vorstellung unserer Erzeuger. An die wandte ich mich jetzt, bereit, sie zu beißen, ihnen an die Kehle zu gehen.

»Wie habt ihr mir das antun können? Ihr seid… Es ist… Es ist widerlich!«

»Dein Nähfimmel war immer nur lächerlich«, erwiderte mein Vater kühl. »Wir konnten dich doch nicht als Arbeiterin in einer Bekleidungsfabrik enden lassen.«

»Wenn ich diese Schule besucht hätte, wäre ich nicht in einer Fabrik gelandet! Und selbst wenn! Wenn ich es gewollt hätte? Habt ihr was gegen das einfache Volk? Ihr hattet nicht das Recht, meinen Brief zu öffnen, für mich zu entscheiden und alles zu zerstören…«

All die Jahre hatte ich mein Scheitern und die vermeintliche Ablehnung meiner Unfähigkeit zugeschrieben. Ich hatte gedacht, ich hätte nichts zu bieten, hätte keinen Funken Talent fürs Schneidern. Und dennoch war ich immer noch mit Nadel und Faden tätig und versuchte, mich immer weiter zu vervollkommnen. Ich hätte so viel Besseres leisten können. Nur ihretwegen musste ich mich jetzt in einer Bank herumquälen. Das alles sagte ich ihnen.

»Iris, jetzt reicht's«, sagte meine Mutter schneidend. »Du bist doch kein Kind mehr!«

»Ihr habt mich die ganze Zeit nur kleingemacht!«, schrie ich. »Ihr habt nie an mich geglaubt!«

»Wir haben getan, was das Beste für dich war. Du hast nie mit beiden Beinen auf dem Boden gestanden. Wie hätten wir dir das erlauben können, sechs Monate vor eurer Heirat? Der Termin stand schon fest, die Einladungen waren vorbereitet, das Kleid bestellt …«

»Mein lieber Pierre, du kannst uns wirklich dankbar sein«, mischte sich mein Vater ein.

»Zieht mich bloß nicht in diese üble Geschichte hinein und glaubt nicht, ich wäre euch dankbar. Wie können Eltern ihr Kind derart betrügen? Ihr sprecht von der Heirat? Genau, wir beide, Iris und ich, hätten über all das sprechen müssen. Ihr hattet nicht mehr das Recht, an ihrer Stelle zu handeln. Das wäre meine Rolle gewesen, mein Recht.«

Ich sah Pierre an. In Momenten wie diesem wusste ich wieder, wie sehr ich ihn liebte. Wenn er mich beschützte. Wenn er wieder zu dem Mann wurde, dem ich damals begegnet war: der sich für mich einsetzte, der mich schätzte, der mir Aufmerksamkeit entgegenbrachte, für den ich existierte. Nie hätte ich geglaubt, dass er mich meinen Eltern gegenüber derart verteidigen würde.

»Was nützt es, sich jetzt noch damit zu befassen?«, antwortete meine Mutter. »Was geschehen ist, ist geschehen. Und eines Tages wirst du uns dankbar dafür sein, dass wir für dich entschieden haben.«

»Wir gehen«, sagte ich zu Pierre.

»Natürlich, fahren wir heim.«

»Ach Iris, bleib doch, alles ist gut«, sagte mein Bruder.

»Sie haben alles kaputt gemacht. In einer Familie und in einem Haus, wo mich niemand respektiert, habe ich nichts mehr zu suchen! Ihr seid nichts als …«

»Ja, was?«

»Ihr seid kleinlich, verklemmt und borniert. Ich finde es zum Kotzen, euer Leben … Eine Bande von Reaktionären!«

Mein Vater sprang auf.

»Glaub nicht, du dürftest wiederkommen, bevor du dich entschuldigt hast!«

Ich sah ihm fest in die Augen. Pierre zog mich zurück und flüsterte mir ins Ohr, nicht zu weit zu gehen.

»Dazu wird es nicht kommen, und nicht *ich* habe mich zu entschuldigen.«

»Iris' Zorn ist berechtigt«, bekräftigte mein Mann.

Von ihm gestützt, verließ ich das Haus meiner Kindheit, vielleicht für immer. Ob ich ihnen je würde verzeihen können? Ich bezweifelte es.

Als wir endlich im Wagen waren, brach ich in Tränen aus. Pierre lehnte sich über die Gangschaltung und nahm mich in die Arme. Er rieb mir über den Rücken und murmelte mir tröstende Worte zu.

»Hättest du mich die Modeschule besuchen lassen?«, fragte ich schniefend.

»Natürlich«, erwiderte er nach einer kleinen Pause. »Aber fahren wir los, lass uns nicht hier herumstehen.«

Er ließ mich los, ich setzte mich wieder richtig auf den Sitz, und er ließ den Wagen an. Blicklos starrte ich aus dem Fenster. Was hätte ich auch sehen können? Eine bürgerliche Stadt an einem Sonntagnachmittag, das heißt, eine Geisterstadt. Wütend wischte ich mir die Tränen ab. Das Gefühl erlittenen Unrechts und meine Empörung waren stärker als alles andere. Innerlich kochte ich. Am liebsten hätte ich alles zerstört, alle zum Teufel geschickt. Warum waren meine Eltern immer so verbissen gegen mich gewesen? Was hatte ich ihnen getan? Sie hatten meine Wünsche völlig ignoriert, und von meinem Wunsch, Atelierleiterin zu werden, hatten sie erst recht nichts hören wollen. Was war daran so schlecht? Die ganze Zeit hatte ich gegen sie ankämpfen müssen, hatte ich ihnen zu beweisen versucht, dass ich das Zeug dazu hatte. Ich hatte nie aufgehört zu nähen, auch nicht, als sie mir verboten, eine Lehre zu machen, auch nicht, als sie mich studieren ließen. Jahrelang hatte ich sie verspottet, indem ich meine Nähmaschine auf dem Esstisch aufbaute, ausschließlich Selbstgeschneidertes trug und immer von den Bestellungen erzählte, die meine Freundinnen und deren Mütter bei mir aufgaben … Während ich so vor mich hinbrütete, lenkte Pierre schweigend den Wagen. Ich spürte, dass er mir Seitenblicke zuwarf, vermutlich besorgte Seitenblicke.

Als er den Wagen vor unserem Haus abgestellt hatte,

stieg ich aus und knallte die Tür zu. Ich hörte das Piepen der Zentralverriegelung.

»Iris, sag was, bitte … Verschließ dich jetzt nicht.«

Ich fuhr zu ihm herum.

»Was soll ich dir denn sagen? Dass sie mein Leben zerstört haben? Dass ich nicht so enden wollte?«

»Wie nett für mich. Ich wusste gar nicht, dass du derart unglücklich mit mir bist.«

Meine Schultern sackten nach unten, mit einem Mal war ich so müde. Ich ging auf ihn zu und schmiegte mich in seine Arme. Sein Körper war angespannt, ich hatte ihn verärgert.

»Pierre, mit dir hat das doch überhaupt nichts zu tun, bitte verzeih mir, ich habe mich falsch ausgedrückt. Ich bereue weder, dass wir zusammen sind, noch, dass wir geheiratet haben. Wie kannst du das nur denken? Ich bin froh, dass es dich gibt. Aber ich habe nie in einer Bank enden wollen, mein Ehrgeiz lag woanders, das weißt du doch, das habe ich dir nie verheimlicht.«

»Mal abgesehen davon, dass auch ich nichts von deiner Bewerbung an dieser Schule wusste.«

»Ich wollte dich überraschen. Also dann … wenn ich angenommen worden wäre.«

»Gehen wir ins Haus, ich hab wenig Lust, hier vor der Haustür zu diskutieren, wo uns alle sehen.«

Natürlich, die Nachbarn, insbesondere unsere Freunde, standen vermutlich hinter ihren Fenstern und fragten sich, was beim Arzt los war. Wahrscheinlich würde in den nächsten zwei Stunden ständig das Telefon klingeln. Unsere Freunde wohnten alle im selben Viertel – dem gefragtesten der Stadt. Man könnte sagen, sie wohnten in den fünf umliegenden Straßen. Außerhalb dieses Kreises hörte die Welt auf zu existieren.

Kaum waren wir drinnen, sprang mich die Stille in unserem Haus an, ich bekam Angst. Ich schleuderte meine Ballerinas weg und rollte mich auf dem Wohnzimmersofa zusammen.

Pierre hängte in aller Ruhe seine Jacke auf und legte das Portemonnaie und die Wagenschlüssel an ihren Platz. Dann kam er zu mir. Er deponierte das Handy auf dem Couchtisch, setzte sich neben mich und strich mir übers Haar.

»Chérie, ich weiß, es ist hart, was dir gerade widerfahren ist …«

»Das ist eine kleine Untertreibung.«

Er seufzte.

»Allerdings muss man zugeben, dass deine Mutter in einem Punkt recht hat: Das alles ist Vergangenheit. Du kannst die Geschichte nicht neu schreiben, du kannst den Lauf der Dinge nicht mehr ändern.«

»Wie aufbauend!«

»Ich sage ja nicht, dass du ihnen gleich verzeihen sollst, lass einfach etwas Zeit verstreichen. Aber jetzt hast du wenigstens den Beweis, dass du Talent hattest, diese Schule wollte dich haben … Du brauchst keinen Zweifel mehr daran zu haben, du kannst nähen.«

Er lächelte mich an und nahm mich in die Arme. Er konnte nicht verstehen, was ich empfand. Nichts und niemand hatte ihn daran gehindert, sich mit Leib und Seele der Medizin zu verschreiben. Sein Handy vibrierte und unterbrach meine Gedanken. Er richtete sich auf und wollte danach greifen.

»Nein, tu es mir heute Nachmittag nicht an, Pierre, bitte.«

»Aber …«

»Nein, heute kein Krankenhaus. Es ist Sonntag, du hast weder Dienst noch Bereitschaftsdienst. Sie haben kein Recht, dich anzufordern. Ich habe es satt, dass du immer strammstehst, wenn sie dich anrufen. Ich bin deine Frau, und heute bin ich diejenige, die dich braucht.«

»Keine Sorge, ich bleibe hier. Lass mich nur antworten.«

Ich nickte. Er tippte hastig eine SMS und legte das Handy seufzend auf den Tisch zurück. Dann drückte er mich wieder an sich.

Mir wäre es lieber gewesen, ich hätte nicht geweint, aber das schaffte ich nicht. Undenkbar, wieder einmal allein in unserem Haus zu sein, ohne ihn, weil er wieder ins Krankenhaus fuhr. Nicht heute. Nicht nach dem, was ich gerade erfahren hatte. Nicht jetzt, wo ich nicht wusste, wie ich mit dieser Neuigkeit, die meine Sicht der Dinge völlig durcheinandergebracht hatte, umgehen sollte.

2

Nachdem ich etwa zehn Tage düster vor mich hingebrütet und hin und her überlegt hatte, hatte ich endlich mein Lächeln wiedergefunden. An diesem Abend wollte ich Pierre überraschen. Ich kochte uns ein Liebesmahl mit allem, was dazugehört: Kerzen, guter Wein, hübsches Geschirr. Und ein Kleid, das leicht sexy wirkte – aber nicht zu sehr. Pierre war da eher konservativ. Als ich es ein letztes Mal anprobiert hatte, war mir der Gedanke gekommen, wie schade es doch sei, keine hohen Absätze dazu tragen zu können. Aber was sollte es. Im Augenblick war nur wichtig, was meinem Mann gefiel. Ich bezweifelte nicht, dass mein Vorhaben ein Schock für ihn sein würde, doch ich hoffte, das Estragon-Hühnchen würde die Neuigkeit verdaulicher machen. Und *last but not least* musste ich sicherstellen, dass alle meine Pläne nicht ins Wasser fielen. Ich hatte strenge Anweisung, ihn, außer in äußersten Notfällen, niemals im Krankenhaus anzurufen, aber eine SMS würde ihn nicht erzürnen: *»Bist du zum Abendessen da?«* Ich ging in der Küche auf und ab. Zu meiner größten Überraschung musste ich nur fünf Minuten auf die Antwort warten: *»Ja, sollen wir ins Restaurant gehen?«* Ich lächelte. Seit der Auseinandersetzung mit meinen Eltern gab er sich ein wenig Mühe. Dennoch ließ ich mich nicht von meinen

Plänen abbringen: *»Nein, wir bleiben zu Hause, ich habe eine Überraschung …«*, antwortete ich. *»Ich auch«*, verkündete er.

Zwei Stunden später hörte ich die Haustür klappen.

»Das riecht aber gut«, sagte Pierre, als er zu mir in die Küche kam.

»Danke.«

Er küsste mich, anders. Normalerweise hatte ich das Gefühl, durchsichtig zu sein, und spürte kaum seine Lippen auf meinen – der Routinekuss in Schlimmer. Doch jetzt war es tiefer, liebender. Hatte er etwa Lust auf einen sehr schönen Abend mit einem sehr schönen Ende? Ich hoffte es, und was mich anging, hätte ich auch gern mit dem Nachtisch angefangen. Ich klammerte mich an ihn und stellte mich auf die Zehenspitzen.

»Wir könnten auch später essen, weißt du«, murmelte ich.

Noch dicht an meinem Mund, lachte er leise.

»Erst will ich wissen, was deine Überraschung ist.«

Ich brachte unsere Teller, und wir setzten uns an den Tisch. Ich machte es noch ein wenig spannend und bat ihn, doch mit dem Essen anzufangen. Als er satt war, lehnte er sich in seinem Stuhl zurück. Auch ich legte das Besteck ab.

»Wer fängt an?«, fragte ich ihn.

»Die Ehre gebührt dir.«

Ich rutschte auf meinem Stuhl herum, wusste nicht, wohin ich sehen sollte, und lächelte zaghaft.

»Also … heute habe ich etwas gemacht … etwas, das ich schon längst hätte tun sollen …«

Ich nahm einen Schluck Wein.

»Und?«, ermunterte er mich.

»Ich habe gekündigt.«

Wie in Zeitlupe richtete er sich auf. Das Schweigen zog sich endlos.

»Jetzt sag schon was.«

Sein Gesicht wurde hart. Er warf die Serviette auf den Tisch, stand abrupt auf und sah mich streng an.

»Darüber hättest du doch mit mir sprechen können! Scheiße, ich bin dein Mann, und solche Entscheidungen trifft man zu zweit. Ich habe da auch mitzureden!«

Jetzt sah auch ich rot. In letzter Zeit artete jedes Gespräch binnen Sekunden in Streit aus. Wir waren inzwischen die reinsten Pulverfässer. Der kleinste Funken konnte den Zank auslösen … Vorausgesetzt natürlich, Pierre war da.

»Pierre, genau das möchte ich ja so gern, mit dir reden! Aber du bist ja nie zu Hause. Dein Leben spielt sich ausschließlich im Krankenhaus ab.«

»Ach, und jetzt bin ich auf einmal schuld? Fang nicht wieder mit den Vorwürfen wegen des Krankenhauses an. Ich werde mich nicht dafür entschuldigen, dass ich Erfolg haben will.«

»Du hörst mir nicht zu, du siehst mich nicht an. Manchmal habe ich das Gefühl, ich existiere gar nicht. Glaub nicht, die letzten beiden Wochen würden alles wiedergutmachen.«

»Jetzt reicht's!«

Er schloss die Augen, seufzte tief und presste Daumen und Zeigefinger an die Nasenwurzel.

»Ich will nicht, dass wir streiten und uns den Abend verderben. Bitte.«

Er setzte sich wieder, trank einen Schluck Wasser, stützte die Ellbogen auf und rieb sich das Gesicht. Dann schüttelte er den Kopf.

»Du und deine Überraschungen«, murmelte er.

Stimmt, ich hatte es ihm nicht gerade geschickt beigebracht.

»Entschuldige, ich werde dir …«

»Ich hätte nicht so wütend werden dürfen«, unterbrach er mich.

Er sah mich an und griff über dem Tisch nach meiner Hand. Ich lächelte ihm zu. Die Spannung hatte nachgelassen, hoffte ich wenigstens.

»Und außerdem passt es wunderbar zu meiner Überraschung. Im Grunde hättest du gar keine bessere Entscheidung treffen können.«

Verblüfft riss ich die Augen auf.

»Ziehen wir nach Papua-Neuguinea?«

Er lachte, ich auch. Er drückte meine Hand fester.

»Nein, ich will ein Kind. Es wird Zeit, findest du nicht?«

Er sah mich eindringlich an, sichtlich bewegt von dieser Aussage, und schien zu erwarten, dass ich vor Freude an die Decke springen würde. Ganz langsam erlosch mein Lächeln. Unsere Lebensplanung passte zeitlich absolut nicht mehr zusammen.

»Du wirst dich ganz unserer Familie widmen können, wie wir es immer vorgehabt haben.«

Er durfte auf keinen Fall weiterreden.

»Pierre, stopp!«

Ich entzog ihm meine Hand.

»Ich habe meinen Job bei der Bank nicht gekündigt, um Kinder zu bekommen.«

Auch er wurde wieder ernst.

»Warum denn dann?«, fragte er mit angespanntem Kiefer.

»Ich habe eine Ausbildungsstelle als Schneiderin gefunden.«

»Ich hoffe, du machst Witze.«

»Sehe ich so aus?«

Er sah mich an, als wäre ich etwas zurückgeblieben.

»Aber das ist völlig verrückt! Was geschehen ist, ist geschehen. Es ist zu spät, du wirst nie Schneiderin werden. Deine Eltern haben dir einen bösen Streich gespielt …«

»Einen Streich? Jetzt machst *du* Witze!«

Ich sprang von meinem Stuhl auf.

»Es ist zu spät«, sagte er nachdrücklich. »Du wirst doch in deinem Alter keine neue Ausbildung mehr anfangen … und Ausbildung ist ja noch hoch gegriffen. Es würde nichts an deiner Lage ändern.«

»Doch natürlich würde es das. Nach meiner Ausbildung eröffne ich mein eigenes Geschäft. Ich werde als Änderungsschneiderin anfangen, und dann möchte ich mir einen Kundenkreis aufbauen, um Interessanteres zu machen, Maßkleidung …«

»Halt, warte mal!«

Er stand ebenfalls auf und ging im Zimmer auf und ab.

»Du willst Änderungsschneiderin werden?«

»Für den Anfang, ja. Es wird mir gar nichts anderes übrig bleiben.«

»Das ist der reine Wahnsinn! Du willst auf allen vieren vor unseren Freunden herumrutschen, um ihnen die Säume abzustecken? Von dem, was die sich dann abends erzählen, will ich gar nicht reden!«

»Dir ist das Geschwätz der Leute wichtiger als mein Glück? Dann bist du ja im Grunde auf derselben Linie wie meine Eltern!«

»Immer gleich große Worte! Wirklich, Iris, du nervst. Alles, was du tust, steht unseren Lebensplänen entgegen! Ich erkenne dich nicht wieder.«

Er griff nach einer herumliegenden Jacke.

»Ich muss an die frische Luft.«

»Ja, geh nur! Mach es wie sonst auch, weich der Diskussion aus!«

Er ging in den Garten hinaus und verschwand in der Dunkelheit. Ich blieb noch einige Augenblicke wie erstarrt sitzen, dann blies ich die Kerzen aus und begann, den Tisch abzuräumen. Ich brachte die Küche in Ordnung, allein und mit tränenüberströmtem Gesicht. Es waren Tränen der Wut und zugleich der Traurigkeit. Beim Spülen schniefte ich heftig. Wie hatte ein Abend, der so schön begonnen hatte, derart schnell aus dem Ruder laufen können? Wir waren uns fremd geworden, sprachen nicht mehr dieselbe Sprache, wir waren unfähig, dem anderen zuzuhören und seine Erwartungen zu verstehen.

Zwanzig Minuten später hörte ich die Haustür zufallen. Ich zog die Gummihandschuhe aus und ging ihm entgegen. Er warf mir einen kühlen Blick zu.

»Lass es mich dir erklären, bitte …«

»Ich geh schlafen.«

Dann drehte er sich einfach um und verließ den Raum.

Ich war einunddreißig Jahre alt, hatte einen Mann, der sich mehr um seine Karriere sorgte als um seine Frau – und dem wieder eingefallen war, dass wir viele Kinder haben sollten –, eine Arbeit, deren einziger Vorteil war, dass sie mich davon abhielt, verrückt zu werden, und ein großes Haus, in dem ich mich einsam und verloren fühlte. Ich war nur noch Pierres Frau. Sonst nichts. Ich wusste genau, was von mir erwartet wurde: Ich sollte eine liebe fügsame Frau sein, die beglückt wäre von den beruflichen Erfolgen ihres geliebten Herrn und Gebieters, und bald auch eine vorbildliche Mutter am heimischen Herd, die ein Kind nach dem anderen gebären und bei den Schulausflügen als Begleiterin zur Verfügung stehen würde. Ich hörte schon die Stimme meiner Schwiegermutter, die mich zu meinen Nähkünsten beglückwünschte: »Dann kannst du die Kostüme für die Schulaufführungen und die lebende Krippe nähen.« Ärztegattinnen brauchen nicht zu arbeiten. Diesen Archaismus lehnte ich ab. Meine Eltern hatten über jedes erlaubte Maß hinaus über mich entschieden. Nun sollte nicht auch noch mein Mann damit anfangen. Ich würde mich nicht auf die Rolle einer Legehenne blondschöpfiger Küken reduzieren lassen.

Wir waren gerade dabei, uns zu verlieren, weil wir absolut feststeckten in unserer Routine und unserem gegenseitigen Unverständnis. Ich musste die Dinge in die Hand nehmen. Pierre war durchaus zu einem guten Teil verantwortlich dafür, aber ich begann mir einzugestehen, dass auch ich keineswegs unschuldig war. Meine Passivität, meine Nachlässigkeit und meine Bitterkeit in letzter Zeit hatten ebenfalls zur Zerrüttung unserer Beziehung beigetragen. Meine berufliche Neuorientierung würde uns retten, und das musste ich Pierre beweisen. Ich würde wieder zu der werden, in die er sich verliebt hatte.

Pierre schien zu schlafen, als ich ins Schlafzimmer kam. Ich machte kein Licht, sondern schlüpfte schweigend unter die Decke.

»Du hast ganz schön lange gebraucht«, sagte er zu mir.

Ich schmiegte mich an seinen Rücken und legte ihm den Arm um die Taille. Dann drückte ich ihm einen Kuss zwischen die Schulterblätter. Ich wollte nicht, dass beim Einschlafen eine so große Distanz zwischen uns war. Sein Körper wurde steif, er machte sich von mir los.

»Das ist jetzt wirklich nicht der rechte Moment, Iris.«

»Das wollte ich doch gar nicht ... Aber bei dir ist es sowieso nie der rechte Moment.« Ich verzog mich an das äußerste Ende meiner Bettseite. »Da fragt man sich doch, wie das mit einem Kind klappen soll ...«

Pierre setzte sich auf und knipste seine Nachttischlampe an. Er hockte sich auf die Bettkante und nahm den Kopf zwischen die Hände.

»Ich möchte nicht, dass wir jetzt den x-ten Streit anfangen, also gehe ich auf diese Bemerkung nicht ein ... Aber hast du mal darüber nachgedacht?«

Er warf mir einen Blick über die Schulter zu.

»Du hast das hinter meinem Rücken gemacht, und du sagst mir, dass du keine Kinder willst.«

Jetzt setzte auch ich mich auf.

»Ich bin nicht mehr achtzehn, und jetzt vergleiche das bitte nicht mit meiner damaligen Bewerbung hinter dem

Rücken meiner Eltern. Ich glaube zu wissen, was gut für mich ist … Und ich habe nie gesagt, dass ich keine Kinder will, ich bitte dich doch nur um ein ganz kleines bisschen Geduld. Ich habe zehn Jahre meines Lebens darauf verwandt, dich bei deinem Studium und deiner Karriere im Krankenhaus zu unterstützen, und nun bitte ich dich um sechs Monate.«

»Was ist das für eine Ausbildung? Erklär es mir.«

Ich erzählte ihm von dem Zufallsfund, der mich völlig aus dem Häuschen gebracht hatte. Einige Tage zuvor war ich beim Surfen auf eine Website geraten, auf der eine zwar private, aber nicht allzu kostspielige Ausbildung angeboten wurde. Sie wurde, ohne jede staatliche Unterstützung, von einem unbekannten Mäzen finanziert. Ich müsse nicht einmal auf das Familienbudget zurückgreifen, sagte ich zu seiner Beruhigung. Meine eigenen kleinen Ersparnisse würden dafür reichen. Die Kurse würden von Fachleuten aus den großen Modehäusern und sogar von bekannten Modeschöpfern abgehalten.

»Wenn ich mich auf dieses Abenteuer einlasse, dann richtig«, sagte ich abschließend.

»Das klingt ja alles sehr schön, aber es gibt doch sicher ein Auswahlverfahren, um an dieser Schule angenommen zu werden?«

»Ich muss ein Kleidungsstück nähen, ganz gleich was, und einen Brief schreiben, in dem ich die Gründe für meine Bewerbung und meine Vorstellung vom Schneiderhandwerk erläutere.«

Er verschanzte sich hinter seinem Schweigen. Ich wollte ihm deutlich machen, wie entschlossen ich war.

»Das ist *die* Gelegenheit für mich, meinen Traum zu verwirklichen. In zehn oder fünfzehn Jahren werde ich es nicht mehr können. Das würde ich dann unseren Kindern nicht zumuten wollen. Und außerdem hasse ich meine Arbeit auf der Bank, ich langweile mich, ich verbittere, das bin nicht ich, und das weißt du. Genau wie du will auch ich Erfüllung im Beruf finden.«

»Das ist ja mal was ganz Neues«, seufzte er. »Hör zu, ich bin müde und muss morgen früh aufstehen.«

Er legte sich wieder hin und knipste das Licht aus; ich rollte mich zusammen. Irgendwann begann Pierre zu schnarchen. Und mir stand vermutlich eine schlaflose Nacht bevor …

Ich hatte tatsächlich kaum geschlafen. Pierre war unter der Dusche, ich stand auf und ging nach unten, um Frühstück zu machen. Als er in die Küche kam, sagte er kein Wort, er schenkte sich nur eine Tasse Kaffee ein und schaute durchs Küchenfenster in den Garten. Ich wagte keinen Ton zu sagen. Er brach das Schweigen.

»Ich habe nachgedacht …«

»Ja?«

Er drehte sich um und trat auf mich zu. Ich blieb sitzen und sah ihn an.

»Okay, werd Schneiderin.«

Ich riss die Augen auf, wollte gerade lächeln.

»Aber es gibt eine Bedingung«, verkündete er. »Nach deiner Ausbildung bekommen wir ein Kind. Und es ist ausgeschlossen, dass du einen Laden aufmachst, das Haus ist wirklich groß genug. Du könntest dir dein Atelier auf dem Speicher einrichten, du nähst ja ohnehin da oben, das könntest du weiterhin tun und dich gleichzeitig um die Kinder kümmern.«

Jetzt war ich am Zug. Ich stand auf.

»Ja, natürlich, damit bin ich einverstanden. Danke.«

Mehr wusste ich nicht zu sagen. Er seufzte und ging zur Spüle, um seine leere Tasse abzustellen.

»Ich muss los, bis heute Abend.«

Es gelang mir, die Kündigungsfrist zu umgehen: Am Ende der Woche sagte ich der Bank endgültig Lebewohl. Tags darauf machte ich mich locker, als wäre ich ein Boxer kurz vor dem Kampf, und ging auf den Speicher. Ich trat zu meiner Maschine und nahm das Tuch ab, mit dem sie abgedeckt war. Meine Nähmaschine und ich … Vermutlich war es dieselbe Bindung wie die zwischen einem Musiker und seinem Instrument. Was für andere der Flügel oder die Gitarre war, war für mich meine Singer. Und heute verließ ich mich auf sie, denn es stand sehr viel auf dem Spiel. Sie war in guter Verfassung, umso besser. Meine Hände waren feucht, mein Herz schlug wild. Ich durfte mir keinen Fehler erlauben. Ich hatte mir bereits Gedanken über das Kleidungsstück gemacht, mit dem ich mich bewerben wollte. Ich hatte, in Anlehnung an Courrèges, ein zweifarbig schwarz- und türkisfarbenes Kleid skizziert, mit kurzen Ärmeln, rundem, abgesteppten Kragen und Rückenspange.

Alles war am rechten Platz, das Pedal unter meinem Fuß und der Stoff zwischen meinen Händen. Erster Schritt, einschalten: Und es ward Licht. Zweiter Schritt,

Spule überprüfen: voll Garn und richtig eingesetzt. Dritter Schritt, den Stoff unter die Nadel schieben und den Nähmaschinenfuß nach unten stellen: keinerlei Widerstand. Jetzt nur noch eins, und es ging los. Mein Fuß senkte sich sanft auf das Pedal, und das ganz spezielle Rattern einer Nähmaschine erfüllte den Raum. Meine Hände hielten den Stoff gut fest und zogen ihn nach hinten. Ich war fasziniert von der Nadel, die sich präzise durch den Stoff hob und senkte, sie machte regelmäßige, vollkommene Stiche.

Den Brief hatte ich mit weniger Begeisterung in Angriff genommen. Dennoch verbrachte ich ganze drei Tage damit, ihn aufzusetzen, und zu meiner großen Überraschung empfand ich dabei echte Freude. Zum ersten Mal gab man mir Gelegenheit, meine Liebe, meine Leidenschaft für das Schneidern in Worte zu fassen. Als ich damit fertig war, schickte ich alles zusammen los.

Ich achtete darauf, Pierre über alle meine Schritte auf dem Laufenden zu halten. Er tat so, als interessiere er sich für mein Projekt, doch ich ließ mich nicht täuschen. Ich vermied auch den leisesten Vorwurf. Wenn er früh nach Hause kam – was selten vorkam –, empfing ich ihn mit einem Lächeln. Das war nicht schwierig, ich fühlte mich befreit und wieder von einer Energie erfüllt, die mir schon viel zu lange gefehlt hatte. Ich verbarg meine Ängste angesichts dieser endlosen, aufreibenden Wartezeit. Zwei Wochen lang nähte ich kaum, weil ich ständig nach dem Briefträger Ausschau hielt. Ich verbrachte mehr Zeit im Garten als im Haus. Vormittags sah ich zehn-, zwanzigmal nach, ob nicht etwas im Briefkasten lag. Ich hatte alles auf diese Ausbildung gesetzt. Vielleicht hatte ich mich überschätzt? Im Falle einer Ablehnung würde mein Traum in Rauch aufgehen. Pierre würde nicht erlauben, dass ich es anderswo noch einmal versuchte, dann würde ich die Pille absetzen müssen.

Der Briefträger überreichte mir die Post, es war nur ein einziger Brief, der Richtspruch, auf den ich die ganze Zeit gewartet hatte. Hastig riss ich ihn auf. Mit geschlossenen Augen zog ich das Schreiben heraus. Ich atmete mehrmals tief durch. Auf einer einfachen cremefarbenen Briefkarte stand in schwarzer Tinte und einer eleganten Handschrift eine kurze Antwort: *»Ich erwarte Sie am 10. Januar im Atelier.«* Unter Freudengeschrei sprang ich durchs ganze Haus. Dann packte mich ein unkontrollierbarer Lachanfall. Und plötzlich erstarrte ich. Mir war ein nicht ganz unbedeutendes Detail eingefallen: Die Schule war in Paris, etwa drei Zugstunden von uns entfernt.

»Paris ist nicht gerade um die Ecke«, sagte Pierre.

»Da hast du recht.«

Ich saß im Schneidersitz neben ihm auf dem Sofa, er hörte mir aufmerksam und konzentriert zu.

»Wann würdest du anfangen?«

»In einem Monat.«

»Wie denkst du darüber? Hast du wirklich Lust hinzugehen?«

»Es dauert nur ein halbes Jahr, das ist nicht lang. Im Juli bin ich wieder zurück. Ich habe irrsinniges Glück, dass sie mich angenommen haben.«

Ich bat ihn wieder um Erlaubnis. Er sah mich seufzend an. Dann stand er auf.

»Wo willst du wohnen? Du kennst da doch niemanden!«

»Ich suche mir ein Zimmer.«

Er verdrehte die Augen.

»Das soll mich beruhigen?«

»Ich komme jedes Wochenende nach Hause.«

Er ging im Wohnzimmer auf und ab.

»Oder auch nicht. Du wirst viel Arbeit haben … Ohne dich wird das Haus sehr leer sein.«

»Denk doch mal an die Vorteile, du kannst so lange im Krankenhaus bleiben, wie du willst, ohne Gefahr zu laufen, dass du abends auf eine wütende Gattin triffst.«

Er dachte kurz nach und lächelte. Ich hatte gerade das überzeugende Argument gefunden.

»Und ich hätte dir jede Menge zu erzählen. Du würdest endlich wissen, wie schön es ist, eine glückliche und voll entfaltete Frau zu haben.«

Er ließ mich nicht aus den Augen, während er sich wieder neben mich setzte und mich in die Arme nahm.

»Du wirst mir fehlen.«

Es war fast zu einfach. Und in jedem Fall zu schön, um wahr zu sein.

»Du mir auch«, antwortete ich. »Du kannst mich ab und zu besuchen, und dann machen wir uns einen romantischen Abend oder ein schönes Wochenende zu zweit in Paris.«

»Mal sehen.«

Der Dezember verflog mit den Vorbereitungen für die Feiertage. Ich überraschte Pierre, indem ich mich ohne erkennbaren Widerstand bereit erklärte, meiner Schwiegermutter an den Weihnachtstagen zu helfen. Zu seiner großen Freude machte ich gleich weiter, ich lud alle unsere Freunde zu Silvester ein und kümmerte mich dabei um die gesamte Organisation. Meine Schwiegerfamilie und auch unsere Freunde mussten zugeben, dass ich dynamisch war wie nie zuvor, doch das hielt sie alle nicht von skeptischen Bemerkungen über mein Vorhaben ab: »Warum lässt du dich nur auf eine solche Geschichte ein?«, hörte ich immer wieder. Ich glaube, besonders befremdete sie, dass ich über so lange Zeit nur am Wochenende mit Pierre zusammen sein würde. Er verhielt sich bei solchen Gesprächen immer neutral.

Was meine Eltern anging, war die Situation völlig anders. Seit jenem schicksalhaften Sonntag hatte ich kein Wort mehr mit ihnen gesprochen. Meine Brüder hatten mehrmals bei mir angerufen. Jeder Anruf endete mit wütendem Auflegen. Sie verstanden nicht, dass ich nicht über das Fehlverhalten meiner Eltern hinwegsehen konnte. Ihrer Ansicht nach war ich verantwortlich für den Zerfall unserer Familie. Als sie mir vorwarfen, ich hätte nur Streit gestiftet, bat ich sie, sich doch künftig die Mühe eines Anrufs bei mir zu ersparen. Was mich sehr störte, war Pierres Haltung in dieser Sache. Er hielt die Verbindung zwischen ihnen und mir aufrecht. Er nämlich war bereit gewesen, wieder mit ihnen zu sprechen. Ich wusste genau, dass er regelmäßig mit ihnen telefonierte. Er hatte sogar damit geliebäugelt, sich allein zur sonntäglichen Lammkeule einladen zu lassen, »um die Lage zu beruhigen«, wie er sich rechtfertigte. Und auch weil ich endlich eine Möglichkeit gefunden hatte zu tun, was ich wollte. Seine Ironie war immer spürbar.

Eine Woche vor meiner Abreise nach Paris verlor ich den Appetit, ich schlief schlecht, schreckte nachts hoch und schmiegte mich an Pierre, um wieder einzuschlafen. Jedes Mal, wenn ich zu nähen versuchte, ging es schief, es hatte nicht die richtige Form, die Maschine bockte, oder das Schnittmuster riss. Meinen Schwiegereltern war es gelungen, sich in meine Pläne einzumischen, sie hatten sich mit einem befreundeten Ehepaar in Verbindung gesetzt, das über mich wachen und mir ein Dachzimmer in der Nähe der Place de la Bastille überlassen würde. Kofferpacken war mir unmöglich, sobald ich zu entscheiden versuchte, was ich mitnehmen würde, geriet ich in Panik.

Ich hatte Pierre nicht zu bitten gewagt, sich eine Woche Urlaub zu nehmen, nun bereute ich es. Eines Abends tat ich etwas, was ich sonst nie machte, ich holte ihn nach der Sprechstunde ab. Die Sekretärin empfing mich so respektvoll, wie es sich der Arztgattin gegenüber gehört, und sagte, er sei noch mitten in einem Termin. Ich setzte mich ins Wartezimmer.

»Was machst du denn hier?«, fragte er, als er mich einige Minuten später dort entdeckte.

»Ich wollte dich sehen.«

»Komm mit.«

Wie jedes Mal, wenn wir an seinem Arbeitsplatz waren, wahrte er eine gewisse Distanz.

»Mir wäre es lieber, du würdest dich in solchen Fällen ankündigen«, sagte er, nachdem er die Tür des Sprechzimmers geschlossen hatte. »Aber na ja ... Du hast Glück, ich bin gerade fertig.«

»Sehr gut, dann können wir uns einen schönen Abend machen.«

Ich senkte den Blick.

»Ist was?«

»Nein! Mir wird nur langsam klar, was ich mir da vorgenommen habe.«

Er zog den Kittel aus und räumte noch ein paar Patientenunterlagen weg. Ich seufzte tief.

»Ich habe Angst, dass ich es nicht schaffe. Vielleicht haben meine Eltern letzten Endes doch recht, Nähen ist nur mein Hobby, und ich habe nicht das Zeug zur professionellen Schneiderin.«

»Hör mal, du fährst doch hin, um genau das herauszufinden. Es ist ein Test, und wenn es nicht funktioniert, machst du eben was anderes, wenigstens wird es dir dann nicht um eine vertane Chance leidtun. Niemand wird es dir verübeln, wenn es nicht klappt. Ich jedenfalls nicht.«

Er nahm mich in die Arme.

»Ist da noch etwas, Iris?«

»Der Gedanke, dich nicht mehr jeden Tag zu sehen, macht mir schreckliche Angst. Wir waren noch nie getrennt. Wie sollen wir das nur hinkriegen?«

Seufzend rieb er mir über den Rücken.

»Du hast es doch selbst gesagt, es ist ja nicht für lange,

ein halbes Jahr, was ist das schon? Die Wochen werden schnell vergehen, da bin ich sicher. Gehen wir?«

Er zog seinen Mantel über, hielt mir die Tür auf und führte mich durch die labyrinthischen Gänge. Ich spürte seinen Blick auf mir. Ich hätte so gern gelächelt, Enthusiasmus gezeigt, doch ich konnte nur noch an unsere Trennung denken. Auf dem Parkplatz hielt Pierre mich plötzlich am Arm zurück.

»Warte, ich hab was vergessen, bleib hier, ich bin gleich wieder da.«

Er rannte Richtung Krankenhaus.

Zehn Minuten später kam er lächelnd zurück.

»Alles gut, Problem geregelt?«

»Ich musste ein wenig kämpfen, aber ich habe bekommen, was ich wollte.«

Ich hob fragend die Brauen.

»Ich habe von heute an bis zum Ende der Woche alle Termine nach achtzehn Uhr abgesagt.«

»Wirst du dann nicht Probleme bekommen?«

»Mach dir keine Sorgen.«

Ich fiel ihm um den Hals, und er drückte mich fest an sich.

Als wir auf dem Périphérique waren, senkte sich eine bleierne Stimmung über unseren Wagen. Bis dahin war die Atmosphäre gut gewesen. Als Pierre in der Straße, in der ich wohnen würde, nach einem Parkplatz suchte, sagte er gar nichts mehr. Und als wir in meine neue Bleibe traten, gab auch ich es auf, ein Gespräch aufrechterhalten zu wollen. Pierre legte die Koffer auf mein Bett und sah sich rasch in dem Apartment um. Er schaute aus dem Fenster, überprüfte das Schloss der Wohnungstür, inspizierte das Badezimmer, stellte probehalber die Kochplatten in der Kochnische an, schnüffelte am Kühlschrank …

»Pierre, es ist gut!«

»Ja, das sehe ich. Willst du deine Koffer nicht auspacken?«

»Das mache ich, wenn du weg bist, dann habe ich etwas zu tun. Ich glaube nicht, dass ich gut einschlafen kann.«

Ich trat zu ihm und schmiegte mich in seine Arme.

»Wir suchen uns ein nettes Restaurant und essen zu Abend, bevor du dich wieder auf den Weg machst.«

Nach drei Bissen schob ich meinen Teller weg, ich brachte nichts hinunter. Auch Pierre hatte keinen Appetit. Er bestellte einen Kaffee und die Rechnung und verlor sich dann in die Betrachtung der Straße draußen. Ich sagte nichts, denn ich wusste, sobald ich den Mund öffnete, würde ich in Tränen ausbrechen.

»Seltsam, jetzt hier zu sitzen«, sagte er, ohne mich anzusehen.

Ich griff nach seiner Hand, er wandte mir das Gesicht zu.

»Ich muss los … Es ist eine lange Fahrt.«

Wir standen vor dem großen Haus, und er zog mich in seine Arme.

»Fahr bitte vorsichtig.«

»Es gefällt mir gar nicht, dass du hier ganz allein bist.«

»Was soll mir schon zustoßen?«

»Unliebsame Begegnungen, ein Unfall. Bitte pass gut auf dich auf.«

»Versprochen.« Ich sah zu ihm auf. »Das gilt aber auch für dich. Arbeite nicht bis zum Umfallen, bloß weil du weißt, dass ich nicht da bin und mit dir schimpfen kann.«

Er strich mir das Haar aus der Stirn und nahm mein Gesicht zwischen seine Hände.

»Ich habe ja mit diesem Projekt nicht viel zu tun, aber du sollst wissen, dass ich stolz auf dich bin. Daran darfst du nie zweifeln.«

Endlich interessierte er sich für mich, schenkte er mir seine Aufmerksamkeit.

»Halt mich ganz fest.«

Lange Minuten standen wir in einer engen Umarmung da. Ich küsste ihn auf die Wangen und den Mund und hielt meine Tränen nicht mehr zurück. Pierre wischte sie mir aus dem Gesicht und küsste mich ausgiebig. Dann lösten sich seine Lippen leicht von meinen.

»Ich liebe dich.«

Das hatte er mir schon seit Monaten nicht mehr gesagt.

»Ich dich auch.«

Ein letzter Kuss, dann ließ er mich los.

»Jetzt geh rein.«

»Ich rufe dich morgen an, sobald ich kann.«

Ich drückte die Haustür auf, und Pierre wandte sich zum Gehen. Er warf mir noch einen Blick über die Schulter zu, lächelte und machte mir ein Zeichen, ins Haus zu gehen. Ich gehorchte ihm. Als ich über den Hof zu meinem Treppenhaus ging, dachte ich, dass er zum ersten Mal ohne mich nach Hause fuhr. Aber vielleicht würde uns diese Trennung wieder zusammenbringen und das Feuer der Liebe schüren.

Nachdem ich die Wohnungstür doppelt abgeschlossen hatte, setzte ich mich aufs Bett und sah mich um. Mit einunddreißig Jahren lernte ich das Leben in einer Studentenbude kennen. Hoffentlich würde ich an den Wochenenden nicht zu sehr das Gefühl haben, nur zum Wäschewaschen zu den Eltern zu fahren. In der Woche würde sich meine Wohnfläche auf zwanzig Quadratmeter beschränken. Ich konnte wirklich nicht behaupten, dass es schmutzig oder heruntergekommen gewesen wäre, es war in Ordnung. Ich hatte ohnehin nicht das Recht, mäkelig zu sein, ich zahlte ja nicht einmal Miete. Allerdings vermisste ich, und das war in meinem Leben noch nicht oft vorgekommen, einen Fernseher. Normalerweise sah ich nicht fern, doch jetzt sagte mir etwas, dass die Gesellschaft eines Fernseher an den vor mir liegenden einsamen Abenden durchaus nützlich sein könnte. Hatte ich vielleicht doch zu große Hoffnungen auf diese berufliche Neuorientierung gesetzt und mich schlichtweg überschätzt?

3

Im Magen hatte ich einen Knoten, fast so groß wie eine Granate, meine Hände waren feucht und meine Knie weich. Der Anblick meiner neuen Arbeitsumgebung trug nicht gerade zur Verbesserung dieses Zustands bei. Ich stand vor einem der prachtvollen Gebäude im Madeleine-Viertel. Ich ging wieder zur Schule. Wir hatten den 10. Januar, und ich wurde erwartet. Und wenn ich nicht gut genug war? Wenn ich meinen Platz nicht fand? Dies war die einzige Chance, meinen Traum zu verwirklichen, und mit einem Mal wirkte sie so brüchig! Ich schüttelte den Kopf, um mir Mut zu machen, und näherte mich dem imposanten Eingangsportal. Ich kam gar nicht dazu, es aufzustoßen, es öffnete sich von selbst, und zwei Männer kamen heraus. Im feinen Anzug und mit Aktenköfferchen, ernst in ein Gespräch vertieft, bemerkten sie mich gar nicht, sondern stiegen rasch in den Fond einer großen Limousine, die sofort losfuhr. Ich trat in die prächtige Eingangshalle mit rotem Teppichboden, Holzschnitzereien, Vergoldungen, Kübelpflanzen und nicht zuletzt der Pförtnerloge. Kein Briefkasten. Nur Schilder an der Wand. *Capital Risk Development*, nein, nicht für mich. *J. Investment*, auch nicht. *Gesellschaft G & M*, immer noch nicht. *L'Atelier, dritte Etage*. Dahin musste ich.

Im Aufzug sah ich mich im Spiegel, mein Gesicht machte mir Angst. Ich hatte Augenringe und war totenbleich. Auf dem Treppenabsatz der dritten Etage gab es nur eine Doppeltür. Ich klingelte. Eine Frau öffnete mir.

»Sie sind Iris, nehme ich an«, sagte sie, ihre Stimme war tief und sinnlich.

»Ja, guten Tag.«

»Ich heiße Marthe. Ich habe schon auf Sie gewartet. Kommen Sie herein.«

Diese wahrscheinlich gut sechzigjährige Frau war von einer seltenen Schönheit und Eleganz, wie aus einer anderen Zeit. Ihr lockiger brünetter Bob war mit Haarspray fixiert, sah aber gar nicht so aus, er war einfach schön. Die dunkelbraunen Augen und der volle rote Mund brachten ihren Porzellanteint zum Strahlen. Während ich ihr durch einen Flur folgte, beobachtete ich ihren Gang, der einem Mannequin zur Ehre gereicht hätte; hoch erhobener Kopf, geschmeidiger Rücken, zurückgenommene Schultern, und das auf Bleistiftabsätzen. Ihre hoch aufgeschossene Gestalt verbarg sich unter einem dunklen Kleid aus leichtem Stoff.

»Ich zeige Ihnen das Atelier.«

Mit einer weit ausholenden Geste bedeutete sie mir voranzugehen. Ich trat durch eine hohe Glastür in einen Raum, der ursprünglich wohl als Festsaal gedient hatte. Das Parkett knarrte dumpf unter meinen Schritten, während die Absätze dieser Frau nur ganz zart darüber stöckelten. Der Marmorkamin mit einem großen Spiegel darüber war noch da, und auch der Stuck an der Decke zog kurz meinen Blick auf sich. Auf Arbeitstischen waren etwa zehn Profi-Nähmaschinen aufgebaut. Neben jedem Arbeitstisch stand eine Schneiderpuppe aus Holz. Die vielen Fenster ließen das Sonnenlicht hereinfluten. Ein riesiger Kronleuchter würde wohl nach Einbruch der Dunkelheit für Beleuchtung sorgen. Meine Führerin machte mir ein Zeichen, ihr zu folgen.

»Hier sind die Umkleidekabinen.«

Ich riss die Augen auf. Lange schwarze Samtvorhänge trennten die Kabinen ab, davor war eine völlig verspiegelte Wand, und als Einrichtung dieses seltsamen Boudoirs dienten ein Kanapee und purpurrote Samtpuffs. Dann stand ich vor dem Lager, einer wahren Schatzhöhle. Große Ballen von Seiden-, Baumwoll-, Satin-, Brokat-, Jersey-, Lamé- und Crêpe-Stoffen, einer seidiger als der andere, wetteiferten mit Kisten voller Knöpfe, Federn, Spitzen, Perlen, Bändern und Posamenten. Ein angrenzender Salon diente als Zuschneideraum. Die ganze Wohnung war für das Schneideratelier umgestaltet worden, wobei der typische Pariser Charme jedoch erhalten geblieben war.

Die Frau führte mich zu einer Wendeltreppe, wir stiegen hinauf.

»Auf dieser Etage sind eine Küche, ein Badezimmer und Schränke für Ihre persönlichen Sachen. Die hinteren Räume sind derzeit noch ungenutzt. Bevor wir wieder nach unten gehen, sind noch ein paar Formalitäten zu regeln.«

Sie ging in ein Zimmer und setzte sich an einen – ihren – Schreibtisch. Sie gab mir ein paar Blätter, lehnte sich bequem in ihrem Sessel zurück, griff nach einer Zigarettenspitze und zündete sich eine Zigarette an. Dann stieß sie genüsslich Rauchspiralen aus. Ich musste an Coco

Chanel denken. Während ich die Formulare ausfüllte, beobachtete sie mich schweigend, was mein Unbehagen und meine Panik nur steigerte. Nachdem ich alles fertig ausgefüllt hatte, nahm ich meinen ganzen Mut zusammen.

»Wer sind Sie?«

Meine zitternde Stimme verriet meine Aufregung. Die Frau lächelte. Meine Verlegenheit schien sie zu amüsieren.

»Aber das sagte ich Ihnen doch, ich bin Marthe.«

»Und Sie geben uns Unterricht?«

Sie brach in Lachen aus.

»Ich? Ich wüsste nicht einmal, wie man eine Nadel hält. Betrachten Sie mich lieber als Hausherrin. Oder als Oberin, wenn Ihnen das lieber ist. Gehen wir wieder nach unten, ihre Mitschülerinnen dürften inzwischen da sein. Eins noch, was haben Sie an Werkzeug mitgebracht?«

»Äh … meine Schere, ein Bandmaß, einen Fingerhut, Nähnadeln, auch lange zum Heften, und Schreibzeug, um mir Notizen zu machen.«

Sie legte den Kopf schief.

»Sie sind sehr ernsthaft, Iris … Und verängstigt.«

Auf diese Feststellung wusste ich nichts zu antworten. Sie brachte mich zum Eingang des Ateliers. Die anderen Schülerinnen waren tatsächlich schon da, sie standen halblaut schwatzend zwischen den Tischen. Als sie uns bemerkten, verstummten sie und gingen an ihre Plätze.

»An dieser Stelle endet meine Aufgabe«, sagte Marthe. »Meine Damen, bereiten Sie Iris einen guten Empfang.«

Meine Schultern entspannten sich etwas, als ich ihr nachsah. Ein Räuspern ließ mich zusammenzucken, ich wurde zur ersten Unterrichtsstunde erwartet. Unter den

Blicken der anderen jungen Frauen, die mir unauffällig zulächelten, durchquerte ich den Raum. Sie hatten alle einen klaren eigenen Stil, ganz anders als ich, die eigentlich keinen hatte. Da war das Fashion Victim, eine mit Dreadlocks und Piercings, eine, die sich für den Hip-Hop-Stil entschieden hatte, und schließlich eine, die bis ins kleinste Detail den Vintage-Look pflegte. Eins aber hatten sie alle gemeinsam: Sie waren alle etwa zehn Jahre jünger als ich.

Der erste Tag war eine Katastrophe. Ich brauchte den ganzen Vormittag, um zu verstehen, wie meine Nähmaschine funktionierte, die mit meiner Singer rein gar nichts gemein hatte. All meine Stiche bildeten Knötchen auf der Unterseite des Stoffs. Ich zerbrach unzählige Nadeln und drückte immer wieder auf den falschen Knopf. Außerdem stach ich mich pausenlos. Mehrmals machten die Blutströpfchen, die von meinen Fingern perlten, Flecken auf den Stoff. Und dann gab es noch die Overlock-Maschine, aber den Umgang mit der würde ich an einem anderen Tag lernen; für heute hatte ich mich schon genug blamiert. Mir war, als könnte ich gar nicht nähen, als wäre ich zufällig – oder vielmehr irrtümlich – in diesem Atelier gelandet.

Zu Beginn der Mittagspause lehnte ich die Einladung meiner Klassenkameradinnen ab und bereute es nicht, als ich sie kichern hörte. Ich knabberte lieber einen Müsliriegel und setzte mich mit dieser verdammten Maschine auseinander, bis ich sie endlich bezwingen konnte. Den Nachmittag über versuchte ich dann, meinen Rückstand aufzuholen. Dabei war es ja keineswegs so, als hätte ich noch nie einen Wickelrock genäht. Abends ging ich völlig zerschlagen und entmutigt nach Hause. Der letzte Optimismus verließ mich, als ich mich in die vier Wände meines Apartments eingezwängt sah. Dennoch schwor ich mir über meiner Büchse Ravioli, mich am nächsten Tag wieder am Riemen zu reißen. Es kam nicht infrage, einfach wegzulaufen, vor meinen Hoffnungen zu fliehen.

Der Rest der Woche verging in Lichtgeschwindigkeit. Im Atelier ließ ich mich vom endlosen Schwatzen der anderen nicht ablenken. Ich musste mich konzentrieren und durfte keine Zeit verlieren, wenn ich sie einholen wollte, schließlich war ich in den laufenden Kurs eingestiegen. Und vor allem wollte ich mir auch nicht die geringste Kleinigkeit von dem entgehen lassen, was ich lernen konnte. Ich war nicht zum Vergnügen hier. Der Ausbilder, er hieß Philippe, hatte für die größten Modehäuser gearbeitet, aber der Wahnsinn und der Zeitdruck der Modenschauen waren ihm schließlich zu viel geworden. Er hatte beschlossen, sein Können an Jüngere weiterzuvermitteln. »Und dann hat mir die großartige Marthe angeboten, hier zu arbeiten!«, hatte er mir gesagt. Er war etwa fünfzig und sehr eindrucksvoll mit seinem ausgefeilten Look. Der Körper eines Athleten, die Hände eines Pianisten, Fliege, gestärktes Hemd, ärmellose Weste, Taschenuhr, Totenkopfring und personalisierte Turnschuhe. Er trug immer eine hübsch um die Taille gebundene große Schürze. Wenn ich einen Fehler machte, durchbohrten mich seine stahlblauen Augen hinter der großen Plexiglasbrille, und ich wusste, dass ich das Ganze noch mal von vorn anfangen musste. Er war immer wohlwollend und geduldig, aber auch streng und anspruchsvoll. Er erwartete eine saubere, sorgfältige und präzise Arbeit, sowohl in der Ausführung als auch im Ergebnis. Er duldete nicht die geringste Schludrigkeit, und das wusste ich zu schätzen. Meine Zukunftspläne allerdings machten ihn sprachlos. Im Augenblick äußerte er keine Einschätzung der Qualität meiner Arbeit, er versuchte erst einmal, meine vielen Fehler zu korrigieren und mir meine Marotten abzugewöhnen, die meiner Arbeit, wie er fand, nur schadeten. Mehrmals sah ich die Frau im Atelier, die mich empfangen hatte. Wenn sie kam, kündigte Philippe sie in vertraulichem Ton an: »Meine Goldstücke, da kommt die Chefin.« Er ließ alles stehen und liegen und begrüßte sie mit einer über jedes normale Maß hinausgehenden Ehrerbietung. Sie blieb an der Schwelle zum Unterrichtsraum stehen und ließ ihren Blick über uns gleiten. Ich spürte, dass er mit einem gewissen Nachdruck auf mir ruhte. Ich war eben die Neue und musste mich damit abfinden.

Am Freitagnachmittag saß ich im Zug, der mich zu Pierre zurückbrachte, nach Hause, und ging noch einmal meine Notizen und Skizzen durch. An jedem Abend der Woche hatte ich Modelle gezeichnet und dabei versucht, Philippes Ratschläge umzusetzen. Ich hatte den Skizzenblock gar nicht aus der Hand legen können. Jetzt hatte ich es eilig, meinem Mann alles zu erzählen, ihm zu sagen, wie glücklich mich das Nähen machte. Er musste verstehen, dass dies ein Wendepunkt in meinem Leben war. Ich wollte ihn in dieser Situation an meiner Seite haben. Als ich aus dem Zug stieg, war er zu meiner Überraschung nicht auf dem Bahnsteig. Ich sah auf meinem Handy nach, er hatte eine SMS geschickt: *»Chérie, werde noch im Krankenhaus aufge-*

halten, ich weiß nicht, wann ich nach Hause komme. Tut mir leid.«

Ich hatte noch Zeit, einen Großeinkauf zu machen, eine Waschmaschine anzustellen und das Abendessen vorzubereiten, bevor ich den Schlüssel im Haustürschloss hörte. Ich rannte Pierre entgegen und fiel ihm um den Hals.

»Endlich!«

»Entschuldige, es tut mir wirklich leid, ich konnte nicht …«

»Jetzt bist du ja da. Gib mir lieber einen Kuss.«

Was er prompt tat, um mich danach fest in die Arme zu nehmen und mir zu sagen, ich hätte ihm gefehlt. Immer noch in seinen Armen, teilte ich ihm meine Pläne für das Wochenende mit.

»Wie wäre es, wenn wir beide morgen Abend ins Restaurant gehen? Ich dachte an das, wo wir damals das Ende deiner Zeit als Assistenzarzt gefeiert haben. Und für Sonntag hatte ich mir Ausschlafen und Frühstücken im Bett vorgestellt und danach vielleicht einen Ausflug aufs Land, der täte uns gut. Wir sind diese Woche beide nicht oft an die Luft gekommen.«

»Das sind eigentlich sehr gute Ideen, ich hätte nichts dagegen einzuwenden, aber …

»Du hast etwas Besonderes für uns organisiert?«

Ich sah ihn an, ein erwartungsvolles Lächeln auf den Lippen.

»Das eigentlich nicht. Ja, wir gehen ins Restaurant, aber mit allen unseren Freunden, und gestern hat meine Mutter angerufen, sie erwarten uns Sonntag zum Mittagessen. Ich konnte weder den einen noch den anderen absagen.«

Ich machte mich von ihm los.

»Pierre, wir haben uns die ganze Woche nicht gesehen. Ich möchte mit dir zusammen sein.«

»Du wirst ja auch mit mir zusammen sein!«

»Ja, aber auch mit allen anderen, und ich möchte mit dir allein sein. Ich habe dir so viel zu erzählen.«

»Das hast du mir doch alles schon am Telefon gesagt. Und außerdem möchten dich alle sehen, damit du ihnen erzählst, was du in Paris machst.«

Bis zum letzten Moment versuchte ich, Pierre dazu zu bringen, wenigstens den Restaurantbesuch mit sämtlichen Freunden abzusagen. Zum Schluss antwortete er mir nicht einmal mehr, wenn ich davon anfing. Und so gingen wir dann mit der ganzen Clique essen. Pierre hatte behauptet, alle unsere Freunde würden sich für meine neue Tätigkeit interessieren, sie stellten jedoch nur sehr wenige Höflichkeitsfragen nach meiner Ausbildung und meinem Leben in Paris. Und genauso war es auch am nächsten Tag bei meinen Schwiegereltern. Pierre war immer in meiner Nähe. Immerhin.

Am Sonntagabend auf dem Bahnsteig war es mir schwer ums Herz. Ich hielt Pierres Hand in meiner und starrte auf die große Uhr.

»Nächstes Wochenende plane ich nichts, wir bleiben für uns«, sagte er. »Du hattest recht.«

Ich schmiegte mich in seine Arme.

»Fährst du gleich nach Hause?«

»Nein, ins Krankenhaus.«

»Warum?«

»Weil ich in unserem Haus nicht so gern allein bin … Los, steig ein, es ist so weit.«

Wir hatten gerade noch Zeit für einen Kuss, bevor ich in den Zug kletterte und sich die Türen schlossen. Pierre wartete nicht länger, er machte sofort kehrt, und ich sah seine Gestalt auf der Rolltreppe verschwinden.

Ich hätte Privatstunden nehmen sollen, um Ruhe zu haben. Das dachte ich, als ich nach diesem Wochenende im Atelier ankam und die anderen Mädchen über ihre Discobesuche am Samstagabend oder ihre Freunde schwatzen hörte. Meine Reaktion erschreckte mich. War ich schon derart verknöchert, dass ich ihnen die ihrem Alter gemäßen Vergnügungen missgönnte? Sie waren so sorglos, so voller Leben, sie hatten ihre Zukunft vor sich, und was die anderen über sie dachten, war ihnen egal. In ihrem Alter stand ich kurz vor der Heirat. Letzten Endes war ich nie frei gewesen. Und jetzt war ich einfach nur neidisch, ich wandte den Blick ab von diesem Schauspiel einer Jugend, die mir nie vergönnt war.

Während der ganzen zweiten Ausbildungswoche hatte ich das Gefühl, dass Philippe mir besonders viel Zeit widmete und dass ich eine Art Eignungstest durchlief. Er stellte mir nicht dieselben Aufgaben wie den anderen, und seine Ansprüche waren gestiegen. Trotz der Überraschung und des Drucks machte es mir ungeheuren Spaß. Es war eine Ausbildung, kein Job, doch ich wollte unbedingt Überstunden machen.

Am Montagmorgen der dritten Woche kam Philipp herein und verkündete ohne weitere Einleitung, wir hätten eine Woche Zeit, einen Hosenanzug für Damen anzufertigen. Anscheinend hatte ich ein Kap umsegelt, denn jetzt bekam ich wieder dieselben Aufgaben wie die anderen. Er verteilte das Schnittmuster und forderte uns auf, an die Arbeit zu gehen. Als ich das Foto des verlangten Hosenanzugs sah, stellten sich mir die Nackenhaare auf. So hatte ich mich in der Bank gekleidet, eine gesichtslose und völlig unweibliche Uniform! Philippe kam an meinen Tisch.

»Tob dich aus«, sagte er zu mir.

»Wie meinen Sie das?«

Lächelnd verdrehte er die Augen.

»Ihr sollt einen Kartoffelsack schneidern, sieh zu, was du draus machst, mein Goldstück …«

Damit verließ er mich und ging zu den anderen, die sich darüber zankten, welcher Stoff der richtige sei. Letzten Endes hatte uns niemand verboten, ein paar Details nach eigenem Gusto einzubauen. Mir schien sogar, ich hatte gerade die Erlaubnis erhalten, meiner Fantasie freien Lauf zu lassen. Ich holte meinen Skizzenblock aus der Tasche, strich mir das Haar zurück, steckte es mit einem Bleistift hoch und stürzte mich in den Entwurf dieses Hosenanzugs, an dem ich einiges zu ändern gedachte. Meiner wäre nicht dazu da, auf der Arbeit getragen zu werden, meiner sollte zum Ausgehen sein und die Frau zur Geltung bringen.

»Originell«, sagte eine tiefe schleppende Stimme über meiner Schulter, als ich gerade an meiner Skizze feilte.

Ich zuckte zusammen und hob den Kopf, mein Bleistift schwebte in der Luft. Die Gespräche verstummten, alle Blicke waren auf mich gerichtet, insbesondere der der Chefin.

»Iris, komm mit in mein Büro.«

Mein erschrockener Gesichtsausdruck hinderte sie nicht daran, meine Skizze vom Tisch zu nehmen. Sie verließ den Raum, und ich stand sofort auf und folgte ihr. Ich hatte da offensichtlich einen dicken Fehler gemacht, als ich mich vom Modell entfernt hatte. Dabei war ich sicher, dass Philippe versucht hatte, mir eine Botschaft zukommen zu lassen. Während ich auf die Treppe zuging, sah ich mich nach ihm um, er war wie vom Erdboden verschluckt. In ihrem Büro angekommen, setzte sich Marthe und bot auch mir einen Platz an. Sie zog an ihrer Zigarettenspitze, während sie meine Skizze eingehend betrachtete.

»Warum hast du das gemacht?«, fragte sie schließlich und gab sie mir zurück.

»Ich werde mich wieder auf das Ausgangsmodell konzentrieren, ich hätte das nicht …«

»Danach habe ich dich nicht gefragt. Ist auch egal. Endlich mal eine Kursteilnehmerin mit Zeichentalent und guten Ideen!«

»Das war doch nichts Besonderes, Madame.«

Mit einer Geste brachte sie mich zum Schweigen.

»Nenn mich Marthe, niemals Madame. Deine Art zu zeichnen und diesen Hosenanzug abzuwandeln, spricht für sich. Mir ist die Qualität deiner Arbeit von Anfang an aufgefallen. Du kannst nähen. Sowohl Körperumspielendes als auch Maßgeschneidertes. Hast du schon viele eigene Modelle entworfen?«

»Ich würde nicht sagen, dass es Modelle waren, ich hab ein paar Kleider gemacht, Röcke, einfache Kleidungsstücke.«

»Was hast du vor, wenn du hier fertig bist?«

»Ich werde zu Hause als Schneiderin arbeiten. Ich werde alles anbieten: Änderungen und hin und wieder auch eigene Kreationen, hoffe ich …«

Das wird mir eine Tätigkeit als Vollzeitmutter ermöglichen, dachte ich.

»So eine Verschwendung. Ich werde deine Arbeit in dieser Woche genau beobachten.«

»Warum?«

»Weil du mich interessierst. Mach das!« Sie zeigte auf meine Zeichnung. »Und jetzt geh wieder an deinen Platz.«

Ich gehorchte und ging ins Atelier zurück. Als ich eintrat, fielen die anderen über mich her.

»Was wollte Marthe von dir?«

»Nichts.«

»Ja, genau! Halt dich nur weiter abseits«, sagte eine von ihnen.

»Wir haben den Eindruck, wir sind dir nicht gut genug, oder wir machen dir Angst«, setzte eine andere nach.

Mir fiel keine Antwort ein, ich war noch ganz gelähmt von dem Gespräch mit Marthe. Die anderen gingen wieder an die Arbeit und überließen mich meinem wachsenden Unbehagen.

Als eine Stunde später die Mittagspause begann, fragte ich sie, ob ich mitkommen dürfe. Sie luden mich begeistert dazu ein. In der Kneipe, in der wir dann saßen, machten wir endlich Bekanntschaft miteinander, und ich konnte zu meiner Erleichterung feststellen, dass sie alle recht sympathisch waren. Im Gespräch mit ihnen merkte ich, dass ich voller Vorurteile und gar nicht mehr daran gewöhnt war, neue Menschen kennenzulernen, was eigentlich gar nicht zu mir passte. In ihren Zukunftsplänen lag trotz ihres Teenie-Alltags viel Reife, und ihre Energie beschwingte mich. Auf dem Rückweg ins Atelier erzählten sie mir, dass Marthe die Eigentümerin des ganzen Gebäudes sei, dass sie in den beiden obersten Etagen wohne und viele Empfänge gebe.

Ich setzte mich entspannter an die Arbeit als nur wenige Stunden zuvor. Am Ende des Tages hatte ich einen unglaublichen Rückstand im Nähpensum, aber ich war mit mir zufrieden. Ich verließ das Atelier gleichzeitig mit den anderen.

Zwei Tage später war ich gerade dabei, die Hose zusammenzureihen, als Marthe ihre Runde durchs Atelier machte. Sie nahm jede einzelne Baustelle in Augenschein und kam zum Schluss zu mir. Ich hatte den Mund voller Stecknadeln und nickte ihr nur grüßend zu. Wieder betrachtete sie das gezeichnete Modell eingehend, dann strich sie mit der Hand über den schwarzen Seidenkrepp, den ich für meinen Hosenanzug gewählt hatte, über den nachtblauen Satin für das Revers und alle anderen Schmuckelemente. Danach ging sie zu Philippe und unterhielt sich mit ihm, wobei sie mich ständig beäugte. Es war ziemlich unangenehm und beunruhigend.

Am selben Nachmittag kam sie wieder, jetzt hatte ich gerade die Kellnerweste zusammengeheftet, die als Oberteil dienen sollte. Ich hängte sie auf die Schneiderpuppe und trat einen Schritt zurück, um nach Schwachstellen zu suchen.

»Wenn du fertig bist, würde ich es gern einer Freundin zeigen«, sagte sie.

»Es ist nicht gut genug, um die Werkstatt zu verlassen, es ist ja nur zum Üben.«

»Es ist eine Sünde, so viel Talent zu verschwenden.«

»Sie übertreiben.«

Sie fixierte mich mit ihren braunen Augen und lächelte.

»Darüber reden wir noch.«

Ich ließ die Schultern hängen und seufzte. Sie brach in Lachen aus und ging.

Am Tag darauf gab Philippe mir wieder Privatunterricht, anders kann man es nicht nennen. Nachdem er sich vergewissert hatte, dass die anderen allein zurechtkamen, widmete er sich mir. Er hatte mein Hauptproblem bei der Anfertigung der Weste bemerkt: die Paspelknopflöcher am unteren Rückenteil. Paspelieren war eine Technik, die ich mir bis dahin niemals hatte aneignen können. Wir verbrachten den ganzen Tag und einen Teil des Abends damit. Er schaute nicht auf die Uhr und ließ mich immer wieder von vorn anfangen, bis ich die Technik wirklich perfekt beherrschte. Als wir endlich beide mit dem Ergebnis zufrieden waren, ging ich erschöpft nach Hause und legte mich ins Bett. Doch ich war noch ganz aufgedreht und konnte nicht einschlafen. Als ich die Augen schloss, sah ich Scheren, Nadelkissen, Reih- und Überwendlingsstiche …

Am Donnerstagabend wollte ich länger arbeiten, um am nächsten Tag früher Schluss machen, um so schnell wie möglich nach Hause fahren zu können. Solange Marthe da sei, könne ich bleiben, hatte Philippe gesagt. Und sie war da, schon seit dem frühen Nachmittag beobachtete sie mich.

»Iris, kommst du noch mit was trinken?«, lud mich eins der Mädchen ein.

Ich blickte von meiner Arbeit auf und sah sie alle aufbruchbereit vor mir stehen. Ich lächelte ihnen zu.

»Danke, das ist nett, aber ich bleib noch ein bisschen, ich möchte vorankommen.«

»Ein andermal?«

»Gern. Euch viel Spaß, bis morgen.«

Als ich ihnen nachsah, nahm ich mir fest vor, in der kommenden Woche mit ihnen auszugehen. Ihre Anwesenheit machte mich nicht mehr nervös, wohl aber die der Chefin. Ich verstand nicht, was sie von mir wollte. Ich versuchte, sie zu ignorieren und mich ganz auf meine Arbeit zu konzentrieren. Aus dem Augenwinkel sah ich, dass sie aufstand. Sie kam an meinen Tisch.

»Machst du das gern, was du da tust, Iris?«

Ich sah sie an. Ihr Blick ging zwischen mir und meiner Arbeit hin und her.

»Natürlich.«

»Warum hast du dich nicht an das vorgegebene Modell gehalten?«

»Es gefiel mir nicht. Genau das Richtige, um im Büro nicht aufzufallen, es weckte unschöne Erinnerungen in mir.«

Ich hatte zu schnell gesprochen. Sie lächelte.

»Deins könnte im Büro durchaus nützlich sein. Wenn du es auf dem Weg zu einer Besprechung tragen würdest, könntest du deinen Standpunkt durchsetzen, indem du einfach nur durch den Raum gehst. Es wird deinen Körper zur Geltung bringen.«

Ich wurde rot bis unter die Haarwurzeln.

»Ich habe es nicht für mich gemacht.«

Sie lächelte.

»Es gab eine Zeit, da hätte sich Jules gefreut, wenn ich so etwas getragen hätte«, sagte sie leise.

Ihr Blick verschleierte sich, auf ihrem Gesicht lag tiefe Trauer. Sie griff in eine winzige Tasche, die ich erst jetzt bemerkte. Sie nahm etwas heraus, steckte es in den Mund und schluckte es schnell. Die Bewegung war kaum wahrzunehmen.

»Wir wollten, dass ihr ein Basic macht, weil es eben zu den Grundlagen gehört. Schülerinnen, die zu einer so guten und ausgefeilten Arbeit imstande sind, sieht man selten«, fuhr sie fort.

»Die anderen sind bloß nicht auf die Idee gekommen, das ist alles, aber sie hätten das auch gekonnt.«

»Deine Bescheidenheit ist krankhaft und wird allmählich wirklich nervig.«

Ihr Gesichtsausdruck war sehr ernst. Sie blickte mir fest in die Augen, ich senkte den Blick zuerst. Sie ging nach oben, kam einige Minuten später zurück und legte mir einen Schlüsselbund auf den Tisch.

»Du kannst so lange arbeiten, wie du willst. Danach schließt du das Atelier ab. Ich gehe nach oben in meine Wohnung. Bis sehr bald, Iris.«

»Äh … Auf Wiedersehen, und danke für die Schlüssel.«

Ohne sich noch einmal zu mir umzudrehen, verabschiedete sie sich mit einem kleinen Winken. Ich folgte ihr in den Gang hinaus. Wer war diese Frau? Wieder einmal fielen mir ihre Eleganz und der trotz der schmalen hohen Absätze geschmeidige Gang auf. Über ihr purpurrotes Hemdblusenkleid hatte sie eine Redingote gezogen, deren offener Gürtel zu beiden Seiten herabhing, sie hielt ein Paar Lederhandschuhe in der Hand und trug am Handgelenk ein Kelly-Armband. Sie schloss die Tür hinter sich. Ich war allein im Atelier, und im ganzen Haus waren nur sie und ich. Nach zwanzig Uhr war sonst niemand mehr da.

Zwei Stunden später beschloss ich, es genug sein zu lassen. Am nächsten Tag bräuchte ich alles nur noch einmal aufzubügeln und die letzten Fädchen abzuschneiden. Ich ging durch alle Räume und knipste überall das Licht aus. Trotz Marthes Eigenarten fühlte ich mich wohl hier. Ich prüfte zehnmal nach, ob ich die Tür auch richtig abgeschlossen hatte. Ich hatte Lust, mir ein wenig die Beine zu vertreten und nahm die Treppe nach unten. Auf der ersten Etage begegnete ich zu meiner großen Überraschung einer jungen Frau, die an der Gegensprechanlage der Investmentgesellschaften klingelte. Sie drehte sich zu mir um und lächelte mich strahlend an. Sie sah aus wie ein einem Manga entsprungenes Püppchen. Wie alt mochte sie sein? Die Treuherzigkeit, die sie zur Schau trug, wirkte alles andere als natürlich.

»Guten Abend«, sagte ich aus Höflichkeit.

»Salut! Kommst du aus der Schneiderschule?«

»Ja.«

»Hast du ein Glück! Ich liebe Klamotten. Ich wollte Modedesign machen, aber mein Vater hat mich auf eine Handelsschule geschickt, und da kapier ich rein gar nichts.«

Die Tür sprang auf.

»Ich nehme an, Sie werden erwartet?«

»Ich nehme Privatstunden und bringe das Abendessen mit.« Sie kicherte und schwenkte zwei Sushi-Packungen.

Seit wann nahm man nach 22 Uhr und im Pelzmantel Privatstunden? Ich ging an ihr vorbei und musste beinahe husten, als ich ihr Erdbeerparfüm einatmete.

»Dann frohes Schaffen.«

»Danke, ich komme so gern hierher!«

Von ihr unbeobachtet, verdrehte ich die Augen. Während ich die Treppe weiter hinunterging, dachte ich, dass Marthe sich lieber um das nächtliche Treiben in ihrem Haus kümmern sollte, statt mich zu behelligen … Als ich im Erdgeschoss angekommen war, hörte ich die lernbegierige Sushi-Lieferantin albern auflachen, dann schlug eine Tür zu. Ich konnte es mir nicht verkneifen, von der Straße aus noch einen Blick auf die erleuchteten Fenster im ersten Stock zu werfen: Um internationalen Handel ging es da wohl kaum.

Pierre hielt sein Versprechen. Wir trafen uns mit niemandem. Jeder ging seinen Beschäftigungen nach. Dennoch war dieses Wochenende nicht ganz ohne Zärtlichkeit, und ich hatte das Gefühl, dass mein Mann mich häufiger ansah als sonst. Das schloss ich jedenfalls aus seinen Taten, denn ausnahmsweise hatten wir – endlich einmal – auf seine Initiative hin Sex. Also schob ich es möglichst lange auf, ihm von Marthe und ihrem Interesse an mir zu erzählen. Irgendetwas sagte mir, dass es ihm nicht gefallen würde. Ich hatte mich nicht getäuscht.

»Iris, trau dieser Frau nicht.«

»Warum nicht?«

»Weil sie in einem ganz anderen Milieu lebt und ihr nicht aus derselben Welt stammt. Ich kenne dich, du wirst sie ohne besonderen Grund ins Herz schließen und dir allerlei Hoffnungen machen. Doch sie, sie wird dich gleich nach der Ausbildung vergessen.«

»Vielleicht hast du recht.«

4

Wieder ging eine Unterrichtswoche zu Ende. Und jeden Tag hatte ich unter der schweigenden Aufsicht von Marthe verbracht. Sie erschien im Atelier, setzte sich auf ein Kanapee gegenüber meinem Arbeitstisch, schlug die Beine übereinander und sah mich an. Hin und wieder gab sie Philippe, der sie immer im Auge behielt, ein Zeichen. Er eilte zu ihr und beantwortete ihre Fragen. Ich kam mir vor wie eine von Verhaltensforschern beobachtete Laborratte, doch ich konnte nicht viel daran ändern.

Am Donnerstag ergriff ich die Initiative und schlug den Mädchen vor, noch irgendwo etwas zusammen zu trinken. Sie nahmen die Einladung an. Während des Abends wurde mir klar, dass ich zum ersten Mal mit anderen jungen Frauen ausging, noch dazu mit solchen, die meine Leidenschaft teilten. Seit ich Pierre kennengelernt hatte – damals war ich zwanzig –, hatte ich meine Freizeit nur mit Medizinstudenten und dann mit Ärzten verbracht. Und ich hatte nie versucht, Zeit mit der einen oder anderen Freundin von ihnen zu verbringen: Kleider shoppen interessierte mich nicht, das tat ich auf dem Dachboden mit meiner Singer. Wir hatten weder dieselben Interessen noch denselben Kleidungsstil. Sie folgten dem Diktat der großen Marken und trugen schließlich, nach einem gnadenlosen Kampf in den Bekleidungsgeschäften, doch mehr oder weniger die gleiche Uniform. Mit den Mädchen aus dem Atelier hingegen verstand ich mich trotz des Altersunterschieds und ungeachtet der unterschiedlichen Herkunft auf Anhieb. Ich verbrachte einen herrlichen Abend in ihrer Gesellschaft und fuhr dann leicht beschwipst mit der letzten Metro nach Hause. Wenn Pierre das gewusst hätte …

Am nächsten Morgen kam Marthe zu meiner großen Erleichterung nicht. Doch diese Freiheit war nicht von Dauer. Kurz vor 12 Uhr kam ein etwa fünfzigjähriger Herr mit ergrauten Schläfen ins Atelier. Er war sehr schick, Flanellhose, tadelloses Hemd und Kaschmirpullover mit V-Ausschnitt. Er begrüßte Philippe, und der zeigte dann mit der Hand auf mich. Was hatte ich jetzt wieder angestellt? Der elegante Herr kam lächelnd auf mich zu.

»Sie sind Iris?«

»Ja. Guten Tag.«

»Ich bin Jacques, Marthes Butler.« Er gab mir die Hand.

Ein Butler! Es überraschte mich nicht, dass Marthe Personal beschäftigte, aber einen Butler! In welche Welt war ich hier geraten?

»Marthe erwartet Sie zum Mittagessen, hier ist die Adresse.«

Er gab mir eine Karte.

»Um 13 Uhr. Kommen Sie nicht zu spät.«

»In Ordnung.«

Er lächelte mir freundlich zu und ging.

Eine Stunde später betrat ich ein Restaurant unweit der Place Vendôme. Ich kam kaum dazu, nach Marthe Ausschau zu halten, da wurde ich schon von einem Kellner empfangen. Wenn ich nicht so gestresst gewesen wäre, hätte ich laut gelacht, als er einen Bückling vor mir machte.

»Madame.«

»Guten Tag. Ich habe eine Verabredung mit …«

»Sie erwartet Sie, bitte folgen Sie mir.«

Okay, Marthe war ein Gast mit VIP-Status. Er eskortierte mich an ihren Tisch. Sie starrte auf die Straße hinaus und schien ihre Umgebung gar nicht wahrzunehmen. Der Kellner machte sich aus dem Staub, sobald er mich dort abgeliefert hatte.

»Guten Tag, Marthe.«

Sie blickte nicht auf mich, sondern auf ihre Armbanduhr.

»Du bist pünktlich, das gefällt mir. Setz dich.«

Während ich Marthe gehorchte, schickte ich einen stillen Dank an ihren Butler. Ihre scharfen Augen musterten mich. Dann nahm sie ihre Serviette, faltete sie auseinander und legte sie auf ihren Schoß.

»Essen wir. Reden können wir später.«

Wie durch Magie erschien, obwohl wir noch gar nicht in die Karte geschaut hatten, ein noch sehr junger Kellner und näherte sich unserem Tisch, als müsse er aufs Schafott. Marthe hatte bereits für mich bestellt. Sie begann zu essen. Ich hatte überhaupt keinen Appetit. Sie schaute auf meine Hände, die beiderseits meines Tellers wie festgeklebt auf dem Tischtuch lagen. Ich riss mich zusammen und zwang mich zu essen. Was wollte sie nur von mir?

Als sie ihr Besteck ablegte, nutzte ich die Gelegenheit und hörte ebenfalls auf zu essen.

»Fährst du heute Abend zu deinem Mann?«, fragte sie.

»Äh … Ja. Woher wissen Sie, dass ich verheiratet bin?«

»Deine Anmeldeformulare, Chérie. Was hält er davon, dass du so lange weg bist?«

»Es passt ihm ganz gut, so kann er noch länger arbeiten als sonst, das kommt ihm sehr entgegen.«

Warum erzählte ich ihr das? Ich seufzte.

»Was macht er?«

»Er ist Arzt im Krankenhaus.«

»Wahrscheinlich siehst du ihn nicht oft …«

»Stimmt, für meinen Geschmack zu selten.«

Ich deutete ein Lächeln an und zügelte meinen Mitteilungsdrang, denn ich spürte, dass ich Marthe sonst restlos alles erzählt hätte, bis hin zur Farbe meines Slips.

»Und Sie, Marthe?«

»Ich war dreißig wunderbare Jahre mit Jules verheiratet. Er ist vor drei Jahren gestorben.«

»Das tut mir leid.«

Sie sah mir tief in die Augen, und ich wusste nicht warum, aber ich fühlte mich schlecht.

»Er war ein Arbeitstier, aber ich bin seine Geliebte geblieben, eine Sache der Willenskraft.«

Und inwiefern hatte das etwas mit mir zu tun?

»Er war Finanzexperte, hat an der Börse gespielt und damit ein Vermögen gemacht. Dann hat er die Firmen in der ersten Etage gegründet, er kümmerte sich um Vermögensverwaltungen, Investitionen, Pensionsfonds und dergleichen«, erklärte sie. »Er hat alles bis zum Schluss geleitet.«

»Und wer kümmert sich jetzt darum?«

»Seine frühere rechte Hand. Er genoss sein volles Vertrauen, und ich vertraue ihm auch.«

Sie machte dem nun bald erlösten jungen Mann ein Zeichen, die Teller abzuräumen, und bestellte zwei Kaffee.

»Du wirst ihn übrigens bald kennenlernen … Am nächsten Wochenende gebe ich eine Cocktailparty, und du wirst dabei sein.«

»Äh … Es ist sehr nett, dass Sie an mich gedacht haben, aber …«

»Für diesen Abend brauche ich dich, Iris.«

»Mich? Aber wozu?«

Ich versteckte meine zitternden Hände unter dem Tisch. Panik stieg in mir hoch.

»Du wirst mir ein Kleid nähen, du hast freie Hand, und alles im Atelier steht dir zur Verfügung.«

»Ich glaube nicht, dass …«

»Du wirst deinen Hosenanzug tragen, so können wir dein Talent gleich doppelt zeigen.«

»Hören Sie, Marthe, ich weiß nicht, warum Sie denken, dass …«

»Da gibt es nichts zu diskutieren. Es handelt sich um eine Anweisung der Schulleitung. Wenn du ablehnst, brauchst du nächste Woche nicht wiederzukommen.«

»Das können Sie mir nicht antun, bitte, Marthe.«

»Ich habe noch einen Termin. Danach komme ich ins Atelier, damit du Maß nehmen kannst.«

Sie stand auf. Der Oberkellner war zur Stelle und half ihr in den Mantel, dann ging sie und ließ mich am Tisch sitzen.

Ziemlich benommen kehrte ich ins Atelier zurück. Philippe schmunzelte, er wusste genau, was da gerade über mich hereingebrochen war. Meine Mitschülerinnen merkten, dass mit mir etwas nicht stimmte.

»Was ist los mit dir? Hast du einen Geist gesehen?«

»Marthe … Marthe will, dass ich ein Kleid für sie entwerfe.«

»Mensch, das ist doch toll!«

»Nein, das ist überhaupt nicht toll! Wenn ich es nicht mache, werde ich rausgeschmissen.«

»Das ist doch gar keine Frage! Du schaffst es und bleibst bei uns.«

»Ach, hört auf, das kriege ich nie hin.«

»Iris, du hast von uns allen am meisten Talent, du machst das mit links. Und außerdem hast du nicht das Recht, so etwas abzulehnen. Beweg deinen Hintern und mach dich an die Arbeit. Sonst machen wir dir das Leben zur Hölle.«

Philippe gönnte ihnen eine längere Pause, damit sie mich coachen konnten und vor allem verhinderten, dass ich wieder in Panik geriet.

Ich musste mich zusammenreißen, um halbwegs normal zu erscheinen, als Marthe am Nachmittag kam. Wortlos ging sie in den Umkleideraum. Ich atmete tief durch, steckte mein Haar noch einmal hoch und folgte ihr dann, bewaffnet mit Bandmaß, Zettel und Stift. Sie erwartete mich mitten im Raum. Ich begann, ihre – perfekten – Maße zu nehmen. Sie war groß, ihre Taille extrem schmal, und ihre Brust harmonierte mit ihrer schlanken Gestalt. Kein

Gramm zu viel, und dennoch war sie teuflisch weiblich in ihrer sehr schmal geschnittenen marineblauen Hose und dem cremefarbenen Seidentop. Marthe verkörperte die französische Eleganz in ihrer reinsten Form. Während der ganzen Prozedur lastete ihr Blick auf mir. Sie wusste, was sie zu tun hatte, sie drehte sich und hob die Arme, ohne dass ich etwas zu sagen brauchte. Das Schweigen und die körperliche Nähe machten die Atmosphäre immer bedrückender, es wurde geradezu unerträglich.

»Geben Sie mir wenigstens einen Tipp, was Ihnen gefällt.«

»Du musst es kreieren, Iris. Mehr verlange ich nicht von dir. Ich will, dass du es versuchst. Wenn es dir misslingt, ist es nicht schlimm, du darfst hierbleiben, und ich lasse dich in Frieden, ich verspreche es dir.«

Ich vertraute ihr, wegen der Autorität, die sie ausstrahlte, und trotz ihrer Methoden. Hatte ich eine andere Wahl?

»Na gut, ich will es versuchen. Sie sollten trotzdem wenigstens ein Ersatzkleid bereithalten … Aber was die Einladung angeht, die nehme ich nicht an.«

Sie nahm mein Kinn in die Hand.

»Chérie, alles wird gut gehen, ich bin bei dir.«

Wirklich, ich hatte keinerlei Wahl. Was würde Pierre über all das denken und sagen? Nichts Gutes, das hatte ich schon im Gefühl.

Ich schloss mich im Lager ein. Ich begann, die Stoffe zu betasten, ich kräuselte und faltete sie und prüfte ihre Wirkung auf meiner Haut, um den Stoff zu finden, der mich überzeugen und zu Marthe passen könnte. Ich musste mich vom Material und von ihrer Figur inspirieren lassen. Nach mehreren Stunden hatte ich endlich geeignete Stoffmuster gefunden. Nun würde ich mit dem Skizzieren des Entwurfs beginnen. Ich warf einen Blick auf die Armbanduhr, ich hatte meinen Zug verpasst, egal, dann würde ich eben den nächsten nehmen.

Den ganzen Samstag über verschanzte ich mich im Speicher. Fieberhaft blätterte ich in all meinen Büchern über Mode und über die großen Modeschöpfer. Ich konzentrierte mich auf die Arbeit von Coco Chanel und Yves Saint Laurent. Beide hatten sie die Frauen zur Geltung gebracht, indem sie sie aus ihrem Panzer befreiten, indem sie ihnen Unabhängigkeit und Selbstbewusstsein verliehen. Ihre Inspirationen, so schien mir, würden gut zu meiner Chefin passen. Überall lagen zerrissene und zusammengeknäulte Papierbögen herum. Es machte mich buchstäblich verrückt. Nichts von dem, was ich zeichnete, gefiel mir, und bei keinem Entwurf konnte ich mir vorstellen, dass Marthe ihn trug. Nichts war gut genug.

Am Abend begleitete ich Pierre widerwillig zu einem Essen bei Freunden. Pierre erklärte ihnen in spöttischem Ton, ich sei zur gewissenhaften Schülerin mutiert. Ich sagte nichts dazu, aber seine Haltung störte mich und war verletzend. Nun sprach er endlich einmal über das, was ich machte, und dann machte er es gleich lächerlich. Würde ich je echte Unterstützung erhalten? Die anderen lachten mich aus, sie hätten sich nie vorstellen können, dass ich mich so in die Arbeit stürze. Ich steckte den Schlag dümmlich lächelnd ein. Für den Rest des Abends folgte ich der Unterhaltung nicht mehr, ich dachte nur noch an meinen Entwurf.

Zu Hause angekommen, ging ich zur selben Zeit schlafen wie Pierre. Doch ich drehte und wälzte mich im Bett. Ich konnte einfach nicht einschlafen. Leise stand ich auf.

»Was machst du da?«

»Ich geh noch mal an die Arbeit, ich hab eine Idee.«

Pierre knipste das Licht an, setzte sich auf und sah mich an.

»Hat das nicht bis morgen Zeit?«

»Du weißt doch, man soll das Eisen schmieden, solange es heiß ist.«

Er verdrehte die Augen und knipste die Nachttischlampe wieder aus.

»Lächerlich«, murmelte er.

Ich wollte keinen nächtlichen Streit anfangen, dennoch hätte ich ihm gern gesagt, dass dies jetzt nur ein kurzes Schlaglicht auf all das war, was ich schon seit Jahren erduldete. Ich ließ ihn ungehemmt weiterschnarchen, um das Modell, das mir gerade eingefallen war, zu Papier zu bringen.

Am Montagmorgen entdeckte ich, dass mein Arbeitstisch am Wochenende an einen anderen Platz gerückt worden war. Ich war immer noch mit den Mädchen zusammen – die jetzt mein Fanklub waren –, aber ich hatte es ruhiger und weniger eng. Die ganze Woche über arbeitete ich wie besessen und verließ das Atelier nur, um ein paar Stunden zu schlafen. Ich konzentrierte mich ganz auf Marthes Kleid. Nachdem ich mich zunächst zu schillernden Farben hatte verlocken lassen, hatte ich mich noch einmal umentschieden, und zwar für Wildseide in Königsblau. Eine Farbe mit Tiefe, die der rätselhaften und verwirrenden Persönlichkeit meiner Chefin eher gerecht wurde. Entgegen ihrer Gewohnheit würde Marthe damit ihre Wespentaille zur Geltung bringen. Es würde ein schlichtes, eng anliegendes Kleid mit Dreiviertelärmeln sein. Ich hatte bemerkt, dass sie immer dieselben Schmuckstücke trug, die auch hier ihren Platz finden würden, insbesondere ihr Collier würde sich im rechteckigen Ausschnitt gut machen. Im Zuge meiner vielfältigen Beobachtungen war mir außerdem aufgefallen, dass jedes ihrer Kleidungsstücke eine fast unsichtbare Tasche hatte, also würde auch dieses Kleid eine bekommen. Ich breitete mich im Zuschneideraum aus, übertrug das Schnittmuster mit Kreide auf den Stoff und schnitt jedes Stück sorgfältig zu. Ich flehte Marthe an, es sich anzusehen und auch anzuprobieren, doch sie lehnte jedes Mal ab. Philippe stand mir unerschütterlich bei, er lenkte auch meine häufigen Panikattacken in die rechten Bahnen. Damit ich mich beruhigte, erteilte er mir Aufgaben, ließ mich Nähte neu nähen, die er für nicht ganz perfekt hielt, vor allem die berühmten Taschen. Da hier Diskretion angebracht schien, mussten sie unbedingt gelingen. Kein Fältchen durfte sichtbar werden, der Taschenbeutel musste völlig glatt sein. In solchen Momenten vergaß ich, was bei dieser Aufgabe auf dem Spiel stand … Aber konnte ich Marthes Bestellung als einfache Übungsaufgabe betrachten? Ich bezweifelte es.

»Du hast doch nicht vergessen, dass ich morgen Abend nicht nach Hause komme?«, fragte ich Pierre am Donnerstagabend am Telefon.

»Wovon redest du?«

»Ich habe es dir letztes Wochenende erklärt, und du hast mir nicht zugehört. Ich muss zu einem Empfang bei Marthe, sie will, dass ich dabei bin. Frag mich nicht wieso, ich weiß es nicht.«

»All das geht allmählich in eine Richtung, die mir nicht gefällt. Du solltest eine Ausbildung machen, nicht Gratisaufträge übernehmen, und schon gar nicht zu irgendwelchen Cocktailpartys gehen.«

»Wenn ich ablehne, werde ich gefeuert. Und das ist das Letzte, was ich möchte.«

Ich stieß einen langen Seufzer aus, er ging mir fürchterlich auf die Nerven. Ich hatte keinen Grund, ihm meine Freude an der Arbeit zu verhehlen.

»Nur, falls es dich interessiert: Was ich diese Woche gemacht habe, hat mir irrsinnigen Spaß gemacht.«

Ich hatte es gerade ein letztes Mal gebügelt. Jetzt brauchte ich das Kleid nur noch bei Marthe abzuliefern. Ich nahm den Kleidersack und fuhr zum ersten Mal in den fünften Stock hinauf. Die Tür stand weit offen. Ich bestaunte ein Ballett von Floristen, Caterern und Kellnern. Endlich entdeckte ich den Butler.

»Entschuldigen Sie, guten Tag, Monsieur …«

»Jacques«, unterbrach er mich.

»Also: Jacques! Ist Marthe da?«

»Nein, aber ich habe Sie schon erwartet. Ich soll das

Kleid entgegennehmen und Ihnen sagen, dass Sie um halb acht von einem Taxi zu Hause abgeholt werden.«

Man schickte mir ein Taxi, das wurde ja immer verrückter! Als er nach dem Kleidersack griff, fühlte es sich so an, als risse er ihn mir aus den Händen.

»Vorsicht, es ist empfindlich und muss sofort aufgehängt werden.«

»Keine Sorge, damit kenne ich mich aus. Bis heute Abend!«

Er drehte sich um, und ich sah meinem Kleid hinterher. Idiotischerweise war es mir regelrecht ans Herz gewachsen, und nun würde ich vor heute Abend nicht erfahren, ob Marthe damit zufrieden war. Ich wollte gerade wieder hinunter ins Atelier, als Jacques noch einmal nach mir rief.

»Warten Sie, ich habe vergessen, Ihnen das hier zu geben.«

Er hielt mir einen Umschlag hin.

»Was ist das?«

»Ihr Lohn.«

Ich gab ihm den Umschlag zurück, als hätte ich mir die Finger daran verbrannt.

»Ich will keinen.«

Diese Ablehnung verblüffte ihn sichtlich. Rasch rannte ich die Treppe hinunter. Als ich ins Atelier zurückkam, stand das Empfangskomitee, die Mädchen und Philippe, schon bereit. Letzterer hatte sich die Zeit genommen, meinen Hosenanzug noch einmal zu überprüfen, alles war in Ordnung, ich konnte nach Hause fahren und mich schön machen.

Ich setzte große Hoffnungen auf meine Dusche, obgleich die Duschkabine sehr eng war. Nach einem Monat unterschiedlichster Verrenkungen konnte ich sie nun betreten, ohne einen Bandscheibenvorfall zu riskieren. Jetzt musste ich mich entspannen und mir intelligente Gesprächsthemen einfallen lassen. Ich hätte ein »Partyhandbuch für Dummies« durcharbeiten sollen. Obwohl ich den gesamten Warmwasserspeicher leerte, fühlte ich mich danach nicht besser. Ich wickelte mich in ein Handtuch, stützte mich aufs Waschbecken – oder vielmehr Handwaschbecken – und betrachtete mich im Spiegel. Eigentlich gab es deutlich Schlimmeres, als zu einer Party der Pariser Gesellschaft eingeladen zu werden. Ich hatte doch die kleinbürgerlichen Abendessen in der Provinz so satt, nun bot sich mir Besseres. Warum sollte ich es nicht auskosten? Oft würde sich mir eine solche Chance sicher nicht mehr bieten. Nach diesen Überlegungen hatte ich mehr Spaß daran, mich zurechtzumachen: Ich steckte mein Haar zu einem tiefen Knoten zusammen und schminkte mich diskret, um meine grünen Augen zur Geltung zu bringen. Dann zog ich die Smokinghose an. Wie zu erwarten, passte sie mir, aber ich hatte gut daran getan, das Mittagessen ausfallen zu lassen, denn unter dem flachen Hosenbund durfte auf keinen Fall etwas hervorquellen. Ich war sehr zufrieden damit, wie die Hose fiel. Dann griff ich zur rückenfreien Weste. Woran hatte ich nur gedacht, als ich sie entwarf? Jedenfalls nicht an mich! Denn dann hätte sie weit mehr Haut bedeckt, und ich hätte einen BH darunter tragen können. Stattdessen waren meine Schultern und mein Rücken völlig frei und das mit nachtblauem Satin eingefasste Dekolleté ziemlich tief. Nach einigen Verrenkungen gelang es mir, das untere Rückenteil zuzuknöpfen und den Haken an meinem Nacken zu schließen. Nachdem ich auch noch in die in aller Eile gekauften High Heels – Pierre bevorzugte Ballerinas – geschlüpft war, begutachtete ich mich im Spiegel. Ich erkannte mich nicht gleich, aber das Resultat sah gar nicht so übel aus. Mein Mann allerdings hätte mich so auf keinen Fall ausgehen lassen.

Als ich bei Marthe ankam, hatte ich nur einen Gedanken im Kopf: Flucht. Ich würde mich kurz zeigen und bei der ersten Gelegenheit wieder verdrücken. Der Butler öffnete die Tür und half mir aus der Jacke. Dann lächelte er mir aufmunternd zu und bat mich, ihm zu folgen. Der Flur erschien mir riesig, endlos … Endlich hörte ich Stimmengewirr, und meine Eskorte verschwand an der Schwelle zu einem Festsaal.

Dort standen etwa fünfzig Menschen und unterhielten sich, ein Glas Champagner in der Hand; Kellner eilten umher und boten Petits Fours an, im Hintergrund lief Jazz. Die Wohnungseinrichtung entsprach der Eigentümerin: schlicht und elegant. Einfache hochwertige Möbel, abstrakte Kunst an den Wänden und schwere dunkle Vorhänge an den Fenstern. Ich sah mich nervös nach Marthe um … Dann sah ich sie: Sie trug mein Kleid. Ich stieß einen Seufzer der Erleichterung aus, und mir stiegen Tränen in die Augen. Eine Frau, deren Eleganz ich bewunderte, trug ein Werk von mir! Meine erste echte Kreation.

Marthe erblickte mich und winkte mich zu sich.

»Iris, Chérie«, sagte sie und küsste mich auf die Wange, »dein Kleid ist wunderbar. Und genau das hatte ich auch von dir erwartet.«

»Danke.«

Sie nahm meine Hände, trat einen Schritt zurück und musterte mich von Kopf bis Fuß.

»Ich hatte recht, er steht dir prächtig, aber nimm um Gottes willen die Schultern zurück und halt dich gerade.«

Ich richtete mich auf und lächelte schüchtern.

»Schon besser«, sagte sie. »Die Männer sehen dich bereits an.«

Unwillkürlich krümmte ich mich zusammen.

»Iris«, schimpfte sie liebevoll. »So regieren die Frauen die Welt, und ich werde dich lehren, deine Macht zu brauchen und zu missbrauchen.«

Ich war nicht sicher, ob ich mir das wünschte. Sie nahm mich am Ellbogen und stellte mich ihren Freunden als junge Modeschöpferin vor, und nicht etwa als Kursteilnehmerin im Atelier. Ihre Hand an meinem Ellbogen zwang mich, mich gerade zu halten und mit den Leuten zu sprechen, besonders mit bestimmten Frauen, die jedes Detail meines Hosenanzugs und ihres Kleids eingehend studierten. Ich konnte es gar nicht fassen, dass ich für meine Arbeit so viele Komplimente bekam. Ich muss zugeben, dass mein Stolz und meine Freude größer waren als meine Verlegenheit. Es war umso aufregender, als jede von ihnen von großen Modehäusern eingekleidet war.

»Ich brauche noch mehrere Outfits«, sagte eine Bekannte von Marthe. »Würden Sie mir Ihre Visitenkarte geben?«

»Iris hat noch keine«, antwortete Marthe an meiner Stelle. »Aber Sie können sie über mich kontaktieren.«

»Das werde ich gewiss tun, darauf können Sie sich verlassen«, sagte die künftige »Kundin« im Weggehen.

Ich sah Marthe an, die nachdenklich lächelte.

»Nächste Woche sprechen wir über deine Zukunft. Aber jetzt genieß erst einmal das Fest. Trink ein Glas Champagner, das wird dich entspannen.«

Zum ersten Mal seit meiner Ankunft ließ Marthe meinen Ellbogen los und mich allein.

Ich nippte am Champagner und plauderte ohne große Mühe mit einigen anderen Gästen. Die meisten interessierten sich für moderne Kunst. Jetzt kam mir zum ersten Mal der Gedanke, dass Pierres häufige Abwesenheit auch ihr Gutes hatte. So hatte ich im Laufe der Jahre unzählige Kunstbände und Kataloge von Ausstellungen, die ich nicht besuchen konnte, verschlingen können. Ich, die ich Angst gehabt hatte, für eine ungebildete dumme Gans gehalten zu werden, kam ganz gut zurecht und fühlte mich schließlich sogar wohl. Immer wieder begegnete ich Marthes Blick. Sie ließ sich ausschließlich von Jacques bedienen und trank keinen Champagner, sondern nur Gin Tonic. Ihre Aufsicht störte mich nicht, im Gegenteil, ich glaube, ich mochte es, und ich lächelte ihr zu. Jeder Gast schien ihr großen Respekt und Bewunderung entgegenzubringen, manche sogar echte Verehrung. Sie umkreisten sie und bettelten um ein wenig Aufmerksamkeit von ihr. So konnte ich ermessen, welches Glück und welche Ehre es war, in so enger Beziehung zu ihr zu stehen.

Einige Augenblicke später holte Marthe mich, sie wollte mich dem Nachfolger ihres Mannes vorstellen. Sie zog mich in den anderen Teil des Raums.

»Gabriel!«, rief sie.

Ich war auf einen älteren Herrn gefasst. Aber es war ein gerade erst Vierzigjähriger, der auf uns zukam. Alles andere als schmächtig, sicherer, aber lässiger Gang, dunkler Anzug mit dunkler Krawatte, Hemd mit italienischem Kragen und Manschettenknöpfen, glatt rasiertes Ganovengesicht. Mit anderen Worten, die Sorte Mann, nach der man sich auf der Straße umsieht.

»Ja, Marthe?«, antwortete er, ohne mich aus den Augen zu lassen.

»Ich wollte dir endlich Iris vorstellen. Iris, das ist Gabriel.«

»Sehr erfreut«, sagte ich und gab ihm die Hand.

Er hielt sie mehrere Sekunden lang fest, und als er sie losließ, ertappte ich mich bei dem Gedanken, dass er sie gern noch länger hätte festhalten dürfen.

»Marthes Schützling«, sagte er heiser. »Ich freue mich wirklich, dich kennenzulernen. Ich begann schon zu glauben, Marthe hätte dich erfunden, aber es gibt dich ja tatsächlich.«

Er legte den Kopf leicht schief und betrachtete mich von Kopf bis Fuß.

»Ich hoffe, wir sehen uns noch oft«, fuhr er fort.

»Stör Iris bloß nicht bei der Arbeit«, mischte sich Marthe ein.

»Nichts läge mir ferner, ich würde mir lediglich ansehen … wie sie näht.«

Er schenkte mir ein verheerendes Lächeln, und ich errötete bis unter die Haarwurzeln.

»Seit wann interessierst du dich für Mode?«, erkundigte sich Marthe kühl.

»Seit einer Minute und fünfundvierzig Sekunden.«

Ich senkte lächelnd den Kopf. Wie gern hätte ich mit einer geistreichen Bemerkung reagiert, irgendetwas gesagt, eigentlich egal was, aber die bloße Anwesenheit dieses Mannes brachte mich aus der Fassung.

»Iris?«, sprach er mich an.

Ich hob schüchtern den Blick.

»Darf ich dir ein Glas Champagner holen?«

»Äh …«

»Nein!«, bestimmte Marthe.

Sie nahm mich wieder beim Ellbogen und führte mich weg. Unwillkürlich drehte ich mich um, Gabriel sah mir nach. Als sich unsere Blicke begegneten, zwinkerte er mir zu, und ich errötete schon wieder. Ich spürte, wie sich Marthes Griff um meinen Ellbogen verstärkte, was mich jäh auf den Boden der Tatsachen zurückbrachte.

»Iris, falls du noch einen Beweis für deinen Sex-Appeal brauchtest, da hast du ihn. Dennoch solltest du Gabriel nicht trauen.«

»Aber … Marthe … Ich …«

»Ich liebe ihn wie einen Sohn, aber er ist ein *Womanizer* ohne jeden Respekt gegenüber Frauen, und du bist verheiratet. Ich sage das nur zu deinem Besten.«

Diese Frau las in mir wie in einem offenen Buch.

»Machen Sie sich keine Sorgen«, sagte ich.

Bis zum Ende der Party ließ Marthe mich keine Sekunde mehr allein. Ich lächelte die Leute an, denen sie mich vorstellte, und hörte zu, wenn sie mit ihnen sprach.

Unauffällig sah ich mich nach Gabriel um. Ich brauchte bloß auf weibliches Gelächter zu achten, um ihn zu finden. Mehrere Frauen umringten ihn wie Fliegen einen Honigtopf. Ich hätte sogar gewettet, dass zwei von ihnen Mutter und Tochter waren. Und alle lachten sie dümmlich über seine Witze. Zu jeder sagte er etwas, oft auch ins Ohr, das freudiges Erröten und Wimpernflattern auslöste. Auch Gabriels Hände waren sehr aktiv, aber soweit ich sehen konnte, ging er nie zu weit, er brachte die Zuhörerinnen nur in Stimmung. Marthe hatte recht: ein *homme à femmes*. Wenn sie nicht bei mir gewesen wäre, wäre ich seinem Charme zum Opfer gefallen. Dabei war ich doch verheiratet und liebte meinen Mann … An diesem Punkt meiner Überlegungen begegnete ich seinem Blick. Ohne mich aus den Augen zu lassen, säuselte er einem seiner Groupies Nettigkeiten ins Ohr.

»Es ist spät«, sagte Marthe zu mir.

Widerwillig und mit einem Gefühl des Ertapptseins brach ich den Augenkontakt mit diesem Don Juan ab. Marthe beobachtete mich.

»Unten vor dem Haus stehen Taxis. Nimm eins nach Hause. Und komm Montagabend wieder hierher.«

»Danke, Marthe, danke für den Abend und … für alles.«

Sie hielt meinen Ellbogen immer noch fest, als sie mich flüchtig auf die Wange küsste.

»Du warst heute Abend wunderbar«, sagte sie mir mit ihrer betörenden Stimme ins Ohr.

Dann sah sie mir fest in die Augen. Ich senkte den Kopf.

Ihre Hand löste sich von meiner Haut, und sie kehrte zu ihren Gästen zurück.

Ich ging sofort ins Vorzimmer, um meine Jacke zu holen. Der zuständige dienstbare Geist wollte mir hineinhelfen.

»Lassen Sie. Das mache ich.«

Ich drehte mich um. Gabriel lehnte mit verschränkten Armen am Türrahmen. Er nahm die Jacke wie selbstverständlich an sich, während ich nur versteinert und hilflos zusah.

»Du gehst schon? Wir haben uns noch gar nicht richtig kennengelernt.«

»Ein andermal vielleicht …«

Er lächelte mich strahlend an und hielt mir die Jacke hin. Es blieb mir nichts anderes übrig, als zu gehorchen. Er ließ sich sehr viel Zeit, als er die Jacke auf meine Schultern hob.

»Ich möchte dich zum Abendessen einladen«, sagte er mir ins Ohr. »Ohne diese alten Idioten, und vor allem ohne Marthe.«

Ich drehte mich zu ihm um, er blieb stehen, wo er war, sodass sich unsere Körper berührten. Er setzte ein echtes Playboy-Lächeln auf.

»Danke, sehr nett, aber ich muss die Einladung ablehnen.«

Er legte den Kopf schief und runzelte die Stirn, lächelte aber weiter.

»Ich bin verheiratet.«

Warum nur hatte ich das unangenehme Gefühl, das wie eine lahme Entschuldigung vorgebracht zu haben?

»Wer würde ihm denn erzählen, dass wir essen gegangen sind? Ich bestimmt nicht. Eine kleine Lüge von Zeit zu Zeit würzt das Leben.«

Ich lächelte und sah ihn durch meine Wimpern an.

»Es bleibt beim Nein, tut mir leid. Noch einen schönen Abend.«

Ich wandte mich zum Gehen, damit er meine immer stärker werdenden und sicher sehr sichtbaren Hitzewallungen nicht bemerkte. Er ging an mir vorbei und öffnete mir die Tür.

»Gute Nacht, Iris.«

Als ich am nächsten Morgen in den Zug stieg, war ich noch ganz beschwingt vom Abend und begierig darauf, Pierre zu erzählen, welchen Erfolg meine Entwürfe gehabt hatten. Er erwartete mich auf dem Bahnsteig. Nach einem raschen Kuss zog er mich zum Wagen.

»Ich setz dich zu Hause ab und fahr dann gleich weiter ins Krankenhaus«, sagte er, kaum dass wir losgefahren waren.

»Musst du heute arbeiten?«

»Ich dachte, ich hätte dir von meiner Bereitschaft erzählt. Ich versuche, heute Abend nicht so spät heimzukommen.«

Ich schwieg verbissen, um ihm meine Enttäuschung nicht ins Gesicht zu schleudern. Knappe zehn Minuten später standen wir vor unserem Haus. Ich beschloss, nicht noch Öl ins Feuer zu gießen.

»Ich mach uns für heute Abend etwas Nettes zu essen«, schlug ich lächelnd vor.

»Mach dir keine Mühe, ich bring was mit. Ich bin sowieso todmüde und werd früh zu Bett gehen.«

Ich öffnete den Sicherheitsgurt, streichelte ihm die Wange und gab ihm einen Kuss.

»Ich möchte doch wiedergutmachen, dass ich gestern Abend nicht da war.«

»Das ist gar nicht nötig, keine Sorge. Hör mal, ich arbeite heute. Ich muss los.«

Widerwillig zog ich meine Hand zurück und stieg aus. Nach einem letzten Blick auf ihn nahm ich meine Tasche vom Rücksitz und ging ins Haus.

Zwanzig Uhr. Frisiert, geschminkt und angezogen, um meinem Mann zu gefallen. Ich zündete ein paar Kerzen an und ließ Musik laufen. Ich hörte Pierres Wagen kommen und setzte mich mit einer Zeitschrift aufs Sofa. Er kam herein und ging direkt in die Küche.

»Ich hab was vom Chinesen mitgebracht, ist das okay für dich?«

»Natürlich«, antwortete ich. »War dein Tag halbwegs erträglich?«

»Ich geh erst mal duschen.«

Er kam gar nicht zu mir ins Wohnzimmer, sondern hastete die Treppe hinauf. Das fing ja gut an …

Eine Viertelstunde später machte ich in der Küche unsere Teller zurecht. Ich spitzte die Ohren; die Musik war abgestellt worden, stattdessen lief der Fernseher.

»Brauchst du Hilfe?«, fragte Pierre vom Wohnzimmer aus.

»Nein, danke, ich glaube, ich schaffe das allein!«

Ich ging zu ihm, und mein romantischer Abend verwandelte sich in ein Abendessen vor dem Fernseher. Pierre spielte mit der Fernbedienung und entschied sich nach ausgiebigem Zappen für eine schwachsinnige Reality-TV-Sendung. Zur Abrundung des Bildes fehlten ihm nur noch karierte Pantoffeln. Wenn ich Jogginghose und Schlabber-T-Shirt getragen hätte, wäre die Wirkung dieselbe gewesen. Er nickte schließlich ein, dann kippte sein Kopf auf meine Schulter. Meine Gefühle waren zwiespältig. Natürlich durfte ich es ihm nicht verübeln, dass er nach seiner Arbeitswoche im Krankenhaus erschöpft war. Dennoch erwartete ich, dass er sich ein wenig mit mir befasste, mir Fragen stellte. Dass er mich bemerkte! Aber an diesem Wochenende würde es wohl nicht so sein. Meine Gedanken irrten zu Gabriel ab, doch ich rief mich mit einem Kopfschütteln zur Ordnung und weckte Pierre, damit wir ins Bett gehen konnten.

5

Am Montagabend nach dem Unterricht folgte ich Marthes Aufforderung und ging zu ihr hinauf in die Wohnung. Sie zu einem Gespräch unter vier Augen aufzusuchen, war noch einschüchternder, als zu einem großen Empfang zu kommen. Ich klingelte, und der Butler öffnete mir die Tür. Obwohl ich schon einmal hier gewesen war, kam es mir so vor, als beträte ich die Wohnung zum ersten Mal. Überall herrschte Stille. Der Festsaal hatte sich in ein riesiges Wohnzimmer verwandelt, die Möbel standen wieder an ihrem Platz. Ohne die Gäste waren die Kargheit und die Ordnung noch beeindruckender. Die Einrichtung wurde von drei Farben bestimmt: Schwarz, Rot und Weiß. Die Kunstwerke entfalteten ihre ganze Pracht, und auf den Bildern und in den Formen der Skulpturen schienen Gut und Böse im Streit zu liegen. Marthe empfing mich mit einem strahlenden Lächeln und lud mich ein, Platz zu nehmen. Jacques servierte ihr ein Glas Gin mit einem Schuss Tonic, offenbar war das ihr Lieblingsgetränk. Mir bot er ein Glas Wein an, doch ich lehnte ab. Dann ließ er uns allein. Auf dem Couchtisch glaubte ich, den Briefumschlag zu erkennen, den ich am Tag des Festes abgelehnt hatte.

»Iris, nimm diesen Umschlag. Und ich will nie wieder erleben, dass du einen Lohn ablehnst, verstanden?«

»Danke«, sagte ich nur und nahm ihn an mich.

»Und jetzt müssen wir beide ernsthaft über deine Zukunft reden.«

»Ich weiß nicht, wie Sie das meinen. Ich habe es Ihnen doch eigentlich schon gesagt: Nach der Ausbildung eröffne ich bei mir zu Hause …«

Sie wischte meine Worte mit einer Handbewegung weg, schlug die Beine übereinander und sah mich fest an.

»Hör mir zu und unterbrich mich nicht.«

Ich nickte.

»Du bist jetzt etwas über einen Monat hier. Ich habe mit Philippe Bilanz gezogen, und auch er meint, dass er dir nichts mehr beibringen kann, oder jedenfalls nicht mehr viel …«

»Das stimmt nicht!«

»Jetzt reicht's, Iris! Autodidakt zu sein, ist kein Makel, im Gegenteil! Wenn du wüsstest, woher ich komme …«

»Woher kommen Sie denn, Marthe?«

Die Frage war mir so herausgerutscht, ich bereute sie sofort.

»Von der Straße.«

Sie ließ mir einen Moment Zeit, um diese Information zu verarbeiten.

»Aber wir sind nicht hier, um über mich zu sprechen, vielleicht ein andermal … Ich will dich nie wieder sagen hören, du hättest kein Talent. Das ist Unsinn, und das weißt du.«

»Sie sind die Erste, die mir sagt, ich sei etwas wert, ich bin mir nicht sicher …«

»Du wirst dich als Modedesignerin niederlassen, und

zwar hier. Du wirst deine eigenen Kollektionen entwerfen. Ich werde dich anleiten, ich habe genug Geld, um dich zu unterstützen. Ich stelle dir einen der Räume im Obergeschoss des Ateliers zur Verfügung. Philippe wird immer da sein und dir helfen, wenn es nötig ist. Ich bin gut vernetzt. Alle Frauen, die Männer nicht zu vergessen, haben euch auf dem Fest bemerkt; dich und deine Arbeit.«

»Ihr Interesse an mir schmeichelt mir sehr. Was Sie mir anbieten, ist ein Traum, aber ich kann es nicht annehmen.«

Sie stand auf und begann, graziös durch das Zimmer zu wandern. Ihre Hand strich der Länge nach über die Rückenlehne des Sofas. Wie von ihrer Aura hypnotisiert, folgte ich ihr mit dem Blick.

»Glaubst du wirklich, du würdest Erfüllung darin finden, dein ganzes Leben lang Hosen zu kürzen und enge Röcke für alte Damen zu nähen?«

Mir hatte es die Sprache verschlagen.

»Wenn du ablehnst, bleib nicht im Atelier, du würdest nur deine Zeit verschwenden, und ich meine.«

»Sie schicken mich weg?«

»Du brauchst ja nur ein Wort zu sagen, Chérie.«

»Wo liegt bei der Sache Ihr Vorteil?«

Sie trat auf mich zu. Ich konnte ihrem Blick nicht standhalten.

»Du gefällst mir, Iris. Tu mir einen Gefallen und denk darüber nach.«

Was sollte ich antworten? Ich verdankte dieser Frau schon so viel. Ich konnte zumindest das Für und Wider erwägen, und ich riskierte auch nicht viel, wenn ich mit

Pierre darüber sprach, schlimmstenfalls einen Streit, einen von vielen. Wenigstens hätte ich es dann versucht. Wenigstens hätte ich meinen Traum dann mit den Fingerspitzen berührt. Ein Flirt mit dem höchsten Niveau war nicht jedem vergönnt, ich würde es einige Wochen lang genießen und mich fühlen können wie ein anderer Mensch. Ich blickte zu ihr auf, doch da fiel die Wohnungstür zu.

»Marthe? Bist du so weit?«, rief eine Männerstimme.

Es war Gabriel. Ich hatte ihn ganz vergessen, ihn und seinen Charme. Marthes Gesicht spannte sich kaum wahrnehmbar an. Dann setzte sie ein strahlendes Lächeln auf und wandte sich der Wohnzimmertür zu.

»Gabriel, Chéri, pünktlich wie immer.«

»Du hast mich gut … erzogen«, antwortete er und bemerkte dann mich. »Iris, welche Überraschung!«

»Guten Abend, Gabriel«. Ich stand auf.

Der Blick, den Marthe mir zuwarf, ließ es mir ratsam erscheinen, ihm die Hand hinzuhalten und nicht die Wange. Er lächelte boshaft. Dann betrachtete er uns beide.

»Was habt ihr beide denn hier ausgeheckt?«

»Ich habe Iris ein Angebot gemacht«, antwortete Marthe. »Ich möchte ihr helfen, Modeschöpferin zu werden.«

»Marthes Großzügigkeit kennt keine Grenzen, wenn es um die Kunst geht«, sagte er zu mir, bevor er sich an sie wandte. »Wir kommen noch zu spät, mach dich fertig. Iris kann mir solange erklären, wie eure Partnerschaft aussehen soll.«

Er setzte sich in einen Sessel und stützte den Kopf auf eine Hand, um uns beide anzusehen. Marthe trat langsam auf ihn zu und beugte sich über ihn, um ihm etwas ins Ohr zu flüstern. Dabei hörte Gabriel keinen Moment lang auf, mich anzulächeln. Marthe verließ den Raum.

»Na los, sag mir alles. Was erwartet sie von dir?«

»Sie möchte, dass ich mich selbstständig mache«, sagte ich ohne weitere Einleitung.

Seufzend und mit hängenden Schultern ließ ich mich aufs Sofa fallen. Als ich Gabriel lachen hörte, richtete ich mich auf und runzelte die Stirn.

»Was ist daran so lustig?«

»Du bist hübsch, wenn du schmollst.«

Wieder wurde ich blutrot.

»Im Ernst, Iris, was stört dich daran, dass Marthe dir helfen will? Allem Anschein nach bist du begabt. Hast du denn gar keinen Ehrgeiz?«

Ich nahm den Kopf zwischen die Hände. Ich konnte nicht stillsitzen, ich stand vom Sofa auf und ging ans Fenster, um hinauszusehen. Gabriel stellte sich hinter mich. Jetzt war es nicht mehr Marthes Angebot, das mich zum Zittern brachte. Zum zweiten Mal in Folge war ich in Gegenwart dieses Mannes nicht mehr Herrin meiner Gefühle.

»Was hält dich zurück?«, fragte er.

»Was meinst denn du?« Ich drehte mich zu ihm um.

»Ich bin manchmal ein bisschen dämlich, man muss mir die Dinge erklären.«

Ich lachte und ging vorsichtshalber ein Stück von ihm weg.

»Ich möchte Marthe nicht enttäuschen.«

»Glaub mir, ich kenne sie. Enttäuschen würdest du sie

nur, wenn du ablehnst. Nutz die Gelegenheit, nimm die Herausforderung an. Es ist nicht schlimm, wenn du scheiterst.«

»Was aber alle zu vergessen scheinen: Ich bin nur für ein halbes Jahr hier. Danach gehe ich wieder nach Hause.«

»Wo bist du zu Hause?«

»Bei meinem Mann.«

»Ich neige leider dazu, solche Details zu vergessen …«

Ich hätte gern gelacht, verdrehte aber nur die Augen.

»In einem halben Jahr kann einiges passieren.« Gabriel trat wieder näher. »Iss mit mir zu Abend, Iris.«

»Nein, das kann ich nicht.«

Wir sahen uns an. Er lächelte, und ich, ich atmete schneller.

»Mache ich dir Angst?«

»Warum solltest du ihr Angst machen?«, hörten wir Marthe sagen.

»Du wirst nicht immer Nein zu mir sagen«, flüsterte er mir zu.

Dann ging er zu Marthe und küsste sie auf die Wange.

»Wunderbar, wie immer«, sagte er. »Keine Sorge, ich habe in deinem Sinne gewirkt. Ich habe versucht, Iris zur Annahme deines Angebots zu bewegen. Sie sagte mir, sie wolle erst mit ihrem Mann sprechen, bevor sie dir eine Antwort gibt.«

Ich hatte den Eindruck, dass sich ihre Blicke wie Klingen kreuzten. Dann sah ich den Schatten eines Lächelns auf Marthes Gesicht.

»Das Heer deiner Geliebten könnte Iris' Kundinnenkreis erweitern.«

Gabriel lachte schallend. Marthe kam mit ernster Miene auf mich zu.

»Du hast eine Woche, um dich zu entscheiden, Chérie.«

»Marthe, ich …«

Sie brachte mich mit einem einfachen Heben der Brauen zum Schweigen. Ich nahm meine Tasche und meinen Mantel.

»Auf Wiedersehen«, murmelte ich.

Ich konnte nicht anders, ich sah mich noch einmal um, bevor ich den Raum verließ. Sie beobachteten mich. Marthes Blick war schwer zu deuten. Gabriels Blick war der eines Raubtiers. Jeder nach seiner Art. Ich beschleunigte den Schritt, um diese Wohnung möglichst schnell zu verlassen.

Mir blieben nur noch zwei Tage, dann musste ich Marthe meine Antwort geben. Ich hatte immer noch nicht mit Pierre gesprochen. Natürlich nicht.

An diesem Samstagabend hatten wir Gäste. Nachdem ich den ganzen Tag als liebende Gattin am Herd gestanden hatte, gönnte ich mir ein warmes Bad. Über eine halbe Stunde lang lag ich im Wasser und versuchte, mir eine gute Taktik auszudenken. Mit welchen Argumenten könnte ich Pierre dazu bringen, Marthes Angebot in Erwägung zu ziehen? Jetzt war der optimale Moment für einen Versuch: Er war entspannt und freute sich darauf, Gäste zu haben. Alles war bereit. Nur ich nicht, ich wusste immer noch nicht, was ich anziehen sollte, ausgerechnet. Ich stieg aus der Wanne, trocknete mich ab und zog meine schwarze Spitzenunterwäsche an, bevor ich mich vor den Kleiderschrank stellte. Ich entschied mich für das Kleid, das den

Familienkrach ausgelöst hatte. Auch meinen Hosenanzug, den ich, ohne recht zu wissen warum, mit nach Hause genommen hatte, betrachtete ich. Hier konnte ich ihn unmöglich tragen. Dennoch, ich konnte Pierres gute Laune nutzen, um ihm mein Werk vorzuführen.

»Pierre, könntest du mal raufkommen, bitte?«, rief ich.

»Was ist los?« Er kam in unser Schlafzimmer. »Was treibst du denn? Bist du immer noch nicht fertig?«

»Keine Sorge, ich muss mich nur noch anziehen. Ich wollte dir unbedingt etwas zeigen.«

»Hör zu, wir haben jetzt keine Zeit. Sie kommen gleich.«

»Gib mir zwei Minuten.«

Ich trat zu ihm und schmiegte mich in seine Arme. Er legte seine Hände auf mich, etwas anderes blieb ihm ja auch nicht übrig. Und das erinnerte mich daran, wie es sich anfühlte, wenn seine Haut auf meiner lag.

»Bitte …«

Er seufzte.

»Okay, was soll ich mir denn angucken?«

»Meinen Hosenanzug, du weißt schon, den Hosenanzug, den ich entworfen habe und der Marthe so gut gefallen hat.«

Er runzelte die Stirn, sah mich an und ließ mich los.

»Führst du etwas im Schilde, Iris?«

Ich musste meine Worte sorgfältig wählen, damit er keine Angst bekam.

»Marthe möchte, dass ich während der Ausbildungszeit meine eigenen Modelle entwerfe.«

»Was hättest du davon? Soweit ich weiß, planen wir keinen Umzug nach Paris.«

»Darum will ich dich auch gar nicht bitten, keine Sorge. Aber es ist eine einmalige Gelegenheit.«

»Ich wusste gar nicht, dass du Designerin werden wolltest.«

»Sie sagt, ich hätte Talent. Und deshalb wollte ich dir meinen Hosenanzug zeigen. Ich war auf so etwas überhaupt nicht gefasst, ganz ehrlich. Aber Marthe glaubt an mich, einige ihrer Freundinnen wollen schon bei mir bestellen. Und Gabriel sagt, es wäre ein Fehler, sich eine solche Gelegenheit entgehen zu lassen.«

Er seufzte wieder.

»Gut, zeig ihn mir.«

»Danke.«

Ich hatte wenig Zeit. Ich stürzte ins Badezimmer.

»Wer ist überhaupt Gabriel?«

Mit einem Mal wurde mir heiß. Eine Idee keimte in mir auf.

»Habe ich dir noch nicht von ihm erzählt? Er leitet die Investmentgesellschaften im ersten Stock. Ein Verführer durch und durch.«

»Ein alter Schönling?«

»Nein, gar nicht, er ist nur ein paar Jahre älter als wir. Er ist sehr nett *(charmant)*, er scheint viel Humor zu haben *(vor allem, wenn es um dich geht)* ...«

»Bist du bald fertig?«

»Ja, fast. Würde es dich stören, wenn ich mit ihm essen ginge? Er hat mich eingeladen ...«

»Warum sollte mich das stören? Kommst du jetzt oder nicht?«

Als ich aus dem Badezimmer trat, wurde Pierre blass

und musterte mich von Kopf bis Fuß. Ich drehte mich um mich selbst.

»Na?«

»Ach, weißt du, ich und Mode …«

»Ach was … Sehe ich wenigstens hübsch aus?«

»Nicht hübscher als sonst auch, und es passt nicht sonderlich gut zu dir … Außerdem wüsste ich nicht, bei welcher Gelegenheit du so etwas tragen könntest, vor allem, wo du doch zu Hause arbeiten wirst. Niemand würde den Anzug kaufen wollen, er ist untragbar.«

»Aber …«

Es klingelte.

»Da sind sie«, sagte Pierre. »Schnell, zieh dich um.«

»Warte!«

»Ja?«

»Ich muss Marthe am Montag eine Antwort geben.«

Er zuckte mit den Achseln.

»Ich weiß nicht, ich sehe nicht, wozu es gut wäre … Überleg dir gut, inwieweit es dir nutzen kann … Nicht sehr, denke ich.«

Damit ging er aus dem Zimmer. Ich hörte ihn die Treppe hinunterlaufen und dann die Gäste begrüßen. Tränen stiegen mir in die Augen, ich schaute nach oben, um sie am Fließen zu hindern, und seufzte. Eins immerhin war klar: Pierre begriff absolut nicht, welche Chance dieses Angebot von Marthe für mich bedeutete. Und was den Funken Eifersucht anging, den ich zu entzünden geglaubt hatte, indem ich Gabriel erwähnte … Er kam gar nicht auf den Gedanken, dass ich einem anderen Mann gefallen könnte – ob ich *ihm* überhaupt noch gefiel? – oder dass ich selbst mich von einem anderen Mann als ihm angezogen fühlen könnte.

Mein letzter Tag im Atelier ging zu Ende. Ich machte mich bereit, in Marthes Büro hochzugehen und ihr zu sagen, dass ich aufhören würde. Ich hatte nachgedacht. Ohne Pierres Unterstützung würde es mir nicht gelingen. Es war schön gewesen, einige Tage träumen zu dürfen. Ich klopfte an ihre Tür.

»Herein«, sagte sie mit ihrer faszinierenden Stimme.

Sie saß an ihrem Schreibtisch, über verschiedene Dokumente gebeugt.

»Guten Abend, Marthe.«

»Ich erwartete dich schon. Du hast morgen mehrere Termine zum Maßnehmen. Es kommen schon die ersten Bestellungen, und es sind eilige Bestellungen.«

Stumm, ich war stumm.

»Du musst dich rasch an einen entsprechenden Arbeitsrhythmus gewöhnen, jetzt musst du das Vertrauen deiner Kundinnen gewinnen und sie mit deiner Qualität überzeugen. Danach wirst du für mich arbeiten, ich möchte meine Garderobe mit deinen Kreationen erneuern. Hast du nichts zu sagen?«

Sie musterte mich streng.

»Was ist das Problem?«

»Mein Mann.«

»Erklär's mir.«

»Er hat kein Interesse an Ihrem Vorschlag.«

»Sollte er über Nacht Schneider geworden sein?«

»Ich wünschte, es wäre so.«

»Sag mal, entscheidet er etwa an deiner Stelle? Gehörst du etwa zu den Frauen, die sich ihrem Mann unterordnen?«

»Nein … Äh … Ich habe mich ungeschickt ausgedrückt, es ist so … Er sieht bei den wenigen Monaten einfach keinen Nutzen darin, und ich glaube, dass …«

»Dass?«

»Dass er mich und mein Schneidern nicht ernst nimmt.«

»Dann zeig es ihm. Arbeite. Leb für dich und durch dich. Dein Erfolg wird ihm klarmachen, wie glücklich er sich schätzen darf, dich zu haben, und wie durch ein Wunder wird er sich um dich kümmern. Denn das erhoffst du dir doch von ihm, oder?«

Ich nickte.

»Also, wie entscheidest du dich?«

Sie fing meinen Blick auf, es war unmöglich, ihr zu entkommen. Wie konnte diese Frau in so kurzer Zeit so viel Einfluss auf mich gewinnen? Marthe war faszinierend, sie war verwirrend, ich wollte von ihr lernen, von ihrer weiblichen Erfahrung profitieren, ich wollte ihren Rat. Ich hatte ungeheures Glück, dass ich ihr begegnet war und dass sie mir vertraute. Pierre konnte das nicht begreifen, noch nicht. Aber ich begriff es, und auch wenn es nur um wenige Monate ging, durfte ich diese Chance nicht ausschlagen. Wenigstens würde ich es dann erlebt haben.

»Sie sagten, ich hätte morgen Termine. Könnte ich mehr über die Bestellungen erfahren?«

Sie stand auf und trat zu mir.

»Chérie … Wir beide werden Großes schaffen!«

Zum ersten Mal nahm ich eine Gefühlsregung in ihrer Stimme wahr. Plötzlich wurden ihre Züge hart, sie kniff die Augen zusammen.

»Ich muss nach oben. Komm zum Abendessen zu mir, Chérie.«

Sie lächelte mir zu und verließ hastig das Büro, wo ich allein zurückblieb, um, noch ein wenig verwirrt durch ihren plötzlichen Aufbruch, die Tragweite meines Entschlusses zu ermessen.

Ich ging wieder ins Atelier, hier würde ich bald Kundinnen empfangen. *Meine Kundinnen!* Sie würden wegen meiner Entwürfe, wegen meines Könnens hierherkommen. Marthe glaubte an mich. Nie hätte ich von einem derartigen Umschwung in meinem Leben zu träumen gewagt. Das Schicksal, der Zufall hatten mich einer außergewöhnlichen Frau begegnen lassen, die etwas in mir gesehen hatte, was nie jemand bemerkt hatte, was weder meine Eltern noch Pierre hatten akzeptieren wollen. Bei Marthe würde ich meine wahre Persönlichkeit ausdrücken können, ich würde herausfinden können, wer ich war. Marthe schien mich besser zu kennen als ich selbst. Es war beunruhigend, aber faszinierend.

Am Abend, ich war noch ganz aufgewühlt von meinem Glück, frischte ich mein Make-up auf, bevor ich mich auf den Weg in den fünften Stock machte. Jacques öffnete mir die Tür, er wirkte besorgt.

»Guten Abend«, sagte ich. »Ich werde erwartet.«

»Guten Abend, Iris. Ja, ich weiß… Aber… Sie… Marthe hat manchmal Migräneanfälle…«

»Dann gehe ich wieder, sie muss auf jeden Fall Ruhe haben.«

»Bloß nicht! Sie will Sie heute Abend bei sich haben, und man muss ihr jedes Ärgernis ersparen. Sie werden im Wohnzimmer warten. Kommen Sie herein.«

Jacques trat zur Seite und folgte mir ins Wohnzimmer. Dann bot er mir etwas zu trinken an, doch ich lehnte ab. Er schickte sich an, das Zimmer zu verlassen, drehte sich dann aber noch einmal nach mir um.

»Ich glaube verstanden zu haben, dass Sie für Marthe arbeiten werden?«

»Ja!«, rief ich mit einem strahlenden Lächeln.

»Dann werden wir uns also häufiger sehen, bitte zögern Sie nicht, sich an mich zu wenden, worum immer es auch gehen mag. Versprochen?«

»Äh … Versprochen. Ich werde es nicht vergessen.«

»Sie kommt sicher gleich zu Ihnen.«

Ich dankte ihm, und er ließ mich allein. Ich wagte es, durch den Raum zu spazieren. Ich bewunderte gerade eine Skulptur – einen Frauenakt in aufreizender Pose –, da fiel mir ein gerahmtes Foto auf einer Kommode ins Auge. Neugierig trat ich näher. Es war ein Schwarz-Weiß-Porträt, und das Modell war niemand anders als Marthe, nur dreißig Jahre jünger. Eine professionelle Aufnahme: Das Spiel mit der Helligkeit, den Kontrasten von Schatten und Licht konnte nur von einem großen Fotografen stammen. Unter der weißen Verschleierung ahnte man ihre Nacktheit. Das Alter hatte ihre Schönheit nicht schmälern können, doch als jüngere Frau strahlte sie eine animalische Anziehungskraft und eine überwältigende Sinnlichkeit aus. Sicher konnte ihr damals kein Mann widerstehen. In ihrer hoheitsvollen, stolzen, arroganten Haltung schien sie auf die Welt hinabzublicken, die ihr zu Füßen lag.

»Dieser Fototermin war das Ende meiner Karriere«, hörte ich unerwartet Marthes Stimme hinter mir.

Ich drehte mich zu ihr um und war erschrocken über den Ausdruck tiefer Müdigkeit auf ihrem Gesicht. Innerhalb einer halben Stunde hatten sich Ringe unter ihren Augen gebildet, und die Züge zeugten von Schmerz.

»Wenn Sie sich nicht gut fühlen, kann ich doch auch gehen.«

»Nein, Chérie, ich behalte dich bei mir.«

Sie nahm mir das Bild aus der Hand und stellte es wieder auf die Kommode, bevor sie sich setzte. Sie nahm ein Tablettenröhrchen von einem kleinen Beistelltisch und schluckte eine Tablette. Ich setzte mich ihr gegenüber und entschuldigte mich dafür, dass ich das Bild von der Kommode genommen hatte.

»Das nehme ich dir nicht übel«, antwortete sie mit einem rätselhaften Lächeln.

»Waren Sie Mannequin?«

»Ich konnte zwar mit meinen Händen nichts anfangen, aber ich hatte Verstand und eine gute Figur. Also habe ich meinen Körper benutzt, um von der Straße wegzukommen und die soziale Leiter hinaufzuklettern. Und dabei ist meine Leidenschaft für die Mode erwacht, für Stoffe, Entwürfe, für die Arbeit der Menschen hinter den Kulissen. Ich habe bei den Schauen der größten Häuser mitgemacht und vielen Malern und Bildhauern Modell gestanden.«

Mein Blick wanderte zu dem Akt, den ich kurz zuvor bewundert hatte.

»Ja, das bin ich«, beantwortete sie meine stumme Frage. »Aber ich ertrug es nicht, für ein Dummchen gehalten zu werden. Sehr bald war ich nicht nur für meine Reize berühmt, sondern auch für meine Schlagfertigkeit. Ich habe nichts und niemanden je gefürchtet. Mein größtes Vergnügen: einen Mann zu zermalmen, der sich wie ein Trampel benahm, um mich ins Bett zu bekommen.«

»Sie sagten, dieses Foto habe das Ende Ihrer Karriere markiert. Dabei waren Sie doch noch jung …«

»Eben! Ich wollte diesen Beruf auf dem Gipfel meines Ruhms aufgeben. Es wäre für mich undenkbar gewesen, neben jungen Mädchen zu verblühen. Und ich hatte ja auch, was ich wollte. Ich war mit anerkannten Künstlern und Geschäftsleuten vernetzt. Ich hatte alles, was ich brauchte, um mein Ziel zu erreichen. Jetzt musste ich nur noch die nötigen finanziellen Mittel zusammenbringen.«

»Für das Atelier?«

»Ja, Chérie. Ich wollte einen Ort schaffen für junge Leute, die überaus begabt waren, aber keine Unterstützung erfuhren, und denen Begriffe wie Meisterschaft, Pflichtbewusstsein und Arbeit etwas bedeuteten. Mit dir hat sich mein Traum erfüllt. Seit der Eröffnung warte ich auf den Tag, an dem eine wahre Künstlerin die Schwelle des Ateliers überschreitet. Mit meinen Beziehungen könnte ich dich an die besten Häuser vermitteln, wie so viele, die hier gelernt haben … Aber ich behalte dich für mich. Du bist zu schade für diesen vulgären Kommerz, der sich in der Mode heutzutage immer stärker durchsetzt. Du wirst eine große Modeschöpferin werden. Du bist kostbar, du musst rar bleiben.«

»Marthe, setzen Sie nicht zu große Hoffnungen auf mich.«

War ihr wirklich klar, dass ich eines Tages wieder nach Hause gehen würde?

»Was hatte ich dir gesagt, Iris?«

Ihr Blick wurde dunkel.

»Verzeihen Sie bitte … Wie haben Sie es angestellt, das Atelier zu eröffnen?«

Erfreut über meinen Gehorsam, lächelte sie mir zu.

»Ich kannte Jules bereits dem Namen und dem Ruf nach. Er war der Beste. Ein wahrer Hai in der Finanzwelt. Ich wollte, dass er mein Geld gut anlegte. Ich ging in die erste Etage dieses Hauses … ohne dass man mich dazu eingeladen hätte. Jules lehnte es ab, mich zu empfangen, ich hatte keinen Termin. Zum ersten Mal in meinem Leben sagte man mir Nein. Er hat es nie wieder getan. Damit ich ihm diesen einzigen Affront verzieh, schenkte er mir das Atelier, und wir sind dann für immer zusammengeblieben.«

Mir schien, ein Wort konnte Marthe am besten beschreiben: inspirierend.

Abends rief ich Pierre an.

»Du rufst aber spät an! Wo warst du?«

»Bei Marthe, ich habe mit ihr zu Abend gegessen.«

»War es gut?«

»Interessant, motivierend, hinreißend träfe es besser.«

»Warum?«

»Ach, wenn du wüsstest! Sie hat mir ihr Leben erzählt,

sie ist … außergewöhnlich und derart faszinierend und intelligent, du kannst es dir nicht vorstellen … Ich habe übrigens Ja gesagt. Ich mache es, ich habe gar keine andere Wahl, es liegen schon Bestellungen vor. Ist dir klar, was das bedeutet?«

»Eigentlich nicht. Mach dir nichts vor, es wird nicht lange dauern. Weißt du noch, was wir vereinbart haben? Unsere Pläne nach deiner Ausbildung?«

»Keine Sorge, die habe ich nicht vergessen.«

»Nun ja, sagen wir, so sammelst du Erfahrungen. Aber bitte, Chérie, lass dir von dieser Frau nicht den Kopf verdrehen. Pass auf dich auf, dieses Milieu gefällt mir nicht.«

»Pierre, beruhige dich, das hier hat nichts mit Sex, Drugs und Rock 'n' Roll zu tun.«

Er gähnte laut.

»Ich bemühe mich, dir zu glauben … Ich hatte einen harten Tag, ich geh schlafen. Ruf morgen früher an.«

»Ich … Ich umarme dich.«

»Okay. Gute Nacht.«

6

Jetzt war es zwei Wochen her, dass ich Marthes Angebot angenommen hatte. Und seit zwei Wochen arbeitete ich praktisch rund um die Uhr. Ihr lag vor allem daran, dass ich mich ganz dem Entwerfen und Nähen widmete, sie hatte die finanzielle Seite und die Transaktionen mit den Kundinnen übernommen. Mit ihrer Zustimmung war ich in der unteren Etage des Ateliers geblieben, ich wollte nicht, wie sie vorgeschlagen hatte, ganz allein im oberen Geschoss sitzen. Tagsüber arbeitete ich im fröhlichen Stimmengewirr der Mädchen, und mittags aß ich mit ihnen. Auch Philippes beruhigende Gegenwart war mir oft eine große Hilfe. Wann immer ich konnte, bat ich ihn, mir etwas beizubringen, zum Beispiel Inkrustationen mit Perlen, Federn und anderen Verzierungen. Doch abends genoss ich die Ruhe und versuchte, mich mit allen Mitteln zu vervollkommnen. Ich verließ das Atelier immer später. Ich steckte mir Ohrhörer in die Ohren und ließ meine aktuelle Playlist laufen. Ich schloss mich in meinen Kokon ein, es ging mir gut, manchmal vergaß ich darüber sogar das Abendessen, und oft wurde ich erst durch einen Anruf oder eine SMS von Pierre daran erinnert, dass es Zeit war, schlafen zu gehen.

So auch an jenem Abend. Es war fast 22 Uhr, und ich saß immer noch an meiner Nähmaschine, berauscht von der Sängerin der K's Choice und ihrem *Not an Addict*. Plötzlich fühlte ich mich beobachtet.

»Ist da wer?« Ich zog einen Ohrhörer aus dem Ohr.

»Sollte sich Marthe zu einer solchen Sklaventreiberin gemausert haben, dass du hier immer noch arbeitest?«, fragte mich eine Stimme, die ich nur zu gut kannte.

»Was machst du hier?« Ich stand auf und stellte die Musik aus.

Gabriel trat aus dem Dunkel und machte einige Schritte auf mich zu.

»Jeden Abend höre ich deine Nähmaschine und später dann, wenn du nach Hause gehst, deine Absätze auf dem Parkett. Heute Abend konnte ich nicht mehr widerstehen …«

Sein Blick glitt über meinen Körper, von Kopf bis Fuß.

»Bitte entschuldige den Lärm, ich bin bald fertig. Ich störe dich nicht mehr lange.«

Ich setzte mich wieder und versuchte, meine Arbeit fortzusetzen. Ich spürte, dass er näher kam und sich über meine Schulter beugte. Sein Parfüm – Eau Sauvage, was auch sonst – stieg mir in die Nase.

»Du brauchst dich doch nicht zu entschuldigen. Ich liebe das Gefühl, dich über mir zu wissen. Hast du schon gegessen?«

»Nein.«

Ich hätte Ja sagen sollen.

»Ich auch nicht. Und, was für ein Zufall, in einer knappen Viertelstunde wird mir das Abendessen ins Büro geliefert.«

»Ich würde dir nie etwas wegessen wollen.«

»Ich habe für zwei bestellt.«

Ich drehte ihm das Gesicht zu, er sah mir in die Augen.

»Hast du immer auf alles eine Antwort?«

»Meistens ja. Mach das Atelier zu und komm zu mir.«

Er ging auf den Ausgang zu.

»Gabriel! Ich geh jetzt nach Hause. Vielen Dank, aber …«

»Wir essen zusammen zu Abend. Mehr nicht, interpretier da nichts rein. Okay?«

»Na schön.« Ich hatte kapituliert.

Er verließ den Raum, und ich sank auf meinem Stuhl zusammen. Ich würde mit Gabriel allein sein, und das war für meinen Seelenfrieden gefährlich. Ich griff nach meinem Handy und schickte Pierre eine SMS: *»Höre für heute auf, esse noch einen Happen mit Gabriel und gehe dann nach Hause, gute Nacht, bis morgen, dicken Kuss.«* Die Antwort kam augenblicklich: *»Guten Appetit, pass auf, wenn du mit der Metro nach Hause fährst, morgen Abend habe ich Dienst, tel. tagsüber.«* Um den Moment hinauszuzögern, in dem ich nach unten gehen würde, machte ich noch eine Runde durchs Atelier, schaltete überall das Licht und meine Nähmaschine aus, warf einen Blick in einen Spiegel und widerstand der Versuchung, mein Make-up nachzubessern. Es war offensichtlich nichts mehr zu tun. Ich nahm Handtasche und Mantel und schloss die Tür ab, wobei ich mir schwor, das Abendessen möglichst kurz zu halten. Nervös ging ich die Treppe bis zum ersten Stock hinunter. Die Tür öffnete sich automatisch. Dahinter lagen, durch Glaswände abgeteilt, mehrere Büros, alle waren dunkel, man sah nur das Licht der Bildschirmschoner.

»Komm her«, hörte ich Gabriels Stimme vom Ende des Gangs.

Ich ging zu seiner Höhle und erstarrte an der Schwelle. Gabriel schenkte gerade Wein in schöne Weingläser ein, ein kleines Lächeln umspielte seine Mundwinkel. Die Gedecke standen auf einem Konferenztisch, zwischen den Tellern brennende Kerzen. Und das Menü war von einem der besseren Caterer des Viertels. Ich kam mir vor wie ein Tier in der Falle. Gabriel stellte die Flasche ab und kam mir entgegen.

»Setz dich.«

Ich wich seiner Hand aus, die er an meinen Rücken legen wollte. Ich setzte mich und sah mich in dem Raum um. Gabriels Büro war voller Akten und Papierberge, die jeden Moment zusammenzubrechen drohten. Über mehrere Bildschirme liefen ohne Ton die Börsendaten und Nachrichten. Er setzte sich mir gegenüber und lud mich mit einer Handbewegung zum Essen ein. Wortlos und ohne mich aus den Augen zu lassen, machte er sich über seinen Teller her. Hin und wieder lächelte er, aber es galt eigentlich nicht mir, es war eher eine Reaktion auf das, was ihm vermutlich durch den Kopf ging. Was, wollte ich lieber nicht wissen.

»Marthe ist hocherfreut, dass du ihr Angebot angenommen hast«, sagte er schließlich und schob seinen Teller weg. »Und du, bereust du es?«

»Nein, wirklich nicht! Zum ersten Mal in meinem Leben tue ich, was ich gern tue. Allerdings … hat Marthe mir eigentlich keine Wahl gelassen.«

Er brach in Lachen aus.

»So ist sie!«

»Kennst du sie schon lange?«

»Zwanzig Jahre.«

»Wie hast du sie kennengelernt, sie und ihren Mann?«

»Ich habe versucht, Jules' Wagen aufzubrechen«, erwiderte er völlig gelassen.

»Was?«

Er hob eine Braue.

»Möchtest du etwas über meine kleinen Geheimnisse erfahren?«

»Du wolltest doch, dass wir uns kennenlernen, oder?«

Er setzte eine Siegermiene auf, lockerte die Krawatte und knöpfte den obersten Hemdenknopf auf.

»Okay! Und los geht's! Mit achtzehn war ich ein echter kleiner Ganove. Mein Vater hat mich vor die Tür gesetzt, als ich volljährig wurde.«

»Warum?«

»Er hatte es satt, verständlicherweise. Wo immer ich hinkam, sorgte ich für Ärger, und in der Schule sah man mich eher selten. Dennoch war ich fest entschlossen, nicht am Fließband zu enden. Also baute ich immer weiter Mist. Ich ging nach Paris, fand die passenden Freunde, schlief mal hier, mal da und verlegte mich auf zweifelhafte Geschäfte. Ich stand im Ruf, jedem alles aufschwatzen zu können.«

»Warum wundert mich das gar nicht?«

»Damals setzte ich meine Überredungsgabe eher in kleinen Straßengeschäften ein, und da bin ich dann auch Jules begegnet. Eines Tages wollte ich meinen Aktionsradius erweitern und ging zur Abwechslung mal in die besseren Viertel. Und da sah ich den Jaguar. Er schrie geradezu nach mir. Ich wollte gerade das Schloss aufbrechen, da zog mir jemand das Ohr lang, als wäre ich ein Lausejunge. Das war Jules. Obwohl ich wirklich gerissen war, konnte ich ihm nichts vormachen. Er stellte mich vor die Wahl: Entweder ging ich mit zu ihm nach Hause oder er mit mir zur Polizei. Ich habe Jules und Marthe danach nie mehr verlassen. Und heute leite ich ihre Firmen.«

»Aber es besteht doch ein Riesenunterschied zwischen Autos klauen und so was hier leiten!« Ich zeigte auf meine Umgebung.

»Entweder fanden sie mich nett, oder sie hatten Mitleid mit mir.«

Seine Chorknaben-Attitüde amüsierte mich.

»Wegen des Altersunterschieds von zwanzig Jahren hatten sie keine Kinder«, fuhr er fort. »Sie wollten einfach einen jungen Menschen im Haus haben.«

»Und Marthe, welche Rolle spielte sie für dich? Die einer Mutter?«

»Sie ist für mich das, was einer Familie am nächsten kommt. Aber jetzt haben wir genug von mir geredet, jetzt bist du an der Reihe!«

Er setzte sich bequem zurecht und stützte das Kinn auf die verschränkten Hände.

»Was soll ich dir erzählen?«

»Weiß dein Mann, dass du jetzt hier bei mir bist?«

»Ja.«

»Und er hat kein Problem damit?«

»Nein.«

»Er kennt mich eben nicht.« Er lächelte sein Raubtierlächeln.

»Angeber.«

»Realist. Ich erkenne eine schöne Frau, wenn ich sie sehe, und im Allgemeinen kann ich dann nicht widerstehen.«

Seine Augen wanderten über mein Gesicht, meinen Hals, mein Dekolleté.

»Und dein Mann … Wie heißt er noch?«

»Pierre.«

»Pierre also scheint dich nicht oft anzusehen, sonst hätte er dich an die Leine genommen, damit dir kein Mann, der diesen Namen verdient, zu nahe kommt.«

Auf meiner Haut begann es zu kribbeln. Nachdem ich mich endlich entspannt hatte, gefiel mir diese Wendung unseres Gesprächs überhaupt nicht, es wurde zu anzüglich, zu gefährlich. Dass ich ihm gefallen könnte, war natürlich eine schöne Vorstellung. Mechanisch strich ich mein Haar zurecht.

»Vielen Dank für das Abendessen. Ich muss jetzt nach Hause.«

Er blies die Kerzen aus und hielt dabei meinen Blick fest.

»Du liest meine Gedanken. Gehen wir schlafen.«

»Du hörst also nie damit auf?«, murmelte ich im Aufstehen.

»Warte, ich gehe mit dir hinaus und fahre dich nach Hause.«

»Nicht nötig, ich nehme die Metro.«

»Machst du Witze? Natürlich fahre ich dich nach Hause.«

Er öffnete einen Schrank und holte zwei Helme heraus.

»Das kannst du lassen, ich steige nicht auf ein Motorrad.«

»Warum nicht?«

»Weil ich Angst habe!«

Er trat auf mich zu, ich wich zurück und stieß mich an der Tür.

»Wovor? Vor mir oder vor dem Motorrad?«

Vor dir, dachte ich. Ich tastete hinter meinem Rücken nach dem Türknauf und konnte ihn schließlich drehen.

»Vor dem Motorrad«, sagte ich und stürzte in den Gang.

Lachend folgte er mir in den Hausflur. Ich beschloss, die Treppe zu nehmen. Ich wollte auf keinen Fall mit ihm im engen Fahrstuhl zusammen sein. Als ich aus dem Haus kam, sah ich die große schwarze Maschine. Nie im Leben würde ich mich auf einen solchen Feuerstuhl setzen. Gabriel sah auf mich hinunter.

»Immer noch nicht bereit?«

»Nein. Danke für heute Abend. Bis bald.«

Ich lächelte ihn an und ging dann Richtung Metrostation. Im Gehen sagte ich mir immer wieder: »Dreh dich nicht um, dreh dich nicht um.« Bevor ich die Treppe hinunterging, wurde ich schwach. Gabriel hatte mich nicht aus den Augen gelassen. Ich schüttelte den Kopf und stürmte in die unterirdischen Gänge. In der Ferne hörte ich das Donnern eines Motorrads.

Als ich auf einem der Klappsitze im Waggon saß, den Kopf ans Fenster gelehnt, schwor ich mir, möglichst großen Abstand von Gabriel zu halten. Warum auch hatte er Pierres Haltung mir gegenüber so genau erraten? Warum musste er so attraktiv sein, einerseits so korrekt, aber gefährlich, mit diesem Spitzbubencharme. Ich war so in meine Gedanken verloren, dass ich fast meine Metrostation verpasst hätte.

Als ich ins Freie kam, überfiel mich die Kälte, und ich beeilte mich, nach Hause zu kommen. Plötzlich zog das leise Grollen eines Motors meine Aufmerksamkeit auf sich. Ich sah mich um und erkannte Gabriels Motorrad, das mir im Schritttempo folgte. Wie zum Teufel hatte er mich gefunden? Sobald ich die Haustür hinter mir geschlossen hatte, brauste er davon. Wirklich, ich musste jeden Kontakt mit diesem Mann vermeiden. Und doch stand mir sein Bild vor Augen, als ich einschlief.

Als ich am nächsten Morgen in das Gebäude des Ateliers trat, rannte ich in Gabriel hinein, der im selben Augenblick herauskam.

»Schon morgens fällt sie mir in die Arme!«

»Guten Morgen.« Trotz meiner guten Vorsätze strahlte ich ihn an.

»Hast du gut geschlafen?«

»Ja. Danke für die Begleitung gestern.«

»Das nächste Mal sitzt du hinter mir.«

Ich seufzte.

»Es gibt kein nächstes Mal.«

»Du hast Angst, du könntest nicht widerstehen.«

Ich sah ihn freundlich strafend an.

»Ich liebe Herausforderungen, Iris. Und ich gebe nie auf.«

Er trat auf mich zu, küsste mich auf die Wange und streifte meine Taille mit der Hand. Ja, mach weiter, dachte ich plötzlich.

»Ich mag dein Parfüm«, raunte er. »Bis ganz bald.«

Er ging, und ich trat hastig ins Haus. Zum Glück war der Fahrstuhl gerade unten. Als die Türen geschlossen waren, betrachtete ich mich im Spiegel, meine Wangen waren gerötet, meine Augen glänzten, und das lag nicht etwa an der beißenden Kälte draußen. Warum passierte mir das? Wie hatte ich das eben nur denken können? Ich musste vernünftig bleiben und einen angemessenen Abstand wahren; er weckte etwas in mir, womit ich nicht zurechtkam. Ich hatte Lust zu gefallen, zu verführen, das Verlangen in den Augen eines Mannes zu sehen. Und zwar in den Augen genau dieses Mannes. Aber ich hatte Pierre, ich liebte ihn, ich durfte mich nicht durch die Gegenwart eines anderen Mannes verwirren lassen, so anziehend er auch sein mochte.

In den beiden nächsten Wochen stand ich unter einer höllischen Arbeitsbelastung. Mein Telefon klingelte unentwegt. Die Bestellungen häuften sich. Ich wusste jetzt, wie sich ein Workaholic fühlt. Pierre verfolgte meine berufliche Entfaltung aus der Ferne und ohne jeden Kommentar. Marthe gab mir Ratschläge in Bezug auf meinen eigenen Kleidungsstil. Wenn ich meine Kreationen verkaufen wollte, musste meine Aufmachung tadellos und sehr feminin sein. Letzten Endes verwandelte sie mich nicht zu einer Fashionista, vielmehr formte sie mich nach ihrem eigenen Bild. Womit ich sehr einverstanden war und was mir schmeichelte.

Mein Kundinnenkreis bestand aus zwei Arten Frauen: Marthes Bekannte und Gabriels Mätressen. Erstere, die ungeheure Klasse hatten, wünschten sich Kleider im Stil von Marthes neuer Garderobe. Letztere hatten vor allem den Wunsch, sich rasch von ihrem Geliebten entkleiden zu lassen, wie das Kleid aussah, war ihnen relativ egal. Obwohl sie möglichst viel Haut zeigen und die Röcke bis zur Grenze des Erlaubten kürzen wollten, ließ ich mich nie auf Ordinäres ein: lieber andeuten als zeigen. Jedes Mal, wenn ich mit einer von ihnen telefonierte, fragte ich mich, wie eine auf den ersten Eindruck so distinguierte Frau derart glucksen konnte, sobald der Name Gabriel fiel. Als ich mich zum ersten Mal in seiner Gegenwart derart glucksen hörte, stellte ich mir diese Frage nicht mehr. Ich begegnete ihm fast jeden Tag. Ich fürchtete diese flüchtigen Begegnungen, sehnte sie aber zugleich herbei. Natürlich fand er immer einen Weg, mir eine Anzüglichkeit oder eine Schmeichelei zuzuraunen, und immer mit einem verführerischen Lächeln.

Eines Abends bat mich Marthe, sie zur Vernissage eines von ihr geförderten Künstlers zu begleiten. Ich sollte mich im Atelier zurechtmachen, wo sie mich abholen wollte. Ich nutzte die Wartezeit und rief Pierre an.

»Geht's dir gut?«, fragte er.

»Ja. Hättest du nicht Lust, nach Paris zu kommen? Ich bin schon zwei Monate hier, und wir hatten immer noch kein romantisches Wochenende.«

»Ich hab keine Lust.«

»Bitte, es wäre so schön. Wir könnten durch die Straßen

flanieren und uns einfach mal Zeit lassen, um… nichts zu tun.«

»Hör zu, ich hab eine superharte Woche, schon bei dem Gedanken, am Freitagabend im Stau zu stecken… Ehrlich, dazu kann ich mich nicht aufraffen.«

»Du könntest es wenigstens versuchen. Ich weiß ja nicht, aber hast du nicht auch den Eindruck, dass wir gar nichts mehr zusammen machen? Ein Tapetenwechsel könnte dich entspannen, dir helfen, den Job mal zu vergessen, dir Lust machen auf… auf…«

»Auf was, Iris?«

Ich ballte die Hände zu Fäusten.

»Auf…«

»Nein, sag nichts! Dieses Gespräch jetzt ist völlig absurd.«

»Es ist immer dasselbe, du willst nicht reden. Als ginge es um ein Tabu!«

»Und du siehst immer Probleme, wo keine sind. Ich habe es satt, dass du immer Druck auf mich ausübst.«

»Was denn für Druck?! Ich möchte, dass wir wieder zueinanderfinden, ich möchte spüren, dass du mich liebst, und dir zeigen, dass ich dich liebe. Ist das wirklich zu viel verlangt?«

»Werd doch endlich mal erwachsen, wir sind kein junges Paar mehr. Du liest zu viele Kitschromane. Mein Job kostet mich viel Energie, ich kann nicht die ganze Zeit den schmachtenden Liebhaber spielen. Und eins solltest du nicht vergessen: Ich tue das alles für uns!«

»Du verstehst nichts«, seufzte ich.

Ich hörte Marthe, die nach mir rief.

»Pierre, ich muss los. Schönen Abend.«

»Dir auch.«

Er legte auf. Ich starrte lange auf mein Handy, bevor ich es in die Handtasche steckte. Ich seufzte noch einmal, ich war so müde. Marthe rief wieder nach mir, ich ging zu ihr hinunter.

Die Vernissage, in einer Galerie mitten in Saint-Germain-des-Prés, war eine weitere Gelegenheit für Marthe, mich der Gesellschaft zu präsentieren. Entsprechend ihrer Gewohnheit hielt sie mich am Ellbogen, während wir von Grüppchen zu Grüppchen flanierten. Inzwischen störte es mich nicht mehr. Ich liebte es, wenn sie an meiner Seite war. Ich hatte eine Mentorin. Sie war die Lehrerin, ich lauschte ihr, ich folgte ihren Regeln und Ratschlägen. Sie ließ mich eine Welt entdecken, die zwar oberflächlich war, aber unglaublich faszinierend und anziehend. Ich spürte, wie sich ihre Hand fester um meine nackte Haut schloss. Ich sah sie an. Was fesselte sie derart? Gabriels Auftritt. Er machte seinem Ruf alle Ehre und gab sich ein wenig halunkenmäßig. Eine Hand in der Hosentasche, redete er zwar mit den Männern, vergaß darüber aber nicht, Komplimente und Küsschen an die Frauen zu verteilen. Alle schienen ihn zu kennen. Sein gesellschaftlicher Parcours endete bei uns. Er küsste uns beide auf die Wangen und trat dann einen Schritt zurück.

»Meisterin und Schülerin, einfach fatal… Ihr lasst den anderen Frauen keine Chance.«

»Gabriel, du kannst es wohl nicht lassen«, sagte Marthe in beinahe drohendem Ton.

»Und wer ist schuld daran?«, gab er völlig unbefangen zurück. »Ich nehme an, wenn ich dich um die Erlaubnis bitte, Iris zu einem Glas Champagner einzuladen, wirst du sie mir verweigern.«

»Sehr richtig, Chéri. Wir sind heute Abend geschäftlich hier, ganz anders als du, der du nur ans Vergnügen denken darfst. Wer ist heute Abend die Glückliche?«

Der Blick, den Gabriel mir zuwarf, konnte Marthe nicht entgangen sein.

»Ich bin noch nicht sicher … Meine Damen, ich überlasse euch eurer Arbeit.«

Marthe zog mich fort. Es war stärker als ich, ich drehte mich noch ein letztes Mal nach ihm um.

»Iris, hatte ich dich nicht vor ihm gewarnt?«

Marthes schneidender Ton holte mich schonungslos auf den Boden der Tatsachen zurück.

»Doch.«

»Warum verhältst du dich dann so? Man könnte meinen, du seist von ihm fasziniert.«

»So schlimm ist er gar nicht, er kann eben gut reden, ich finde ihn sogar witzig.«

»Hast du denn gar kein Urteilsvermögen? Nimm dich zusammen, Chérie, wir wollen uns nicht den Abend verderben lassen.«

»Ich weiß, Sie haben recht.«

Nachdem wir uns mehr als eine Stunde lang dem aufregenden mondänen Leben gewidmet hatten, konnte ich ihr entwischen, indem ich vorschützte, ich müsse mich ein wenig frisch machen. Ich musste einfach mal durchatmen.

Mindestens fünf Minuten lang saß ich auf der Klobrille, den Kopf in die Hände gestützt. Als ich in die Galerie zurückkam, gab ich Marthe von Weitem zu verstehen, ich wolle mir die ausgestellten Werke anschauen. Schließlich waren wir auch ihretwegen gekommen.

Ich stand wie festgenagelt vor einem Bild und ließ den Zorn in mir lodern. Zorn auf Pierre und sein Verhalten am Telefon, als wir früher am Abend miteinander gesprochen hatten. Ich konnte es nicht fassen! Er war zu nichts bereit, er sah nichts. Fast bekam man den Eindruck, er tue alles, um mich in die Arme des Erstbesten zu treiben. Dabei schweiften meine Gedanken sofort zu Gabriel ab, dessen Anwesenheit keineswegs zur Besserung meiner nervlichen Verfassung beitrug. Wenn er im selben Raum mit mir war, hatte ich meinen Körper überhaupt nicht mehr unter Kontrolle. Marthes Drohung hatte daran nichts geändert, und das war schlecht.

»Von abstrakter Kunst habe ich nie etwas verstanden«, hörte ich eine Stimme hinter mir.

Ich hatte Gabriel gar nicht kommen hören.

»Hat dir Marthe die Kunst nicht nahegebracht?«

»Der Versuch scheiterte.«

Ich drehte mich zu ihm um und lächelte. Auch ich hatte Lust, mich zu amüsieren und wenigstens für ein paar Augenblicke alle Warnungen in den Wind zu schlagen. Mit geheucheltem Erstaunen legte er den Kopf schief.

»Bist du ihrer Bewachung entkommen?«

»Ja, für einen Augenblick.«

»Bleibst du bei mir?«

»Ein wenig.«

»Champagner?«

»Warum nicht?«

Er wirkte sehr zufrieden und winkte dem Kellner. Der kam gleich mit seinem Tablett, Gabriel nahm zwei Champagnerkelche, reichte mir einen und stopfte dem Mann dann einen Geldschein in die Tasche, bevor er ihn mit einem verschwörerischen Schlag auf den Rücken verabschiedete. Ich lachte.

»Du hast heute Abend nicht zufällig Lust, dich zu amüsieren?«, fragte er und ließ sein Glas gegen meins klingen.

Er las meine Gedanken. Ich trank einen Schluck und sah ihn dabei an.

»Ich bin mir noch nicht sicher. So wie du eben … Hast du dich für eine Beute entschieden?«

»Du spielst mit dem Feuer.«

»Vielleicht …«

Mein Lächeln wurde starrer. Aus dem Augenwinkel hatte ich meine Anstandsdame entdeckt.

»Marthe sucht mich schon«, sagte ich. »Ich muss zu ihr.«

»Geh nur.« Er trat näher an mich heran. »Spiel deine Rolle gut. Mach sie nicht wütend. Und um deine Frage zu beantworten: Ja, ich weiß, wen ich will. Aber ich weiß nicht, ob sie bereit ist, sich auf das Spiel einzulassen, und ich spiele lieber zu zweit.«

Sein Blick ruhte ein letztes Mal auf meinem Ausschnitt, dann ging er. Ich gesellte mich wieder zu Marthe. Auf dem Weg zu ihr wollte ich testen, wie sicher ich mich fühlen durfte, hoch oben auf meinen Stilettos, die mir einen fremden Gang aufzwangen. Ich drehte mich kurz nach Gabriel um. Er sah mich an wie ein Kind ein großes Eis. Warum sah mich Pierre nie so an?

Marthe beschloss, es sei an der Zeit aufzubrechen. Wir holten gerade unsere Mäntel, als Gabriel auftauchte.

»Die Ballköniginnen gehen schon?«

»Ja, ich bin müde«, antwortete Marthe.

»Wärst du bereit, Iris meinem Schutz zu überantworten?«

Der Boden schwankte unter meinen Füßen.

»Wie bitte?«, empörte sich meine Beschützerin.

»Es geht um euer Geschäft, ich habe potenzielle Kundinnen aufgetan. Vertrau mir, ich kenne deine Methoden und weiß, was du von Iris erwartest. Danach setze ich sie ins Taxi.«

Marthe beobachtete mich zögernd.

»Business is business!«, setzte Gabriel nach.

»Sei so gut und lass uns einen Moment allein«, sagte sie schließlich.

Ich wartete, bis er außer Hörweite war, bevor ich sagte:

»Ich verspreche Ihnen, ich werde brav sein, ich gebe denen mein Kärtchen, und dann fahre ich heim. Meine Füße tun mir viel zu weh, als dass ich hier noch stundenlang ausharren könnte.«

Liebevoll nahm sie mein Kinn zwischen ihre Hände.

»Ich erwarte dich morgen früh im Atelier. Wenn Gabriel sich dir gegenüber die geringste Freiheit herausnimmt …«

»Das wird nicht geschehen«, versprach ich und sah ihr fest in die Augen.

Ich begleitete sie zum Taxi. Als ich in die Galerie zurückkehrte, war mir, als wagte ich mich in eine Löwenhöhle. Gabriel plauderte angeregt mit mehreren Frauen, die ihn ungehemmt angurrten. Warum tat ich das nicht auch? Aber als gurrende Taube wäre ich eben eine glatte Fehlbesetzung gewesen. Ein Kellner ging vorüber, und ich nahm mir ein Glas von seinem Tablett. Ich trank einen ersten Schluck, dann noch einen und schließlich einen dritten, um mir Mut zu verschaffen oder vielmehr das Fünkchen Wahnsinn, das ich brauchen würde, um meinen Plan in die Tat umzusetzen. Dann ging ich, den Blick fest auf ihn gerichtet, selbstbewusst auf das Grüppchen zu. Er hörte auf, mit seinen Fans zu sprechen, die sich zu mir umwandten. Als ich ankam, hatte er sich wieder im Griff. Er machte uns miteinander bekannt und verließ uns dann, damit die Mädels über Klamotten sprechen konnten, wie er sagte.

Marthe würde zufrieden sein: Ich hatte neue Aufträge. Ich spürte eine Hand, die sich um meine Taille legte. Gabriel hatte einen Gang höher geschaltet, ich kam mir vor wie sein Eigentum. Das ging vielleicht doch alles ein bisschen zu schnell.

»Die Geschäfte blühen«, murmelte er mir ins Ohr.

»Dank deiner Unterstützung.«

»Ich hatte dabei nur im Sinn, Marthe loszuwerden.«

»Ich habe ihr versprochen, brav zu sein und gleich nach Hause zu fahren.«

»Tolles Programm!«

»Keine Sorge, ich habe dabei die Finger hinter dem Rücken gekreuzt«, antwortete ich und neigte den Kopf zu ihm.

Ich hatte hier gar nichts mehr unter Kontrolle. Am allerwenigsten die Worte, die aus meinem Mund kamen.

»Böses Mädchen«, schnurrte er.

Er drückte mich an sich, entschuldigte uns bei den Damen und zog mich zum Ausgang.

»Gehen wir etwa?«, fragte ich und bremste ihn ein wenig ab.

»Hast du sie etwa nicht satt, diese alten Schachteln beiderlei Geschlechts, die philosophische Betrachtungen über einen auf eine Leinwand geklatschten Joghurt anstellen?«

Mein schallendes Gelächter war sicher in der ganzen Galerie zu hören.

»Iris, du weißt ja, was man sagt: Hat man eine Frau erst zum Lachen gebracht, bringt man sie auch …«

Ich riss die Augen auf. Gabriel schob mich bestimmt auf die Straße hinaus. Draußen wartete schon ein Taxi. Er hielt mir die Tür auf und ließ mich einsteigen. Dann ging er um den Wagen herum und setzte sich neben mich auf die Rückbank. Ich hörte, wie er dem Fahrer eine Adresse nannte.

Während der Fahrt betrachtete ich die Straßen von Paris. Es war schön. Mir war nicht nach reden. Mir war auch nicht nach einem Ende dieses Abends, ich fühlte mich so frei! Ich mochte den Blick, mit dem Gabriel mich ansah, auch wenn es nur von kurzer Dauer sein würde. Unter allen Frauen des Abends hatte er mich erwählt. Ein Mann wollte mich. Dennoch begannen meine Hände zu zittern, mein Magen verkrampfte sich angstvoll, ständig strich ich mein Haar zurück, und wenn ich die Augen schloss, schossen mir Bilder von Pierre und mir durch den Kopf. Hastig holte ich das Handy aus der Handtasche. Kein Anruf, nicht einmal eine SMS von ihm. Dafür hatte Marthe angerufen. Ich brauchte die Nachricht nicht abzuhören. Marthe hatte wie immer recht und wusste, was gut für mich war. Ich rutschte von meiner Wolke und kehrte zur Erde zurück.

Das Taxi wurde langsamer und hielt vor einem wuchtigen Gebäude in der Nähe der Metrostation Richelieu-Drouot.

»Darf ich dich der Form halber zu einem letzten Glas bei mir einladen?«

Ich seufzte und wusste selbst nicht, ob ich nun enttäuscht oder erleichtert war.

»Okay, Iris, ich hab schon verstanden, du willst nach Hause.«

»Ja.« Ich sah zu ihm auf.

Er holte mehrere Geldscheine aus der Jackentasche und reichte sie dem Fahrer über dessen Schulter hinweg. Er solle »die junge Dame fahren, wohin sie wolle«. Dann sah er mich ohne jede Spur von Ärger oder Enttäuschung an. Lächelnd beugte er sich zu mir.

»Gute Nacht«, sagte er mit seiner heiseren Stimme.

»Danke … Dir auch.«

»Nach dieser Niederlage?«

Er küsste mich auf die Wange und stieg aus. Bevor er wegging, klopfte er noch auf die Motorhaube. Das Taxi fuhr an, und ich verdrehte mir den Hals, um ihn ins Haus gehen zu sehen.

Ich lag im Bett, starrte an die Decke und versuchte einzuschlafen. Ich drehte und wälzte mich, kniff die Augen zu und riss sie wieder auf. Wieder und wieder lief der Film des heutigen Abends vor meinem inneren Auge ab. Ich beobachtete mich, als stünde ich außerhalb meines Körpers, und ich sah eine Fremde. Das war nicht ich, diese Frau, die Gabriel mit Blicken verschlungen hatte, die ihn provoziert, über seine Scherze gelacht und ihm ihre Handynummer gegeben hatte und die beinahe den nicht wiedergutzumachenden Schritt zu weit gegangen wäre. Ich musste auf meine Insel der Treue zurück, auf Marthe hören, mich auf meine Arbeit konzentrieren … Aber wie sollte ich das schaffen, wo doch Gabriel in mir zu lesen schien wie in einem offenen Buch?

Ich stand vor der Tür von Marthes Büro, zurechtgemacht wie für ein Vorstellungsgespräch. Ich hatte ziemlich viel Make-up aufgelegt, um die Augenringe zu verdecken. Und ich hatte Angst. Ich musste sie auf jeden Fall belügen. Warum nur war ich am Abend vorher nicht gleich mit ihr gegangen? Ich hatte mich in Gefahr begeben. Verzweifelt klammerte ich mich an die Bestellungen, die ich dabei ergattert hatte, dank … Gabriel. Ich klopfte an und trat sofort ein. Marthe saß nicht an ihrem Schreibtisch, sondern auf ihrem Sofa, sie sah nachdenklich aus. Seltsam.

»Guten Morgen, Marthe.«

»So früh habe ich heute Morgen nicht mit dir gerechnet.«

Sie stand auf, umrundete mich und begutachtete meine Kleidung.

»Ich bin auch nicht mehr lange geblieben, nachdem Sie gegangen waren.«

»Was haben Gabriels Kontakte ergeben?«

»Interessante Bestellungen, ich denke, es könnte sich so etwas wie Stammkundschaft daraus entwickeln. Ich habe ihnen meine Karte gegeben, sie müssten in den nächsten Tagen wegen der Termine anrufen.«

»Sehr gut. Und Gabriel?«

Ihr Blick bohrte sich in meine Augen.

»Er hat die ganze Galerie unterhalten und … hat sie in charmanter Begleitung verlassen, als ich auf mein Taxi wartete.«

Sie hob mein Kinn mit dem Zeigefinger.

»Lügst du auch nicht?«

»Nein, Marthe, natürlich nicht!«

»Denn das würde ich nicht dulden!«, sagte sie knapp.

Ich fühlte mich unwohl. Sie schloss die Augen, schüttelte den Kopf und betrachtete mich von Neuem.

»Mich wundert, dass er nichts versucht hat. Ich kenne ihn, wenn er eine Frau begehrt, ist er durch nichts aufzuhalten.«

»Ich habe ihm zu verstehen gegeben, dass er mit mir nur seine Zeit verschwenden würde.«

Sie lächelte mir zu, sichtlich zufrieden mit meiner Antwort. Ich hingegen staunte über mein Talent zum Lügen. Trotzdem machte ich mich jetzt besser davon.

»Auf mich wartet viel Arbeit.«

Ich ging zur Tür.

»Iris …«

»Ja?«

Ich schluckte.

»Komm mal her.«

Ich gehorchte. Sie begutachtete noch einmal meine Erscheinung. Ich hatte mich absichtlich in die Kluft eines gewissenhaften *working girl* geworfen. Marthe knöpfte die obersten Knöpfe meiner taillierten Bluse auf. Ich sah dabei auf die graziösen Bewegungen ihrer zarten schlanken Finger.

»Es ist absolut in Ordnung, die brave Frau zu spielen, aber übertreib's nicht. Und denk das nächste Mal über Absätze nach, die um einiges höher sind.«

»Mach ich. Einen schönen Tag noch.«

Ich spürte ihren Blick auf mir, bis ich die Tür ihres Büros hinter mir geschlossen hatte.

An den folgenden Tagen übte Gabriel einen regelrechten Telefonterror aus. Zu meiner großen Erleichterung war Marthe immer in meiner Nähe, sie bewahrte mich vor Schlimmeren. Ich würde der Versuchung nicht nachgeben, dafür war ich nicht hergekommen. Systematisch löschte ich seine Nachrichten, noch bevor ich sie angehört hatte, ich wollte unbedingt vermeiden, dass mir seine Stimme irgendeinen Unsinn vorsäuselte.

Freitagmittag schloss ich wie gewöhnlich meine Arbeitswoche in Marthes Büro ab.

»Genieß die Zeit mit deinem Mann, am nächsten Wochenende behalte ich dich nämlich bei mir«, sagte sie zum Schluss.

»Warum?«

»Um deine Erscheinung und deine Garderobe zu vervollständigen, werden wir dir alles kaufen, was du dir nicht selbst nähst.«

»Marthe, Sie sind … Ich brauche nichts.«

Die Antwort war eine Kombination aus ihrem geheimnisvollen Gesichtsausdruck und diesem Blick, der keinen Widerspruch duldete. Sie stand auf. Ich begleitete sie zur Tür.

»Mach weiter so, Iris. Du wirst es weit bringen. Und hör immer auf mich.«

Ich senkte den Blick, während sie in den Fahrstuhl trat. Ich konnte nicht anders, ich stellte mich ans Fenster, um sie fortgehen zu sehen. Sie verließ das Gebäude erst nach einigen Minuten. Langsam ging sie zu einem Taxi, der Fahrer öffnete ihr die Tür, und sie verschwand.

»Iris! Telefon!«, rief eins der Mädchen.

Ich rannte hin.

»Hallo?«, sagte ich, ohne auf die Nummer des Anrufers zu achten.

»Hallo, du«, schnurrte Gabriel. »Du verstehst es, dich rarzumachen.«

»Marthe …«

»Ist gerade gegangen, sie hat einen Termin bei ihrem Notar, ich habe ihn verabredet.«

»Warum …«

»Ich erwarte dich in meinem Büro.«

»Aber …«

»Wenn du nicht in zehn Minuten hier bist, hole ich dich im Atelier ab.«

Er legte auf. Kein Zweifel, diese Autorität hatte er bei

Marthe gelernt. Ich versuchte, möglichst natürlich zu wirken, als ich unter den neugierigen Blicken der Mädchen das Atelier verließ und in den ersten Stock hinunterging. Ich klingelte, die Tür sprang auf, und ich blieb wie erstarrt im Eingang stehen. Alle Büros waren von Gabriels Mitarbeitern besetzt, angehenden *golden boys*. Sie wechselten verschwörerische Blicke, als sie mich sahen. Einer von ihnen, ein Mini-Gabriel in der Lehre, machte ein paar Schritte auf mich zu. Ich kam ihm zuvor, indem ich mit größtmöglicher Würde das Büro seines Chefs ansteuerte.

»Ich will zu Gabriel, ich kenne den Weg.«

Ich ging an ihm und einigen anderen, die ihm gefolgt waren, vorbei. Ich glaubte, ein Pfeifen zu hören, und hielt mich steif aufrecht. Mit dem Ergebnis, dass ich mich, ohne mir irgendeine Verteidigungsstrategie überlegt zu haben, in die Höhle des Löwen stürzte.

Mein ganz persönlicher Quälgeist war am Telefon und schimpfte aus vollem Hals; ich hätte nicht mit seinem Gesprächspartner tauschen mögen. Zum ersten Mal erlebte ich Gabriel in seinem beruflichen Umfeld: mächtig, ernsthaft, bissig. Während er noch Befehle bellte, lächelte er mir zu. Dann kam er auf mich zu und schloss die Tür, die ich offen gelassen hatte, wobei er noch einen wenig freundlichen Blick in den Gang warf. In seiner Nähe begann mein Herz schneller zu schlagen. Er versuchte, mich mit dem freien Arm gegen die Wand zu drängen, doch ich entwischte ihm, indem ich unter dem Arm durchtauchte. Er brach das Gespräch ab, indem er einen äußerst wichtigen Termin vorschützte.

»Solltest du Probleme mit deinem Telefon haben?«, fragte er mich und hob eine Braue.

»Nein.«

Er ging auf mich zu. Ich wich zurück.

»Läufst du vor mir weg?«

Sein Schreibtisch schnitt mir den Fluchtweg ab.

»Äh … Nein.«

»In diesem Fall möchte ich dich für morgen Abend einladen. Ein Diner, das diesen Namen verdient, und zwar nur für uns beide.«

Bei den letzten Worten beugte er sich vor, um meinen Blick einzufangen. Er lächelte mich an, ich lächelte zurück. Ich konnte nicht anders, ich spielte wieder die Karte der Provokation aus, und wieder mit diebischem Vergnügen.

»Ich muss auch dieses Mal ablehnen.«

»Aus welchem Grund?«

»Ich verbringe das Wochenende mit meinem Mann.«

»Scheiße aber auch, ich kann mir deinen einzigen Fehler nicht merken.«

Es gelang mir, seitlich zu entkommen, sodass endlich etwas Abstand zwischen uns entstand.

»Bist du in Eile?«

»Ich muss noch ein bisschen arbeiten, bevor ich gehe. Ich wünsche dir ein schönes Wochenende.«

Ich machte kehrt und wollte schon die Tür öffnen, doch Gabriel schloss sie wieder, über meine Schulter hinweg. So blieb er stehen, ganz dicht hinter mir. Er berührte mich nicht, doch ich spürte seinen Atem auf meiner Haut. Ich schloss die Augen.

»Wohin ist deine Selbstsicherheit von neulich abends entschwunden?«, flüsterte er mir ins Ohr.

Ich musste dringend einen Gang zurückschalten. Ich kannte die Regeln dieses Spiels nicht.

»Es tut mir leid, wenn ich … Aber ich hatte zu viel getrunken … Das war nicht ich.«

»O doch! Ich glaube, du warst nie mehr du selbst als in diesem Augenblick.«

»Da täuschst du dich, ich bin ein langweiliges, braves Mädchen, und …«

»Treu, ja, ich weiß. Dennoch bist du diejenige, die hier falschliegt.«

Er brachte mich auf, und ich mochte es. Steckte in seiner Behauptung nicht ein Fünkchen Wahrheit? Ich drehte mich zu ihm um und sah ihm in die Augen.

»Ich habe einen anderen Ehrgeiz als den, die Liste deiner Geliebten zu verlängern. So ist es eben.«

»Solltest du mich in Ketten legen wollen?«

»Ich habe bereits einen Fehler begangen, ich gedenke nicht, mich mit einem zweiten zu belasten.«

»Du wirst boshaft … Das liebe ich! Du gefällst mir immer mehr.«

»Nützt es denn nichts, wenn ich dich bitte? Von meiner Ehe spreche, von Marthe? Willst du mich nicht in Ruhe lassen?«

»Wir werden richtig viel Spaß haben, glaub mir …«

Gabriel brachte mich bis an den Eingang zu seinen Geschäftsräumen, eine Hand in meinem Rücken und auf den Lippen ein zufriedenes Lächeln. Es war nichts geschehen, dennoch quälten mich Scham und ein gewisses Unbehagen. Es war nicht schwer zu erraten, was seine Angestellten dachten. Zu welchem Menschen entwickelte ich mich da eigentlich? Gabriel küsste mich auf die Wange und wünschte mir ein schönes Wochenende mit meinem Mann.

Pierre erwartete mich auf dem Bahnsteig. Zum Glück hatten mir die drei Stunden Zugfahrt die Möglichkeit gegeben, meinen inneren Aufruhr hinter einer Fassade zu verstecken. Er küsste mich geistesabwesend und nahm meine Tasche.

»Lieb von dir, dass du mich abholst.«

»Ich wollte meine Paris-Verweigerung wiedergutmachen und gleichzeitig schon mal für den Dienst am nächsten Wochenende um Verzeihung bitten.«

Jetzt passten unsere Zeitpläne wenigstens einmal zusammen.

»Ich werde nicht meckern, denn ich werde nicht da sein.«

»Warum nicht?«

»Marthe möchte, dass ich bleibe, wegen … wegen der Arbeit.«

»Ach so? Fahren wir heim?«

Am Tag darauf kam ich absichtlich nicht auf unseren Streit am Telefon und auf meine Erwartungen an ihn zu sprechen. Ich spielte die perfekte Ehefrau. Er ging mit Freunden Tennis spielen, und als er zurückkam, wirkte er entspannt. Vielleicht würden wir ja einen schönen Abend verbringen?

Als ich das Abendessen vorbereitete, kam er zu mir in die Küche.

»Du hast gerade eine SMS bekommen.« Er hielt mir mein Handy hin.

Ich nahm es mit einer Mischung aus Panik und freudiger Erregung entgegen. Zu recht. Gabriel schrieb. *»Wann kommst du zurück?«*

»Wer ist das?«, fragte Pierre.

Ich sah auf.

»Äh … Eine Kundin … Sie will wissen, wann ich zurückkomme.«

»Am Samstagabend?«, fragte er empört.

Ich kam gar nicht zu einer Antwort, wieder ertönte ein Signalton. Pierre seufzte genervt auf.

»Weißt du was? Ich schalte das Handy aus. Sie kann bis Montag warten.«

Ich legte das ausgeschaltete Handy auf den Tisch und schmiegte mich in seine Arme.

»Ich stehe ganz zu deiner Verfügung«, murmelte ich dicht an seinem Hals.

Ich legte ihm die Arme um die Taille in der Hoffnung auf Zärtlichkeit. Er drückte mich lasch an sich, aber ich wusste genau, dass er woanders hinsah. Fast sofort ließ er mich wieder los.

»Wollen wir essen?«, schlug er vor.

»Wenn du möchtest.«

Zehn Minuten später saßen wir, einer neuen Tradition folgend, an unserem Samstagabend-Platz: Wir aßen vor dem Fernseher. Während des Essens beobachtete ich Pierre. Was war aus meinem Mann geworden? Ich erkannte ihn immer weniger. Wir wurden einander fremd, und das schien ihm absolut gleichgültig zu sein. Wenn ihn doch seine Arbeit nicht derart auffräße! Wenn es uns nur gelänge, uns zu verständigen …

Nachdem ich abgeräumt hatte, kehrte ich zu ihm aufs Sofa zurück.

»Darf ich?«, fragte ich und schmiegte mich an ihn.

»Komm.«

Er hob den Arm, und ich presste mich an seine Schulter. Er strich mir mechanisch übers Haar.

Im Bett stellte ich ihm dieselbe Frage in der Hoffnung auf Aufmerksamkeit, Zärtlichkeit, Begehren … In der Hoffnung, er würde mich zum Vergessen bringen, er würde Schuldgefühle in mir wecken, weil ich jemand anderen im Kopf hatte. Von seiner Seite kam keine weitere Geste. Sein Atem wurde ruhiger, er schlief den Schlaf des Gerechten. Eine Viertelstunde verging, eine halbe Stunde, eine Stunde, doch meine Augen blieben hoffnungslos offen. Ich dachte nur noch an eins. Leise stand ich auf und ging auf Zehenspitzen hinunter in die Küche, wo das Handy noch auf dem Tisch lag. Lange Minuten sah ich es an, dann schaltete ich es ein. Ich las Gabriels letzte Nachricht: *»Viel Spaß mit deinem Mann!«* Wenn du wüsstest!, dachte ich. Ohne zu überlegen, antwortete ich: *»Bitte hör auf damit, bring mich in seiner Gegenwart nicht mehr in Verlegenheit!«* Zu dieser Uhrzeit würde er nicht mehr antworten. Als ich ein Bing hörte, verschanzte ich mich in der Toilette. *»Montagabend Picknick im Büro?«* – *»Nein«*, antwortete ich. Bing: *»Wenn ich verspreche, brav zu sein?«* Ich seufzte, lächelte und antwortete: *»Mal sehen.«*

Bing: »*YES!*« Ich schaltete mein Handy aus und ging ratlos wieder schlafen. In welche Klemme hatte ich mich da gebracht?

7

Gabriel war auf seine Art brav. Ich hatte noch nie ein derart unartiges »Kind« erlebt. Ja, ich hatte seinen Einladungen zum Abendessen kläglichst nachgegeben. Und seit drei Wochen hatten wir unser »Montagabend-Picknick im Büro«. Das verschaffte mir die – völlig irrige – Illusion, alles im Griff zu haben. Tatsächlich taten mir diese Abende in seiner Gesellschaft wahnsinnig gut. Für ein paar Stunden vergaß ich dann Pierres Abwesenheit und sein mangelndes Engagement; durch Gabriels Blicke und die Anspielungen in jedem seiner Sätze fühlte ich mich als Frau, als begehrenswerte Frau; ich befreite mich vorübergehend von dem Druck, der durch meine Arbeit und Marthe auf meinen Schultern lastete. Übrigens gab es ein stillschweigendes Abkommen zwischen uns: Wir sprachen weder über Marthe noch über Pierre. Ich spielte mit dem Feuer. Das wusste ich. Gefährlich wurde es bei Empfängen, zu denen wir beide eingeladen wurden. Dann mussten wir Distanz und Gleichgültigkeit vortäuschen. Gabriel leistete ganze Arbeit für uns beide. Wenn Marthe nicht auf mich aufpasste, hatte er keine Hemmungen, begehrliche Blicke auf mich zu werfen. Was ihn nicht daran hinderte, auf Teufel komm raus zu verführen: Jedes Mal verließ er das Fest mit einer anderen Eroberung am Arm. Und ehrlich gesagt beruhigte mich dieses Verhalten. All das war nur ein Verführungsspielchen, nichts Ernsthaftes.

Mit meinem Mann war alles wie gehabt. Kein Streit, aber auch keine erwähnenswerte Annäherung. Pierre wusste nichts von meinen zweisamen Essen mit Gabriel. Ich verstrickte mich in Lügen, weil ich Angst hatte, schlafende Hunde zu wecken. Er hatte keine Eifersucht gezeigt, als ich das erste Abendessen erwähnt hatte, aber man konnte ja nie wissen, vor allem wenn man bedachte, wie er die Welt sah, in der ich mich bewegte. Und ich, hätte ich an seiner Stelle zugelassen, dass er mit einer anderen Frau essen ging? Ich kannte die Antwort.

In beruflicher Hinsicht setzte sich mein wahr gewordener Traum fort. Das Nähen und Entwerfen erfüllte mein ganzes Leben, noch nie war ich so glücklich gewesen. Mein Auftragsbuch war immer voll. Philippe hatte die Gelegenheit ergriffen und angeordnet, dass die anderen Mädchen mir in stressigen Zeiten zur Hand gehen sollten. Ich verdiente allmählich ganz gut. Dank Marthe hatte ich es mit immer anspruchsvolleren Frauen zu tun, was meine Kreativität weiter anstachelte. Marthes Milieu war sehr exklusiv, eine geschlossene Gesellschaft, nur den Eingeweihten vorbehalten. Ich begriff sehr bald, dass sie mich niemals zur Fashion Week schleppen würde; Pailletten und Strass waren ihr zuwider. Sie erwähnte mich nur gegenüber näheren Bekannten und traf eine Auswahl unter den potenziellen Kundinnen. »Man muss gewisse Voraussetzungen erfüllen, um einen Termin mit Marthes Schützling zu bekommen«, erklärte mir eine Frau, die gerade eine Eintrittskarte ins

Atelier erhalten hatte. Ich, die ich mich immer für furchtsam gehalten hatte, nahm jedes Kleid als Herausforderung an, als einen Sieg, den ich unbedingt erringen musste.

Montagabend. Ich würde Gabriel nicht sehen. Marthe hatte gerade angerufen. In zehn Minuten sollte ich bereit sein, ihr die neuesten Modelle zu zeigen, die ich meinen besten Kundinnen zu präsentieren gedachte. Es standen mir also intensive Stunden bevor. Ich schickte Gabriel eine SMS: *»Arbeitstreffen mit Marthe, es wird den ganzen Abend dauern.«* Dann verteilte ich die Modelle auf Schneiderpuppen. Als Marthe ins Atelier kam, hatte ich noch keine Antwort von Gabriel. Seltsam.

Ich sah zu, wie Marthe meine Kleider berührte, bei jeder ihrer Gesten flirrte eine verwirrende Sinnlichkeit an der Grenze zur Erotik auf; die Geste wäre dieselbe gewesen, wenn sie Haut gestreichelt hätte.

»Jetzt will ich sie an dir sehen.«

»Sie sind für die Kundinnen gemacht.«

Sie wischte meinen Einwurf mit einer Handbewegung weg.

»Dein Körper muss sie erst einmal zum Leben bringen. Du hast sie doch in deiner Größe angefertigt, wie ich es dir gesagt hatte?«

Ich nickte. Sie klopfte mit dem Zeigefinger gegen ihr Kinn, während ihre Augen hin und her huschten.

»Am Samstagabend wirst du mich zu einem Abendessen bei Freunden begleiten, sie werden sich freuen, dich kennenzulernen.«

»Tut mir schrecklich leid, aber da muss ich unbedingt zu Hause sein.«

»Nichts ist wichtiger als deine Karriere. Du musst deine Beziehungen pflegen.«

Ich ließ die Schultern hängen.

»Ich weiß, aber … Wir sind zu einer Hochzeit eingeladen. Und wenn ich Pierre sage, dass ich wegen eines Abendessens hier nicht kommen werde, fürchte ich wirklich, dass er …«

Sie brachte mich mit einer Handbewegung zum Schweigen.

»Schon gut, geh hin.«

Sie warf einen Blick auf meine Füße.

»Wo sind deine Zwölfzentimeterabsätze? Hier oder in deiner Wohnung?«

»Hier«, antwortete ich kleinlaut.

»Hol sie.«

Ich rannte eiligst nach oben und holte ein Paar meiner vielen neuen High Heels. Marthe hatte darauf bestanden, sie zu kaufen, obwohl ich schon auf zehn Zentimetern kaum einen Fuß vor den anderen setzen konnte. Sie selbst trug nur diese beiden Absatzhöhen und niemals flachere Schuhe. Ich würde mich daran gewöhnen müssen. Sie hatte mir sogar eine Lektion im richtigen Gehen in solchen Schuhen erteilt. Bei dem Einkaufsbummel, zu dem sie mich gezwungen hatte, hatte sie ein kleines Vermögen ausgegeben, um meine Garderobe – unter anderem – um Wäsche und Schuhe zu ergänzen, natürlich alles in Luxusqualität. Als ich zurückkam, hatte Marthe mehrere Kleider von den Puppen gezogen.

»Ab in die Kabine, Chérie!«

Das war ein Befehl. Sie bedeutete mir, mich umziehen zu gehen. Zum ersten Mal benutzte ich das Boudoir für mich und nicht für meine Kundinnen. Erst jetzt merkte ich, wie überaus sinnlich die Atmosphäre hier war.

Hinter dem schweren Vorhang aus schwarzem Samt griff ich nach meinem Lieblingsstück, einem sehr körpernahen Bustierkleid aus schwarzer Guipure-Spitze, unterfüttert mit flaschengrünem Pongé. Ich zog es über, doch dann kam ich nicht weiter. Anscheinend war es meine Spezialität, Kleidung zu entwerfen, die man nicht ohne Hilfe zubekam.

»Bist du fertig?«

»Fast.«

Der Vorhang wurde mit einem Ruck geöffnet.

»Stell dich in die Mitte«, befahl Marthe.

Ich trat in den Raum hinaus, ihr Blick lastete auf mir. Ich stellte mich vor den Spiegel. Marthe trat schweigend hinter mich und sah mich lange Sekunden an. Sie legte mir die Hand ins Kreuz und zwang mich mit einem einzigen leichten Stoß, mich gerade zu halten, die Schultern zurückzunehmen und die Brust herauszustrecken. Dann zog sie sehr langsam den Reißverschluss hoch. Ich spürte, wie ihre Hand meiner Wirbelsäule folgte und dann, unter dem Haaransatz, leicht meinen Hals streichelte. Mich überlief ein Schauer.

»Zieh dich um.«

Zweite Robe. Dritte. Vierte. Wieder ging ich in die Kabine. Ich machte mir nicht mehr die Mühe, den Vorhang zuzuziehen.

»Zieh fürs nächste Modell den BH aus.«

Ich wusste sofort, welches sie meinte. Beim Entwerfen hatte ich die drängenden Bitten einer Kundin berücksichtigt, die eng mit Gabriel befreundet war. Dieses Kleid aus roter Hermès-Seide ging ein wenig an die Grenzen des Schicklichen. Während ich auf Marthe wartete, verschränkte ich die Arme vor der Brust, um mein Schamgefühl ein wenig zu wahren. Oder vielmehr das, was davon übrig war, denn ich trug nur noch meinen String und meine High Heels.

»Zieh das hier über.«

Ich griff nach dem Kleid. Ich hatte richtig vermutet. Marthe setzte sich auf eins der Kanapees. Und wieder einmal erkannte ich mich im Spiegel nicht wieder. Der Wasserfallausschnitt ließ die Rundung meiner Brüste erkennen. Und was den Rücken anging, da sah man alles außer dem Po. Ich wollte gerade aus der Kabine hinausgehen, als die Eingangstür zum Atelier zuschlug.

»Marthe? Bist du da?«

Gabriel. Ich blieb wie festgenagelt stehen und schluckte.

»Ja, Chéri, aber du warst nicht eingeladen.«

»Wozu war ich nicht eingeladen?«

Am Klang seiner Stimme erkannte ich, dass er bereits im Boudoir war. Ich war nicht zu sehen, konnte aber alles hören.

»Iris und ich sind mit Anproben beschäftigt, deine Anwesenheit wäre da fehl am Platz.«

»Aber ganz im Gegenteil, ihr braucht die Meinung eines Experten!«

»Lass uns allein.«

»Kommt nicht infrage, Chérie. Außerdem brauche ich dich für ein paar Unterschriften.«

»Benimm dich«, befahl sie ihm. »Iris, wir erwarten dich.«

Ich hörte einen lauten Kuss. Ich war wie gelähmt, am liebsten hätte ich mich in Luft aufgelöst. Aber wenn ich nicht sehr bald aus meinem Versteck auftauchte, konnte sich Marthes Laune stark verschlechtern. Und das war das Letzte, was ich wollte. Ich atmete tief ein und trat mitten in den Raum. Ich starrte auf meine Füße. Bloß nicht Gabriels Blick begegnen. Niemand sagte ein Wort. Ich stand mit gesenktem Kopf vor dem Spiegel und erwartete das Urteil. Ich hörte Pfennigabsätze auf dem Parkett. Marthes Hand war wieder an ihrem Platz in meinem Kreuz, diesmal auf der Haut. Der Stoß war stärker.

»Hast du etwa meine Anweisungen in Sachen Haltung vergessen?«

»Nein.«

»Ich warte, Iris.«

Ich hob den Kopf und öffnete die Augen. Sie griff über meine Schulter und hob mein Kinn, dessen Haltung ihr wohl nicht stolz genug war. Jetzt erst sah ich Gabriel. Er saß in einem Sessel und war bestens positioniert, um alles genau zu verfolgen. Gelockerte Krawatte, aufgeknöpfter Hemdenkragen, einen Knöchel entspannt auf das Knie des anderen Beins gelegt, Kinn in die Hand gestützt und Raubtierblick. Marthe rückte mein Dekolleté zurecht. Sie streifte meine Brüste, meinen Po. Ich drückte das Kreuz noch mehr durch. Dann legte sie mir die Hand auf die Hüfte.

»Gabriel, wenn du ein Urteil abgeben möchtest, dann bitte jetzt.«

Marthe rührte sich nicht. Ohne den Blickkontakt zwischen uns zu unterbrechen, stand Gabriel auf und kam lässig auf uns zu. Er baute sich vor mir auf, gerade mal zwei Handbreit entfernt. Ich steckte im Schraubstock. Zwischen beiden. Zwischen ihren beiden Körpern. Zwischen ihren beiden Blicken. Die Spannung war greifbar. Irgendetwas spielte sich zwischen ihnen ab; ich wusste nicht was, aber ich bekam davon Gänsehaut. Gabriel musterte mich von oben bis unten, bevor er seinen Blick wieder in meinen bohrte. Marthes Hand auf meiner Hüfte wurde besitzergreifender. Unmerklich verringerte sich der Abstand zwischen uns dreien. Gabriel öffnete leicht den Mund, dann sah er Marthe an.

»Du hast eine würdige Erbin gefunden.«

Stille. Schwere Stille. Bedrückende Stille.

»Iris wird dieses Kleid auf einer Hochzeit tragen, zu der sie mit ihrem Mann eingeladen ist«, verkündete Marthe, und ich spürte etwas wie Enttäuschung in ihrer Stimme.

Unmöglich. Wenn ich in einem solchen Aufzug kam, war der Skandal sicher. Angefangen bei dem, den Pierre machen würde.

»Gehen wir doch alle drei essen«, schlug Marthe vor.

»Aber gern«, antwortete Gabriel und musterte mich dann wieder. »Lass dir Zeit beim Umziehen, wir müssen noch Papierkram erledigen, Marthe und ich.«

Sie gingen. Im Spiegel sah ich, wie Gabriel Marthe den Mantel um die Schultern legte und sie dann, eine Hand in ihrem Rücken, wegführte. Sie waren absolut synchron, wie ein altes Ehepaar, als hätten sie es immer so gemacht. Sie hielt ihn noch einmal zurück und drehte sich zu mir um.

»Zieh zum Abendessen noch einmal das erste Kleid an.«

»Ja.«

Nachdem sie weg waren, stieß ich all die Luft aus, die ich bis dahin angehalten hatte. Dann stand ich eine Weile reglos da, bevor ich daran dachte, mich umzuziehen. Als eine Viertelstunde später mein Handy klingelte, fuhr ich zusammen, ich fühlte mich zur Ordnung gerufen.

Sie erwarteten mich unten in der Eingangshalle. Erleichtert sah ich, dass Gabriel seinen Motorradhelm dabeihatte. Wenigstens würde ich nicht zwischen den beiden eingeklemmt im Taxi sitzen. Als perfekter Gentleman hielt er Marthe die Tür auf und bedeutete auch mir, ihr zu folgen. Ich begegnete seinem Blick. Dem Blick, den ich zu kennen und zu fürchten begann: Kein Verlass darauf, dass er brav sein würde. Stocksteif folgte ich Marthe zum Taxi.

»Wie immer?«, fragte Gabriel.

»Natürlich, Chéri.«

Durchs Wagenfenster sah ich, wie er aufs Motorrad stieg und sich den Helm aufsetzte. Bevor er das Visier herunterdrückte, konnte ich noch ein spöttisches Lächeln erkennen. Das Taxi fuhr Richtung Champs-Élysées und Avenue Montaigne.

Marthe und ich saßen am Tisch und tauschten uns über die anprobierten Kleider aus. Sie schenkte mir zwar ihre volle Aufmerksamkeit, wirkte jedoch angespannt. Nervös trommelte sie mit den Fingern auf den Tisch und ließ den Blick immer wieder nach links und rechts abschweifen. Ich hatte sie noch nie in einem solchen Zustand erlebt und hätte mir bis dahin gar nicht vorstellen können, dass die sonst so beherrschte Marthe eine solche Unruhe an den Tag legen könnte.

Ich hatte ihr gerade fast die Zustimmung dazu abgerungen, auf der Hochzeit ein anderes Kleid tragen zu dürfen, da kam Gabriel.

»Meine Damen, bitte entschuldigen Sie meine Verspätung.«

»Dabei weißt du doch, dass ich dergleichen nicht dulde«, fuhr Marthe ihn an.

»Ich musste mich ein wenig abreagieren. Ich weiß auch nicht, was mit mir los war ...« Er warf mir einen diskreten Blick zu. »Ich war ... wie soll ich sagen ... überreizt. Ich habe einen Umweg gemacht.«

»Hör sofort mit diesem kindischen Geschwätz auf und setz dich.«

»Zu Befehl, Maman.«

Marthe schien nicht sonderlich erbaut von diesem Scherz. Mit einer brüsken Bewegung entfaltete sie ihre Serviette. Gabriel fiel nichts Besseres ein, als sich neben mich zu setzen. Sehr dicht neben mich. Zu dicht.

Es war ein seltsames Abendessen. Die intime Atmosphäre, das gedämpfte Licht, die Diskretion der Kellner, der Sternekoch, der an unseren Tisch kam ... Als wäre dieser Ort ganz auf unsere Bedürfnisse abgestimmt worden. Marthe hatte sich entspannt und stellte Fragen nach Pierre, meinen Eltern und meiner Kindheit. Ich redete mehr, als mir eigentlich zustand, und verhaspelte mich ziemlich oft. Gabriel, der davon ganz begeistert war – natürlich, denn wenn ich mit ihm zusammen war, lenkte ich immer von mir selbst ab –, wurde noch neugieriger auf mein Leben. Je nach Antwort legte er den Kopf schief oder riss die Augen auf. Mehr als einmal rechnete ich mit einem Lachanfall von ihm. Zum Beispiel, als Marthe noch einmal nachfragte, ob ich wirklich schon länger als zehn Jahre mit Pierre zusammen war.

»Auf welchem Planeten lebst du eigentlich?«, rief er.

»Gabriel!«, wies Marthe ihn zurecht. »Du bist derjenige, der hier nicht normal ist, der keine Verpflichtungen eingeht und eine Mätresse nach der anderen verschleißt, ohne jeden Respekt vor den Frauen.«

Er lachte leicht höhnisch und lehnte sich in seinem Sessel zurück.

»Ich habe nie gehört, dass sich meine Mätressen über mein Benehmen oder meinen mangelnden Respekt beklagt hätten. Ich würde eher sagen, es gefällt ihnen.«

Er legte seinen Arm auf die Lehne meines Stuhls. Ich erbebte.

»Iris, hier siehst du ein beispielhaftes Exemplar der Sorte Mann, die nur herumtändelt und ans Vergnügen denkt. Wenn Jules noch da wäre …«

»Würde er sagen, dass ich genau das tue, was er von mir erwartet hatte.«

Marthe erdolchte ihn mit einem Blick. Er hielt diesen Blick fest und lächelte.

»Solltest du etwa meine Kompetenz anzweifeln wollen?«

Es traf mich wie ein Schlag, dass es offenbar solche Konflikte zwischen ihnen gab. Und ich ahnte, dass sich diese

Konflikte nicht nur aufs Geschäftliche bezogen. Oder war es eine Art Spiel? Marthe lächelte wieder.

»Chéri, das würde mir nie einfallen. Einen Besseren als dich hätte ich nicht zu Jules' Nachfolger bestimmen können.«

Sie warf einen Blick auf die Uhr und sah dann mich an.

»Wir langweilen Iris mit unseren Familienangelegenheiten.«

»Aber gar nicht«, antwortete ich.

Marthe brachte mich mit einer Handbewegung zum Schweigen.

»Wir fahren nach Hause. Gabriel, bitte übernimm die Rechnung.«

Wir standen auf. Der Kellner half uns in die Mäntel. Marthe nahm meinen Ellbogen. Gabriel küsste uns beide auf die Wange.

»Ich verlasse mich darauf, dass du uns drei bald wieder zusammenbringst. Es war sehr interessant«, sagte er zu Marthe. Und an mich gewandt: »Deine Gesellschaft macht immer Freude.«

Doch Marthe zog mich schon zum Ausgang. Ich konnte ihm gerade noch ein »Bis bald!« zuwerfen.

Das Schweigen im Taxi wurde von meinem Handy unterbrochen, das die Ankunft einer SMS meldete. Marthe beobachtete mich aus dem Augenwinkel. Gabriel hatte geschrieben: *»Setz sie ab und komm wieder zurück, wir gehen noch was trinken.«* Der Engel auf meiner Schulter fühlte sich unwohl. Die kleine Teufelin hingegen freute sich sehr und war erleichtert.

»Wer war das?«, fragte Marthe.

»Äh … Pierre … Er wünscht mir eine gute Nacht und will wissen, ob ich gut nach Hause gekommen bin.«

»Dein Mann ist sehr aufmerksam.«

»Ja.«

»Willst du ihm nicht antworten?«

»Doch, doch.«

Das Zittern meiner Hände war kaum zu unterdrücken. *»OK«*, antwortete ich schlicht. Sofort kam eine weitere Nachricht von Gabriel: *»Du hast für heute auch noch nicht genug.«* Dieser Schuft, er las meine Gedanken. Sehr rasch folgte ein *»Werde brav sein, versprochen.«*

Sobald Marthe im Haus verschwunden war, gab ich dem Chauffeur die Adresse, die mir Gabriel geschickt hatte. Eine Weinbar in der Nähe der Kirche Saint-Sulpice. Keine zehn Minuten später war ich da. Gabriel lehnte wartend an der Theke, sein makelloser Maßanzug stach ein bisschen hervor in der Bistro-Umgebung. Mir ging es nicht anders in meinem Cocktailkleid und den Schuhen, mit deren Gegenwert viele der jungen Leute hier einen Großteil ihrer Miete hätten begleichen können. Es gelang mir, mich zu ihm durchzuschlängeln. Er lächelte, als er mich sah, stibitzte einen Hocker für mich und bestellte mir ein Glas Wein. Wir stießen an und sahen uns dabei in die Augen. Ich sagte ihm, wie verwundert ich über den Ort unseres Treffens war.

»Hin und wieder muss ich aus Marthes Welt ausbrechen.«

Ich lachte schallend.

»Was? Glaubst du mir etwa nicht?«

»Doch, doch … Ich bin nur überrascht.«

»Angenehm?«

Ich lächelte ihm zu.

»Ja.«

»Ich wusste, dass es dir hier gefallen würde … Gehen wir nach unten, hier versteht man ja sein eigenes Wort nicht.«

Gabriel bahnte mir den Weg. Wir stiegen eine halsbrecherisch schmale Treppe hinunter. Das Untergeschoss war ein Gewölbekeller. Auf einer improvisierten Tanzfläche bewegten sich einige Paare. Die Atmosphäre war ruhiger und auch intimer. Wir setzten uns an einen kleinen Tisch, und ich dachte, ich sollte die Gelegenheit ergreifen und meine Neugier wenigstens zum Teil zu befriedigen.

»Erzähl mir von Jules. Marthe hat mir erzählt, wie sie sich kennengelernt haben, aber mehr nicht, und ich traue mich nicht, ihr Fragen zu stellen. Aber du, du warst doch so etwas wie sein Adoptivsohn, oder?«

Er sah mich von der Seite an, dann legte er den Kopf in den Nacken.

»Wenn es dir unangenehm ist, musst du nicht antworten.«

Er richtete sich wieder auf und lächelte mir zu.

»Kein Problem. Abgesehen von kurzen Anspielungen wie heute Abend spricht Marthe seit seinem Tod nicht mehr von ihm. Du hast Glück, dass sie dir von der ersten Begegnung erzählt hat, das wird nur wenigen Auserwählten zuteil.«

Er trank sein Glas aus und bestellte eine weitere Runde.

»Jules war ein einflussreicher Mann, ein Arbeitstier, von

allen respektiert, und er war ungeheuer anspruchsvoll und streng. Seine einzige Schwäche: seine Frau. Er war verrückt nach ihr, er hätte für sie …« Sein Blick schweifte in die Ferne. »Er hat für sie sonst was getan.«

»Aber du und er?«

»Wie ich dir schon sagte, er hat verhindert, dass ich im Knast landete. Ich verdanke ihm alles. Er hat mich wie einen Strafarbeiter schuften lassen. Weißt du … Es war das erste Mal, dass ich jemandem wichtig war, und deshalb war ich zu allem bereit …«

»Wie meinst du das?«

Er sah mir in die Augen, ich warf ihm einen fragenden Blick zu. Er trank noch einen Schluck Wein, bevor er antwortete.

»Ich war bereit, mich zu ändern, alle Brücken zu dem abzubrechen, was mein früheres Leben ausmachte: die Kumpels, Shit und illegale Geschäfte. Ich wohnte bei ihnen, ich hatte ein Zimmer mit Bad – und Vollpension, ein Fünfsternehotel *all inclusive*. Wenn ich Jules nicht enttäuschen wollte, wenn ich diesen Luxus weiter genießen wollte, hatte ich keine Wahl. Bei der kleinsten Dummheit hätte er mich vor die Tür gesetzt. Es war *die* Chance meines Lebens. Also wurde ich clean und schuftete. Er meldete mich an einer Abendschule an, und tagsüber war ich sein Chauffeur und Laufbursche. Die übrige Zeit musste ich in seinem Büro in einer Ecke sitzen, mich ganz still verhalten und nur zuhören und beobachten. Und wenn Jules mir freigab, dann übernahm Marthe.«

»Sie hat dir beigebracht, wie man sich anzieht?«

Er lachte.

»Fast … Sie brachte mir gute Manieren bei und wie man sich in Gesellschaft benimmt. Ich konnte nicht ordentlich sprechen, in jedem meiner Sätze kam ›Scheiße‹ oder ›Arsch‹ vor.«

»Wahrscheinlich hast du sie wahnsinnig gemacht!«

»Wenn sie gekonnt hätte, hätte sie mir den Hintern versohlt.«

Meine Fantasie war stärker als ich, und bei dem Bild einer Marthe, die Gabriel übers Knie legte, musste ich lächeln.

»Ich musste mich erst beweisen, bevor sie mit mir ausgingen und bevor Jules mir wichtigere Aufgaben anvertraute.«

»Wann war das?«

»Mein erster Abend in der großen Welt kam ziemlich schnell, sie wollten ihr Fohlen zur Schau stellen … ein bisschen so wie dich, als du zum ersten Mal zu einer Party von Marthe gekommen bist …«

Er verstummte plötzlich, warf mir einen Blick zu und schüttelte dann den Kopf, bevor er weitersprach.

»Was den Job anging, erst nach etwa zehn Jahren. Jules überwachte meine sämtlichen Geschäfte, und eines Tages sah ich Stolz in seinen Augen.« Er lächelte. »Am Tag darauf verkündete er der ganzen Firma, ich würde seine rechte Hand. Als er krank wurde, war es logisch, dass ich an seine Stelle trat.«

»Hattest du bei alldem genug Zeit, um Freunde deines Alters zu finden?«

»Nein. Im Grunde habe ich nur gearbeitet und mich in ihrem Milieu bewegt.«

»Du willst mir doch nicht einreden, du hättest keine Freunde, Kumpel, mit denen du mal ein Bier trinkst oder wie jetzt einen Wein …«

Seine Einsamkeit brachte mich aus der Fassung.

»Natürlich habe ich ein Adressbuch, das jedes Starlet vor Neid erblassen ließe. Aber eins musst du dir klarmachen, Iris: All das sind oberflächliche Beziehungen, die nur auf Geschäftlichem beruhen, es steckt keinerlei Gefühl darin.«

Ich beobachtete ihn und dachte, dass ich gerade einen anderen Gabriel kennenlernte, einen ernsthafteren, nachdenklicheren. Eine Frage hatte ich noch.

»Bist du glücklich?«

Seine Verwunderung war ihm deutlich anzusehen.

»Mir ist bewusst, dass ich aus der Sicht eines Normalsterblichen ein ungewöhnliches Leben führe, aber ehrlich gesagt … Ich habe so viel Geld, dass ich nicht weiß, wohin damit, einen Job, der mir Spaß macht, und ich habe Umgang mit schönen Frauen.« Er hob eine Braue. »Was könnte mir noch fehlen?« Er überlegte einen Augenblick. »Doch, ich weiß, was mir fehlt: Ich war noch nie zu einer Hochzeit eingeladen.«

»Machst du dich über mich lustig?«

»Bestimmt nicht. Wie ist das?«

Ich lachte leise. Diese Bemerkung. Seine subtile Art, der Frage auszuweichen.

»Du verpasst nichts, glaub mir. Ich habe überhaupt keine Lust, zu der Hochzeit an diesem Wochenende zu gehen. Denn meine oberflächlichen Beziehungen sind eigentlich Pierres Bekannte und Kollegen, musst du wissen. Ich kenne das Brautpaar kaum.«

»Ach, du wirst dich trotzdem amüsieren. Und tanzen … Wie die da.«

Er wies auf die Paare, die sich zwischen den Tischen bewegten.

»Auf Hochzeiten wird doch getanzt, oder?«

Jetzt brach ich wirklich in Lachen aus.

»Tanzen? Ich werde den ganzen Abend irgendwo rumsitzen. Wenigstens kann ich dann meine Schuhe tragen, ohne Blasen zu riskieren.«

»Wird denn dein Mann nicht …«

»Das wäre Science-Fiction, Pierre, der tanzt.«

»Unglaublich!«

»Bringst du etwa die Frauen zum Tanzen?«

Er rückte näher und legte den Arm auf meine Stuhllehne. In seinen Augen saß wieder ein kleiner Teufel. Was hatte ich da bloß gesagt?

»Natürlich, das gehört zu den guten Manieren, Marthe hat mich gelehrt, euch den Kopf zu verdrehen.«

»Ach …«

Etwas Intelligenteres fiel mir gerade nicht ein.

»Ab jetzt bin ich überhaupt nicht mehr brav, und du bist schuld.«

Er stand auf und ging zum hinteren Ende des Kellers. Ich sah, wie er dem Mann, der sich um die Musik kümmerte, etwas zuflüsterte und ihm einen Schein zusteckte, dann kam er wieder auf mich zu. Ich hätte wirklich sehr dumm sein müssen, um nicht zu begreifen, was er im Schilde führte. Er hielt mir die Hand hin. Ich sah nach rechts, ich sah nach links. Keinerlei Fluchtmöglichkeit. Und keinerlei Lust zu flüchten. Meine Hand zitterte leicht, als ich sie ihm entgegenstreckte. Als unsere Handflächen sich berührten, nahm sich Gabriel sehr viel Zeit, um mich schweigend zum Aufstehen zu bewegen. Ich ging hinter ihm her zur Mitte des Kellerraums und klammerte mich dabei an seine Hand. Dann erklangen die ersten Takte von *Sweet Jane* in der Fassung der Cowboy Junkies. Ich schloss lächelnd die Augen. Ich spürte, wie er mir den Arm um die Taille legte und mich an sich drückte. Mein Gesicht suchte sich automatisch einen Platz an seinem Hals. Er begann uns leise zum Rhythmus der Musik zu wiegen. Seine Hand streichelte meinen Rücken.

»Du bist wirklich nicht brav«, murmelte ich.

»Ich bin zum Ungehorsam geboren.«

Ich erbebte. Die warme Stimme, die zugleich schwere und leichte Melodie, sein berauschendes Parfüm, all das stieg mir zu Kopf. Und seine Finger, die zart über meinen Rücken hinauf- und hinunterspazierten, verursachten auf jedem Quadratzentimeter Gänsehaut. Seine Umarmung wurde besitzergreifender. Das Begehren hatte uns beide fest im Griff. Das wusste ich, spürte ich. Ich wollte gerade zu ihm aufblicken, da ließ er mich eine Drehung vollführen. Drei Minuten, dreißig Sekunden. Diese drei Minuten und dreißig Sekunden würde ich mir schenken.

»Beim letzten Ton gehe ich.«

»Ich weiß«, antwortete er. »Ich weiß.«

Ich schmiegte mein Gesicht wieder an seinen Hals und ließ ihn die letzten Schritte führen. Ich musste mich sehr zusammennehmen, denn nach dem letzten *Sweet Jane* betrat Etta James die Bühne. *At Last*… Gabriel ließ mich nicht los. Unsere Körper berührten sich noch, meine Hand lag noch auf seiner Schulter, bereit, über seinen Nacken, sein Haar zu streichen. Unsere Lippen waren nur wenige Zentimeter voneinander entfernt.

»Suchen wir dir ein Taxi?«, fragte er sehr leise.

»Ich glaube … ja …«

Während des Rückwegs zu unserem Tisch hielt er mich noch an sich gedrückt. Dann legte er mir den Trenchcoat um die Schultern. Wir sagten beide kein Wort. Er nahm wieder meine Hand, als wir die Treppe hinaufgingen, und das erschien mir ganz natürlich. Wir hatten kaum zwei Schritte auf die Straße hinaus gemacht, da kam ein Taxi vorbei, und Gabriel winkte es heran. Ich gab ihm einen Kuss auf die Wange. Er dauerte länger, als mein Verstand billigen konnte.

»Danke«, flüsterte ich.

Es war kein Dank für das Taxi.

»Darf ich dich um eine Gegenleistung bitten?«

»Ja.«

»Wenn du am Samstag das Kleid anziehst, mit dem du mich fast verrückt gemacht hast, dann denk an mich …«

Sein Blick ruhte auf meinem Mund, dann auf meinem Ausschnitt. Meine chaotische Atmung hob und senkte meine Brüste in dem engen Bustier.

»Und jetzt ab mit dir, sonst begehe ich eine sehr große Dummheit.«

Ich weiß nicht, woher ich die Kraft nahm, ihn nicht auf den Mund zu küssen, aber wenigstens diesen Sieg konnte ich meinem Körper und meinem Begehren abringen. Ich stieg ins Taxi, warf ihm einen letzten Blick zu, und er schloss die Wagentür. Ich hatte Fieber, ganz bestimmt. Das

Taxi fuhr an, ich wandte mich um: Gabriel lehnte an einer Hauswand und starrte dem Wagen nach.

Freitagabend. Zu Hause. Allein. Pierre hatte Dienst. Schon wieder. Ausnahmsweise störte mich diese aufgezwungene Einsamkeit nicht, ich war mit den Gedanken woanders. Ich knabberte ein wenig Brot und Käse und trank ein Glas Wein dazu. Dann nahm ich meinen Laptop und stöberte im iTunes-Store nach neuer Musik. Nach zehn Minuten vergeblicher Suche wusste ich, was ich zu tun hatte: Ich lud mir *Sweet Jane* und *At Last* herunter. Danach ging ich ins Badezimmer und ließ mir ein heißes Bad mit viel Schaum einlaufen. Als ich im duftenden warmen Wasser lag, ließ ich die beiden Songs in einer Endlosschleife laufen. Was war los mit mir? Ich spürte, dass Gabriel mir enorm fehlte. Zu meiner großen Überraschung waren wir uns nicht mehr begegnet, seit ich ihn an jenem Abend verlassen hatte. Mir war sogar der Gedanke gekommen, dass er mir aus dem Weg ging. Und das hatte mir Angst gemacht. Dass er mein Leben verlassen könnte, schien mir unvorstellbar. Er war wie ein Bulldozer in mein Leben eingedrungen, dennoch durfte die Anziehung, die er auf mich ausübte, auf keinen Fall größer werden. Pierre musste seinen Platz wieder einnehmen. Und ich musste mich an die Gründe erinnern, aus denen ich meinen Mann liebte. Ich stellte die Musik ab, stieg aus dem Wasser, zog den Bademantel über und begutachtete dann meine beiden Kleider. Ich würde Pierre nicht in Verlegenheit bringen, ich würde das bravere tragen, es war genauso hübsch und schick. Außerdem war es das Kleid, in dem ich mit Gabriel getanzt hatte. Alles brachte mich wieder zu ihm zurück.

Ich kam nur langsam wieder zur Besinnung nach dem langen Ausschlafen, das ich mir selbst verordnet hatte. Der harte Arbeitsrhythmus der letzten Monate begann sich bemerkbar zu machen, ich brauchte Schlaf. Immer noch unter der warmen Decke, schaltete ich mein Handy ein. Pierre hatte mir eine Nachricht geschickt. Sicher um zu sagen, dass er gleich kommen würde. *»Mein Dienst dauert länger. Ich hatte es befürchtet und den Anzug mitgenommen. Aber die Krawatte habe ich vergessen, bring mir eine mit. Ich komme dann direkt in die Kirche.«* Das wurde ja immer besser!

Das Gesicht von der breiten, weichen Krempe meines schwarzen Hutes verdeckt ließ ich meine Pfennigabsätze auf den Stein hämmern, als ich durch das Kirchenschiff schritt und mich ans Ende einer Bank setzte. Nach Pierres SMS hatte ich meine Wut in passende Bahnen gelenkt. Ich war bei meiner Entscheidung in Sachen Kleid geblieben. Der Gottesdienst begann. Ich war immer noch allein. Um mich von meinem Zorn abzulenken, begutachtete ich die Kleidung der Hochzeitsgäste. Hier und da zog ein Accessoire meine Aufmerksamkeit auf sich, zum Beispiel ein geschickt gebundener Stoffgürtel, ein Hingucker selbst für ein einfaches Kleid, oder auch ein Seidentäschchen, das ich nähen und unendlich abwandeln konnte. Andere Frauen jedoch hatten eine Stilberatung dringend nötig. Man konnte meinen, sie täten alles, um zehn Jahre älter zu wirken. Eine kürzere Rocklänge, zwei Zentimeter mehr Absatz, weg mit Perlenkette und Bubikragen – sie wären wie verwandelt gewesen.

Gerade hatten sich die beiden das Jawort gegeben, da setzte sich jemand leise neben mich. Pierre beehrte uns endlich mit seiner Anwesenheit. Frech trug er einen völlig entspannten Gesichtsausdruck und noch leicht feuchtes Haar zur Schau.

»Ja?« Er sah mich an.

»Findest du es in Ordnung, jetzt erst zu kommen?«

»Ich hab's dir doch gesagt, der Job. Hast du meine Krawatte?«

Ich holte sie aus meiner Handtasche und schlug sie ihm vor die Brust.

Sobald die Zeremonie vorbei war, ging ich nach draußen, ohne auf ihn zu warten. Ich postierte mich mit verschränkten Armen in einiger Entfernung von der Freitreppe der Kirche. Pierre erlaubte sich noch, erst andere Gäste zu begrüßen, bevor er zu mir kam. Während das Brautpaar vor der Tür mit Reiskörnern und Rosenblütenblättern empfangen wurde, wechselten wir kein Wort. Und an den Ort der Hochzeitsfeier begaben wir uns jeder einzeln. Ein Paar, zwei Autos. Suchen Sie den Fehler.

Ich stand am Büfett, ich brauchte Champagner, sonst würde ich Pierre noch an die Gurgel gehen. Ich sah ihn, er war immer noch auf dem Parkplatz; das Handy ans Ohr gepresst, ging er auf und ab. Ich stürzte das erste Glas in drei Schlucken hinunter und bat sofort um ein zweites. Dank der Pariser Abende in den letzten Monaten vertrug ich inzwischen einiges an Alkohol.

»Bitte entschuldige«, sagte mir Pierre fünf Minuten später ins Ohr.

»Das kenne ich schon.«

»Ich kann nichts dafür.

Ich drehte mich zu ihm um.

»Mehr als die Hälfte der Gäste sind Ärzte, oder?«

Er nickte.

»Wie kommt es, dass du als Einziger am Telefon hängst? Und bei der Gelegenheit deine Frau im Stich lässt?«

Er seufzte und sah in die Ferne.

»Ich hatte letzte Nacht ein Problem und mache mir Sorgen. Aber wir wollen uns doch bitte nicht vor allen Leuten streiten … Mach keinen Ärger.«

Ich lachte freudlos und sah ihm fest und resigniert in die Augen.

»Ein ›Es tut mir schrecklich leid‹, gefolgt von einem Kuss, wäre ein besserer Anfang gewesen.«

»Und wenn ich dir sage, wie hübsch du bist …«

»Pierre«, unterbrach ihn Mathieu, »deine Frau ist nicht hübsch, sie ist umwerfend! Salut, Iris!«

Er küsste mich auf die Wange. Mathieu, der einzige Kollege von Pierre, mit dem ich mich gut verstand. Ein lustiger Typ. Zwei Jahre zuvor war er solide geworden und hatte Stéphanie geheiratet, die jetzt bereits ihr zweites Kind erwartete. Er schlug meinem teuren Gatten herzhaft in den Rücken.

»Nein, im Ernst! Als sie in die Kirche kam, haben wir uns alle gefragt, wer sie ist. Eine echte Femme fatale. Stéphanie möchte dieses Kleid, sobald die Kleine auf der Welt ist. Ein umwerfender Erfolg!«

»Danke, ich geh jetzt zu Stéphanie, ich habe sie noch gar nicht gesehen.«

Ich stieß mit ihm an, nicht jedoch mit Pierre. Um mich von meinem Mann zu entfernen, nahm ich widerwillig Kurs auf das Grüppchen der Arztgattinnen. Auf halbem Weg drehte ich mich noch einmal um. Pierre sah mir nach, er wirkte verstimmt. Geschah ihm recht.

Bei Tisch sprachen die Männer über den Job, über Kolloquien und Operationen. Die Frauen sprachen über Klamotten. Und zum ersten Mal stand ich im Zentrum der Aufmerksamkeit aller. Ihnen fehlten die Worte, um mir zu meinem Kleid und zu den anderen Modellen zu gratulieren, die ich ihnen auf dem Smartphone zeigte. Sie wollten alles wissen über die eleganten Abendeinladungen, die Vernissagen, die Cocktails … Hin und wieder begegnete ich Pierres Blick; er sah mich einige Sekunden lang ernst an, dann kehrte er zu seinem Gespräch zurück.

Nachdem der Kuchen angeschnitten und verzehrt war, wurde getanzt. Die Reihen lichteten sich an unserem Tisch wie auch an allen anderen, außer am Tisch der Großeltern. Mein Finger kreiste auf dem Rand meiner Kaffeetasse. Pierre kam um den Tisch herum und setzte sich neben mich.

»Wir gehen bald schlafen, ich bin total fertig.«

Wenn ich einen Augenblick lang gehofft hatte, er würde mich auffordern, so wusste ich ja jetzt Bescheid.

»Wo bleibt deine gute Erziehung? Nach deiner Verspätung heute Nachmittag können wir uns auf keinen Fall wie Diebe davonstehlen.«

»He, Iris!«, rief Mathieu. »Ich erinnere mich, dass dein Mann zwei linke Füße hat, und da meine Frau zurzeit Walfisch spielt – würdest du mit mir tanzen?«

»Aber gern!« Ich stand auf.

»Glaubst du, du kannst das auf solchen Stelzen?« Er zeigte auf meine Schuhe.

»Keine Sorge, ich hab trainiert.«

Ich dachte an Gabriel und war glücklich.

Die Ehre war gerettet. Nach einem wilden Rock mit Mathieu erlaubte ich es mir, allein zu tanzen. Zehn Jahre lang hatte ich an Pierres Seite geklebt, weil ich ihn nicht allein sitzen lassen wollte. Damit war Schluss. Auf meinen Zehnzentimeterabsätzen wiegte ich mich zu den Hits des vergangenen Sommers, Robin Thicke, HollySiz. Und niemand wusste, woran – oder vielmehr an wen – ich dachte. Der Anblick hätte ihm gefallen, und vielleicht wäre er nicht sehr brav gewesen.

Schließlich sah ich Pierre, er stand am Rand der Tanzfläche und bedeutete mir, es sei Zeit. Ich warf einen Abschiedsgruß in die Runde und ging zu ihm. Als ich bei ihm ankam, legte er mir die Hand an den Hals und küsste mich sehr zart, fast schüchtern.

»Du bist schön heute Abend … Sehr schön … Ich … Ich sah dich tanzen und … entschuldige.«

»Gehen wir schlafen.«

Ich schmiegte mich an seine Schulter und legte ihm den Arm um die Taille, er drückte mich fest an sich, und so verließen wir das Fest. Wir hatten ein Zimmer im selben Hotel, wir würden noch am gemeinsamen Frühstück teilnehmen. Zu meiner größten Freude …

Ich schlief sehr schlecht. Pierre schlief unruhig, er sprach im Schlaf, aber ich verstand nichts. Ich war noch völlig benebelt, als ich die Augen aufschlug. Dennoch erkannte ich Pierre, angezogen und frisch rasiert saß er auf dem Fußende des Bettes, den Kopf in den Händen.

»Bist du schon auf?«

Er sah mich an, in seinen Augen lag Panik.

»Du wirst mir böse sein, aber …«

Der Nebel löste sich in Lichtgeschwindigkeit auf.

»Machst du Witze?«

»Nein, es tut mir irrsinnig leid.«

Ich sprang aus dem Bett und baute mich vor ihm auf. Er blieb stoisch sitzen.

»Mir reicht's. Du lässt mich zu dieser Hochzeit anreisen, die mir sonst wo vorbeigeht, und schaffst es nicht mal, pünktlich zu sein. Wenn du wüsstest, wie ich mich gestern in der Kirche geschämt habe. Und jetzt … jetzt …«

Tränen des Zorns bildeten sich in meinen Augenwinkeln.

»Was willst du eigentlich?«, fuhr ich ihn an.

»Ich bin am Ende, und … du hilfst mir nicht.«

»Und ich? Bin ich vielleicht nicht am Ende? Ich kämpfe um unsere Ehe, und du merkst nicht mal was!« Ich verdrehte kopfschüttelnd die Augen zum Himmel. »Ich muss deine Gleichgültigkeit ertragen, dieses Desinteresse an mir, an meiner Karriere, an dem Außergewöhnlichen, was ich gerade in Paris erlebe, mit Marthe. Gestern haben mir alle Komplimente gemacht, und du, du hast teilnahmslos dabeigesessen oder auf deinem Handy herumgetippt. Wenn du dich nicht sehr bald in den Griff kriegst, fahren wir mit Karacho vor die Wand. Vielleicht ist es auch längst zu spät.«

Er stand auf und trat auf mich zu, augenscheinlich, um mich zu küssen. Ich drehte den Kopf weg.

»Es ist dringend«, entschuldigte er sich noch einmal. »Wenn ich das jetzt geregelt bekomme, wird danach alles besser, versprochen.«

»Ich glaube dir nicht mehr. Es ist aus.«

»Sobald ich kann, komme ich zu dir nach Hause.«

»Ich werde nicht da sein.«

Ich wühlte in meiner Reisetasche und holte Jeans, Pulli und meine alten Turnschuhe heraus.

»Willst du hierbleiben?«, fragte er.

»Das wäre ja noch schöner! Ich fahre nach Paris zurück, ich tue dasselbe wie du, arbeiten.«

Ich schloss mich im Badezimmer ein und ließ endlich die Tränen fließen.

»Iris, mach auf, bitte.«

»Geh, dein Krankenhaus wartet. Schlimmer als eine Geliebte!«

Die Tür schlug zu.

Nachdem ich meine Sachen in mein kleines Apartment gebracht hatte, rannte ich zur Metro. Ich musste ins Atelier. Der einzige Ort, an dem ich mich würde beruhigen können. Ich hatte gehofft, Pierre wäre zurückgekommen oder hätte mich anzurufen versucht. Nichts.

Ich vergaß meine Eheprobleme, als ich Gabriels Motorrad vor dem Haus stehen sah. Erleichterung und Freude überfluteten mich. Und danach ein Unbehagen.

Ich versuchte nicht herauszufinden, ob er arbeitete oder bei Marthe war, sondern ging gleich ins Atelier hinauf.

Dort saß ich fast zwei Stunden vor meiner Nähmaschine. Ohne sie anzuschalten. Ohne ein Stück Stoff in die Hand zu nehmen. Ohne ein Modell herzustellen. Ich griff nach meinem Skizzenblock und einem Bleistift. Es war, als hätte ich noch nie etwas gezeichnet. Ich war am Ende. Ich hatte den Eindruck, dass mein Leben ein einziger Kampf war. Gegen wen? Gegen was?

In Anbetracht meiner geistigen Verfassung war eines sicher: Ich würde nichts Ordentliches zustande bringen. Ich schloss das Atelier ab und ging die Treppe hinunter.

»Was machst du denn hier?«, fragte mich Gabriel, der just, als ich im ersten Stock ankam, aus seinem Büro trat.

Er sah auch nicht munterer aus als ich, sondern abgespannt, mit Augenringen und müden Zügen. Ich sah ihn zum ersten Mal in einem solchen Zustand. Unrasiert, in Jeans und Turnschuhen, ein dickes Sweatshirt unter dem abgewetzten Lederblouson.

»Ich wollte arbeiten«, antwortete ich.

»Ich dachte, du würdest erst morgen zurückkommen.«

»Ja, so war es auch vorgesehen.«

»Und die Hochzeit?«

Ich lachte gezwungen.

»Einfach toll … Und jetzt muss ich schlafen gehen, weißt du.«

Seite an Seite gingen wir hinunter ins Erdgeschoss. Dann standen wir wie zwei Idioten auf der Straße und wussten uns nichts zu sagen. Jeder wich dem Blick des anderen aus, mir war sehr unbehaglich. Gabriel ging zu seinem Motorrad.

»Also, bis dann, ich fahr mal.«

»Schönen Abend noch«, antwortete ich.

Ich lächelte kurz und winkte ihm noch einmal zu, bevor ich ging.

»Wenn du nicht so ängstlich wärst, hätte ich dir ja eine kleine Spritztour vorgeschlagen.«

Ich stoppte abrupt und drehte mich um.

»Okay.«

Es war von ganz allein aus meinem Mund gekommen, ich wollte einfach nicht von ihm weg. Mit zusammengekniffenen Augen versuchte er herauszufinden, wie ernst es mir damit war. Die Prüfung verlief zu seiner Zufriedenheit.

»Rühr dich nicht vom Fleck.«

Er rannte ins Haus zurück und kam nach fünf Minuten mit einem zweiten Helm und einem Blouson zurück. Ich ging auf die Maschine zu. Ich fühlte mich gar nicht gut.

»Ich bin ja sonst nicht sonderlich seriös, aber was das angeht, schon. Vertrau mir.«

Ich nickte. Er lächelte und hielt mir den Blouson hin, den ich überzog. Er passte. Ich sah Gabriel an und hob eine Braue. Er wirkte fast verlegen und fuhr sich durchs Haar.

»Ich hab dir einen gekauft, ich wusste, dass du früher oder später nachgeben würdest.«

Ich wollte ihm antworten, doch er kam mir zuvor und hob die Hand.

»Bitte, sag jetzt nichts … Hör mir lieber zu.«

Er briefte mich in Sachen Sicherheitsvorkehrungen,

setzte mir den Helm auf und vergewisserte sich, dass er richtig saß. Dann stieg er aufs Motorrad und wandte sich zu mir um.

»Du weißt, was du zu tun hast?«

Er lachte. Ich machte die zwei Schritte, die mich von der Maschine trennten. Dann legte ich ihm die Hand auf die Schulter und stieg hinter ihm auf.

»Finde die richtige Position. Halt dich an mir fest, wenn du willst. Und vergiss nicht: Folge meinen Bewegungen, lass dich gehen, dann geht alles gut. Okay?«

»Ja«, sagte ich piepsig.

Ich klappte mein Visier herunter, und er tat es mir nach, aber nicht, ohne mir zugezwinkert zu haben. Wie er mir geraten hatte, presste ich meine Knie gegen seine Schenkel und legte ihm die Arme um die Taille. So fühlte ich mich am sichersten. Er ließ den Motor an, der Lärm des Motors jagte mir Angst ein, die von den Auspufftöpfen aufsteigende Hitze überraschte mich, und noch bevor ich reagieren konnte, waren wir schon losgefahren. Er fuhr langsam. Ich fühlte mich gut, in Sicherheit. Ich schmiegte mich an ihn. An einer roten Ampel nahm er meine Hand. Er hielt sie fest, bis er wieder Gas geben musste. Wir fuhren. Schnell. Immer schneller. Er fuhr auf die Seine-Quais. Das Motorrad schlängelte sich zwischen den Autos hindurch. Ich war berauscht von seinem Körper, von der Geschwindigkeit, von der tiefinneren Überzeugung, dass ich ihm bis ans Ende der Welt folgen könnte, dass nichts mehr zählte außer diesem Augenblick. Als wir wieder an einer roten Ampel hielten, schob er das Visier hoch. Ich auch.

»Und?«

»Weiter … bitte.«

Das Motorrad fuhr weiter. Für die Zeitspanne dieser Fahrt waren wir eins, und das wollte ich auskosten.

Nachdem ich enge Kurven und die Abstecher auf den Périphérique genossen hatte, wurde mir plötzlich klar, dass es schon dunkel war. Ein letzter Slalom zwischen den Autos auf dem Boulevard Beaumarchais, dann stoppte Gabriel das Motorrad in der Nähe der Place de la République. Auf einen Wink von ihm stieg ich ab, und es gelang mir sogar, den Helm selbstständig abzusetzen. Ich zitterte an allen Gliedern, weil ich sie während der gut zwei Stunden so angespannt hatte.

»Ich hab Hunger, gehen wir essen«, schlug er vor.

»Einverstanden.«

Seite an Seite gingen wir durch die Straßen von Paris, jeder seinen Helm in der Hand.

»Eine echte Bikerin«, witzelte er.

Ich stieß ihm den Ellbogen in die Rippen und beschleunigte den Schritt. Er lachte, holte mich wieder ein und nahm meinen Arm.

»Wohin gehst du eigentlich?«

»Keine Ahnung.«

»Komm mit.«

Wir machten kehrt und betraten das Royal Kebab. Alles war da: der undefinierbare Geruch nach gegrilltem und leicht fragwürdigem Hammel, verblichene Poster, die Lichterkette über dem Bild des Dorfs, alte Resopaltische, Nachteulen, die seit zwei Tagen kein Auge mehr zugetan hatten, und ein Fernseher, auf dem die Wiederholung eines

Fußballspiels lief. Ich genoss es, mit Gabriel an diesem Ort zu sein. Er war übrigens Stammkunde und begrüßte den Wirt mit einer Umarmung. Als der mich bemerkte, zwinkerte er Gabriel zu und begrüßte mich mit einem Kopfnicken. Gabriel wandte sich zu mir um.

»Ist dir das recht?«

»Und wie! Ehrlich.«

Er wirkte erleichtert. Ich hörte ihm zu, wie er sein Maxi-Kebab mit Pommes bestellte, das volle Programm mit Salat, Tomaten, Zwiebeln und Samuraisoße. Der Wirt zeigte auf mich.

»Und deine Kleine, was will die?«

Gabriel betrachtete mich abwägend.

»Für sie nur einen einfachen Kebab ohne Zwiebeln.«

»Die Kleine weiß selbst, was sie will«, fiel ich ihm ins Wort.

Unser Wirt brach in Lachen aus, Gabriel nach winzigem Zögern auch.

»Na, mit der wird dir nicht langweilig. Ich höre?«

»Einen normalen mit Salat, Tomaten und Zwiebeln. Und Joghurtsoße, bitte auch auf die Fritten.«

Ich lächelte. Ich spürte Gabriels Blick. Er beugte sich leicht vor und raunte mir ins Ohr:

»Gefräßig?«

»Sehr.«

Er stieß einen leisen Pfiff aus. Ich ließ ihn an der Theke mit dem Wirt über Sport fachsimpeln und setzte mich an einen Tisch. Ich war so glücklich, ihn einmal anders zu erleben, nicht nur als Massenverführungswaffe. Das Ganovenmäßige trat stärker hervor, sein Naturell gewann die

Oberhand. Seine Gelöstheit tat mir gut: Die ganze Anspannung der letzten vierundzwanzig Stunden war von mir abgefallen, ich fühlte mich befreit und frei. Als wäre ich mehr ich selbst.

»Wenn ich Madame servieren darf«, sagte Gabriel und stellte unser rotes Plastiktablett auf dem Tisch ab.

»Madame dankt.«

Er machte sich über sein Essen her. Während ich aß, verfolgte ich mit ausgesprochenem Vergnügen, wie er seinen Kebab vertilgte und sich auch noch die Finger ableckte, damit ihm nur ja nichts entging. Wie ein Kind. Schließlich brachte ich nichts mehr herunter, und er aß auch noch meine Reste. Als er satt war, unterdrückte er einen Rülpser. Ich lachte.

»Wenn Marthe dich so sehen könnte.«

»Sie würde mich zu Hackfleisch verarbeiten wie damals, als sie entdeckte, dass ich mich hatte tätowieren lassen.«

»Bad boy bis ins Letzte?«

»Allerdings, ich habe ein schönes großes Tattoo.«

»Nicht zufällig Flügel auf dem Rücken?«

Ich hatte ins Schwarze getroffen. Er hob die Brauen.

»Marke Gefallener Engel«, erklärte er.

Ich lachte und verdrehte die Augen.

»Du bist schrecklich.«

Er lehnte sich auf seinem Stuhl zurück und sah mich an.

»Warum hast du das gemacht?«, fragte ich ihn.

»Pubertätskrise mit fünfundzwanzig. Ich wollte sie einfach nur ärgern.«

»Ich würde es nie wagen, Marthe herauszufordern«, gab ich zu.

»Tu es nie. Auch wenn du selbstbewusster geworden bist.«

»Findest du?«

»Du bist nicht mehr die verschüchterte Frau von anfangs.«

»Ist das gut?«

»Sehr gut. Es ist schön anzusehen. Du warst immer sehr weiblich und schön, da gab es nie etwas auszusetzen. Aber wenn ich heute sehe, wie du gehst, wie du vorankommst, Erfolg hast und deiner selbst so sicher bist … Es fällt mir immer schwerer, mir dich in deinem anderen Leben vorzustellen.«

Gabriel seufzte.

»Soll ich dich heimbringen?«, schlug er mir abrupt vor, als ich noch versuchte, seine vorherigen Sätze zu erfassen.

»Wenn du möchtest.«

Wir standen auf und zogen die Blousons an. Ich winkte dem Wirt zu, Gabriel ging zu ihm und schüttelte ihm die Hand.

»Gute Nacht, ihr Turteltäubchen«, rief er uns nach, als wir auf die Straße hinaustraten.

Mein Herz setzte aus. Gabriel stockte kurz. Und dann gingen wir schweigend auf das Motorrad zu.

»Soll ich dir mit dem Helm helfen?«

»Irgendwer hat gesagt, ich sei eine echte Bikerin.«

Unser gemeinsamer Lachanfall nahm dem Moment die Schwere.

Und dann standen wir vor meinem Haus. Ich kletterte vom Motorrad, setzte den Helm ab und gab ihn Gabriel zurück.

Er legte ihn hinter sich, dann stand er ebenfalls auf und nahm den Helm ab.

»Geh schlafen, du siehst müde aus«, sagte er.

»Stimmt, ich bin erschöpft.«

Ich konnte nicht anders, ich sah ihn an. Ich hatte Sternchen in den Augen. Ich wusste es. Es war mir egal. Heute war etwas geschehen, genau wie bei unserem Tanz. Wir hatten ein weiteres Kap umsegelt. Mein Körper handelte, bevor mein Geist reagieren konnte: Ich fiel ihm um den Hals. Seine Arme schlossen sich um mich. Mein Gott, ich hätte mir nie vorstellen können, wie gut ich mich dort fühlte. An meinem Platz. An einem Platz, auf den ich kein Recht hatte. Es sei denn …

»Danke, Gabriel … Danke.«

»Keine Ursache.«

»Dieser Tag hat auf die schlimmstmögliche Weise begonnen, und du hast alles geändert, wenn du wüsstest, wie sehr.«

Ich schlang die Arme noch fester um seinen Hals. Er küsste mich aufs Haar. Mich überlief ein Schauer.

»Geh schlafen. Morgen sieht die Welt schon anders aus.«

Ich ließ ihn los, trat einen Schritt zurück und lächelte. Er stieg aufs Motorrad. Bevor ich in den Hof unseres Hauses trat, wandte ich mich noch einmal nach ihm um. Er sah mich immer noch an. Ich sagte mir, dass ich über mein Leben und meine Zukunft nachdenken müsse. Ernsthaft.

8

Als ich am nächsten Morgen zum Atelier ging, klingelte mein Handy. Pierre. Das erste Lebenszeichen, seit wir uns tags zuvor getrennt hatten. Ich atmete tief durch, bevor ich den Anruf annahm.

»Guten Tag«, sagte ich nur.

»Geht's dir gut?«

»Ich weiß nicht.«

Ich blieb auf der Straße stehen, kurz vor dem Atelier.

»Ich kann mich gar nicht genug entschuldigen für das, was ich dir an diesem Wochenende angetan habe. Ich bin zu weit gegangen.«

»Pierre, ich bin so müde … müde davon, um uns zu kämpfen, müde davon, dir immer wieder dasselbe zu sagen.«

»Bitte sag mir nicht, dass es zu spät ist.«

Just in diesem Augenblick musste Gabriel aus dem Haus kommen. Er sah mich, lächelte und kam auf mich zu. Ich war hin- und hergerissen.

»Iris, bitte …«, flehte Pierre.

Ich sah Gabriel an und schüttelte verneinend den Kopf. Er blieb abrupt stehen und runzelte die Stirn. Ich gab ihm ein Zeichen, alles sei gut. Er schien beruhigt, warf mir einen Handkuss zu und wandte sich dann ab, um in das Taxi zu steigen, das auf ihn wartete.

»Ich will dich nicht verlieren«, sagte Pierre mit brüchiger Stimme.

»Ich bin ja da«, sagte ich und sah dem Taxi nach.

»Kommst du nächstes Wochenende nach Hause?«

»Ja… Nein… Wart mal… Freitag gibt Marthe einen Empfang.«

»Kann ich auch kommen?«

Ich begann zu zittern und ging unruhig auf und ab.

»Warum?«

»Ich will alles verstehen, bei deinem Erfolg dabei sein. Ich will Teil deines neuen Lebens sein.«

»Ich werde Marthe fragen.«

»Ich rufe dich heute Abend nach der Arbeit an.«

»Wenn du möchtest.«

»Iris, ich liebe dich.«

Er legte auf. Ich brach unter Tränen zusammen.

Am selben Abend aß ich bei Marthe zu Abend. Es war ein eher karges Essen. Sie achtete auf ihre Linie. Und auf meine, neuerdings. Mir war das alles egal, ich hatte seit Pierres Anruf den Appetit verloren.

»Chérie, was für einen Eindruck hat dein Kleid gemacht?«

»Es ist ziemlich gut angekommen.«

»Und dein Mann? Wusste er es wenigstens zu schätzen?«

Ihr sarkastischer Ton erstaunte mich.

»Sehr… Ja, sehr. Übrigens, wäre es für Sie ein Problem, wenn er mich am Freitag begleiten würde?«

Sie runzelte die Brauen.

»Wozu?«, fragte sie unfreundlich. »Er hat hier nichts zu suchen.«

»Aber …«

»Er wird dich nur behelligen und dich von deinem eigentlichen Ziel ablenken.«

Sie massierte sich die Schläfen. Dann stand sie abrupt auf und wühlte in der Schublade eines Beistelltischchens neben ihrem Sofa. Sie holte ein Röhrchen Tabletten heraus, schluckte eine und warf mir einen bösen Blick zu.

»Das gefällt mir nicht, Iris«, sagte sie.

»Marthe … Er könnte mit eigenen Augen sehen, wie sehr Sie mir helfen.«

»Dieser Mann versteht gar nichts von Künstlern, du musst …«

Das Klingeln ihres Telefons unterbrach sie. Sie nahm ab.

»Gabriel, Chéri, wie laufen deine Termine?«

Sie begann, im Wohnzimmer auf und ab zu gehen, in einem Zustand äußerster Erregung.

»Das kommt nicht infrage! Reiß dich zusammen! Was habt ihr beide nur? … Natürlich spreche ich von Iris! Sie ist hier, und wir hatten einen wunderbaren Abend, bis sie eine Bitte an mich gerichtet hat, die mir nicht gefällt … Das geht dich nichts an! … Das Problem muss bis Freitag geregelt sein. Vorher will ich dich nicht sehen.«

Sie legte auf und sah mich fest an, während sie auf mich zukam. Wieder einmal gelang es mir nicht, ihrem Blick standzuhalten, ich senkte den Kopf. Sie legte mir den Finger unters Kinn, hob es und sah mich an.

»Ich werde Pierre sagen, er soll nicht kommen«, sagte ich leise.

»Er soll ruhig kommen! Wir werden dafür sorgen, dass er deinem Erfolg nicht mehr im Wege steht.«

»Nein … Ich …«

»Es reicht! Geh schlafen, Chérie, ich erwarte dich morgen im Atelier.«

Sie ließ mich los und bat Jacques, mir ein Taxi zu rufen. Dann verschwand sie ohne ein weiteres Wort. Ich fühlte mich schlecht, ich ertrug es nicht, sie zu verärgern, andererseits verstand ich nicht, warum Pierres Anwesenheit ein solches Problem für sie war. Und was hatte Gabriel angestellt, dass sie so wütend auf ihn war? Als Jacques mich zehn Minuten später holte, saß ich immer noch grübelnd da.

»Iris, Ihr Taxi steht vor dem Haus. Gibt es ein Problem?«

»Marthe …«

»Ja, ich habe sie gehört. Machen Sie sich nichts draus, sie ist im Augenblick erschöpft und deshalb sehr empfindlich. Es wird vorübergehen. Sie hat nichts gegen Sie. Sie leidet schrecklich unter ihren Migräneanfällen.«

»Kann ich irgendetwas tun?«

»Fahren Sie heim und schlafen Sie, morgen ist alles besser.«

Pierre steckte im Stau. Gerade hatte er deshalb angerufen und sich tausendmal entschuldigt. Ich würde also zunächst allein zu Marthes Cocktailempfang gehen. Sie hatte sich im Laufe der Woche beruhigt; dass mein Mann kam, störte sie überhaupt nicht mehr, sie schien sich sogar sehr darüber zu freuen. Immer wieder hatte sie mir gesagt, letztlich sei es wunderbar, denn nach dieser Abendeinladung würde er mich auf meinem Weg unterstützen. Ich wusste gar nicht mehr, wie ich mich verhalten sollte.

Ich verließ mein Apartment und stieg in ein Taxi, um zu ihr zu fahren. Ich hatte Gabriel die ganze Woche nicht gesehen, und wir hatten kein einziges Mal telefoniert. Er hatte mir gefehlt, dennoch hoffte ich, dass diese aufgezwungene Distanz meine Verwirrung gemildert hätte. Ich fürchtete mich vor der Wirkung, die diese Gegenüberstellung der beiden Männer auf mich haben würde …

Als ich aus dem Taxi stieg, sah ich Gabriel, der zu Fuß zu Marthe unterwegs war. Er kam zu mir.

»Du hast mir gefehlt«, sagte er und küsste mich auf die Wange.

»Alles nur Gerede, wahrscheinlich warst du sehr beschäftigt.«

Er hielt mir die Eingangstür auf. Dann legte er mir eine Hand in den Rücken, um mich zum Aufzug zu geleiten.

»Ich hoffe, ich bin derjenige, für den du dich noch hübscher gemacht hast als sonst. Wenn wir unsere Pflicht getan haben, können wir uns verdrücken, ich dachte daran …

»Gabriel«, fiel ich ihm ins Wort.

»Ja, Iris …«

Er schnurrte es regelrecht.

»Pierre … Pierre wird heute Abend da sein.«

Nach einem kurzen Schweigen öffnete er die Tür zum Aufzug.

»Fantastisch!«

Im Aufzug standen wir uns gegenüber, jeder an eine Wand gelehnt.

»Ich werde den Herrn Doktor also kennenlernen, interessant …«

Wir sahen uns während der ganzen Fahrt nach oben an. Kein Lächeln mehr. Kein Lachen. Im fünften Stock machte Gabriel den Schritt, der uns trennte, und ich hob den Kopf. Er strich mir eine Strähne aus der Stirn.

»Ich hoffe, er merkt, wie viel Glück er hat.«

Meine Knie wurden weich. Er verließ den Aufzug und verschaffte sich einen fulminanten Auftritt bei Marthe. Ich folgte ihm in geringem Abstand, völlig aus dem Gleichgewicht gebracht.

Zu meinem großen Erstaunen behielt Marthe uns beide eifersüchtig an ihrer Seite. Manche Gäste machten ihr gegenüber Bemerkungen, wir könnten ihre Kinder sein, ihre Erben. Sie antwortete dann, wir seien ihr Werk. Gabriel amüsierte sich darüber. Mich verwirrte das alles noch mehr. Ich wusste nicht mehr, was er wollte, was er von mir erwartete. War es eine Komödie? War es ihm ernst?

»Ich hätte gern eine kleine Schwester wie Iris gehabt.«

»Und du hättest sie vor Männern wie dir beschützt«, antwortete Marthe.

»Ganz bestimmt.« Gabriel sah mich an.

Die Situation erforderte ein Lächeln. In diesem Augenblick erschien Pierre, Jacques hatte ihn an die Schwelle zum großen Salon geführt.

»Bitte entschuldigt mich«, sagte ich.

Ich konzentrierte mich auf meinen Mann, als ich durch den Raum ging. Zum ersten Mal sah ich Bewunderung in seinem Blick. Auch ich war von ihm beeindruckt. Er strahlte eine Selbstsicherheit aus, die ich an ihm sonst nur im medizinischen Kontext kannte. Als ich bei ihm ankam, küsste ich ihn diskret.

»Ich bin froh, dass du da bist.«

»Du bist wunderschön.«

»Danke, aber dafür hättest du nicht deinen Anzug aus dem Schrank zu holen brauchen.«

»Ich wollte nicht, dass du dich für mich schämst.«

Seine Ehrlichkeit erschütterte mich.

»Ich hätte mich nie für dich geschämt.«

Ich nahm seine Hand.

»Komm mit, ich muss dich mit Marthe bekannt machen, und mit … Gabriel.«

Wir gingen auf sie zu. Mein Herzschlag beschleunigte sich. Meine Beine waren aus Watte. Reflexartig drückte ich Pierres Hand. Nur nicht fallen, nur nicht zeigen, wie aufgeregt ich war. Marthe beobachtete uns kühl. Gabriel hingegen war wie immer, ein bisschen ganovenmäßig, lässig, mit aufreizendem Blick.

»Marthe, ich möchte Ihnen meinen Mann Pierre vorstellen.«

»Sehr erfreut.« Er schüttelte ihr die Hand.

»Sie verdanken die Einladung Ihrer Frau.«

»Danke, dass Sie an sie geglaubt haben … mehr als ich.«

Undenkbar, von dieser öffentlichen Reue nicht gerührt zu sein. Marthe schenkte ihm einen durchdringenden Blick.

»Heute Abend können Sie Ihren Rückstand aufholen, mein Lieber.«

Ich nahm mein Herz in beide Hände.

»Und das ist Gabriel.«

Pierre wandte sich ihm zu. Sie tauschten einen männlichen Händedruck. Es war so weit. Sie standen beide vor mir. Mein Herz schlug, aber ich wusste weder warum noch für wen. Ich verbot es mir, sie zu vergleichen. Es war ohnehin unmöglich, sie waren völlig gegensätzlich.

»Freut mich sehr, dich kennenzulernen, Gabriel.«

»Es stimmt also doch, Iris hat einen Mann.«

Sie musterten sich, und ich hatte nicht die geringste Vermutung, was in ihren Köpfen vor sich ging.

»Ihr Lieben«, mischte sich Marthe ein.

Sie hakte sich bei Gabriel ein.

»Ich möchte dir jemanden vorstellen.«

»Wen denn?«

»Eine neue Kundin von Iris, eine Wirtschaftsanwältin, deren Nähe du suchen solltest.«

Gabriel warf Marthe einen herausfordernden Blick zu, sie lächelte, ich schluckte. Dann wandte er sich uns zu.

»Meine Turteltäubchen, anscheinend haben wir zu tun. Ich wünsche euch einen schönen Abend.«

Sie verließen uns und gingen zu der besagten neuen Kundin. Wunderschön. Vorgetäuscht schüchtern. Dreimal geschieden. Leiterin einer Kanzlei. Von allen Männern, die mit ihr zu tun hatten, bewundert und gefürchtet. Meine Mentorin machte die beiden bekannt. Ich versetzte mich um einige Wochen zurück und durchlebte aus der Ferne noch einmal meine erste Begegnung mit Gabriel. Nur ließ Marthe die beiden jetzt miteinander allein, und diese Frau durfte das Glas Champagner annehmen, das er ihr anbot. Sie trug ein Empire-Kleid aus schwarzem Musselin. Mein

Kleid. Ich hatte es für mich entworfen und dabei – zugegeben – an Gabriel gedacht. Als sie zum ersten Mal ins Atelier gekommen war, hatte sie es gesehen und darauf bestanden, dass ich es auch für sie nähte. Ich hatte schließlich nachgegeben. Es stand ihr fantastisch und passte perfekt zu ihren Sandalen mit den silbernen Absätzen. Das Zarte des Kleides milderte ihre Walkürenhaftigkeit. Gabriels Expertenblick konnte nicht trügen.

Ich spürte, dass Pierre den Arm um meine Taille legte. Ich sah ihn an.

»Sie sind … Wie soll ich sagen …«

Er suchte nach Worten, und darüber musste ich zu meiner großen Überraschung lachen.

»Wirklich, mir fehlen die Worte«, fuhr er fort. »Und ich hätte nie gedacht, dass du derart unbefangen mit solchen Leuten umgehen könntest.«

Ich nickte, ich konnte ihm ja schlecht erklären, dass ich dank dieser Menschen endlich zu der hatte werden können, die ich war.

»Los, sag mir, tragen alle Frauen hier deine Kreationen?«

»Einige von ihnen schon.«

»Du hast es geschafft … Ich bin so stolz auf dich … Du weißt, auch zu Hause warten Kundinnen auf dich. In der Klinik sind mir alle nachgelaufen und wollten deine Telefonnummer.«

»So was! Ich hätte nie gedacht, dass ich bei der Hochzeit so einschlagen würde.«

»Wenn du wüsstest …«

Sein Gesicht verdüsterte sich. Ich drückte ihm einen Kuss auf die Wange.

»Komm, wir wollen zu den anderen gehen.«

»Ich folge dir.«

Marthe behielt mich aus der Ferne im Auge, und Pierre wurde von ihr geradezu mit Blicken zerlegt. Ich stellte Pierre einigen Gästen vor, Kundinnen und ihren Männern. Es gelang mir, den einzigen Arzt auf der Party aufzutreiben, gewissermaßen als Sauerstoffzufuhr für Pierre. Er sagte es zwar nicht, aber ich sah ihm an, dass er mir dafür dankbar war. Er war entspannt und gesprächig. Er behielt den Arm um meine Taille gelegt und war mir gegenüber so aufmerksam wie zu Beginn unserer Ehe. Ob wir auf dem Weg der Genesung waren? Ich wollte es glauben. Ich musste es glauben. Ich hielt nach Gabriel Ausschau. Er war immer noch in ein lebhaftes Gespräch mit dieser Anwältin vertieft und raunte ihr Nettigkeiten ins Ohr. Ich wusste, wie ihr Abend enden würde. Sie würde nicht Nein sagen, sie nicht. Und er, so schien es, wartete nur darauf. Ich stand für seine Spielchen nicht mehr zur Verfügung, also war ich nicht mehr Favoritin. Meine Augen wurden feucht, ich bekam einen Kloß im Hals. Ich musste meine ganze Selbstbeherrschung aufbieten, damit ich nicht einfach durch den Raum ging, um diese Frau aus dem Weg zu räumen und Gabriel daran zu erinnern, dass es mich noch gab. Ich war in seine Falle gegangen, und ich würde wieder kopfüber hineinfallen. Aber ich musste mich zur Ordnung rufen. Es war sein Leben. Und Pierre war mein Leben. Ich traf eine Entscheidung. Ich entschied mich für die Vernunft.

»Alles gut?«, flüsterte mir Pierre ins Ohr. »Du wirkst so abwesend.«

»Alles in Ordnung, ich bin nur ein wenig müde. Wollen wir nach Hause?«

»Das musst du entscheiden.«

Wir verabschiedeten uns von Marthe. Gabriel winkten wir nur zu, weil er so beschäftigt war.

Sobald wir im Bett waren, rückte er an mich heran und küsste mich. Er hatte mich schon so lange nicht mehr berührt, dass meine Sinne sofort auf seine Liebkosungen reagierten. Ich spürte seinen Körper auf mir, in mir, aber mein Herz war nicht ganz bei ihm. Ich war ziemlich damit beschäftigt, Gabriel aus meinen Gedanken zu verbannen. Wir liebten uns wie zwei Menschen, die sich auswendig kennen, mechanisch, ohne Leidenschaft, ohne Gefühl. Pierre hielt mich zum Einschlafen in den Armen. Ich schluckte meine Tränen hinunter.

Unser Pariser Wochenende verlief ruhig. Wir flanierten Hand in Hand über die Île Saint-Louis und aßen dort zu Abend. Am Tag darauf durchstöberten wir nach einem Besuch von Notre-Dame das Viertel Saint-Michel und redeten dabei über Gott und die Welt. Dennoch waren wir weit vom siebten Himmel entfernt. Immer wieder verfielen wir in tiefes Schweigen, als könnte uns das Gespräch auf gefährliches Terrain bringen. Ich versuchte, Gabriel aus meinen Gedanken zu verbannen.

Am Sonntagnachmittag, Pierre wollte wenige Stunden darauf losfahren, nutzten wir die frühlingshaften Temperaturen und tranken noch einen Kaffee auf einer Terrasse in der Nähe des Jardin du Luxembourg.

»Ich wollte dir etwas sagen«, erklärte er.

»Ich höre.«

»Bitte komm nach Hause.«

Ich hörte eine Uhr in meinem Kopf ticken und überschlug kurz die Zeiträume im Kopf. Ich rutschte auf meinem Stuhl herum und begann trotz der milden Luft zu frieren.

»Ich habe noch anderthalb Monate hier.«

»Hör zu, ich habe nachgedacht und nach dem, was ich am Freitagabend gesehen habe … Du bist nicht mehr in der Ausbildung, im Grunde warst du es nie. Du bist Couturière, wie du es immer sein wolltest, du hast Kundinnen in Paris, aber du könntest auch viele bei uns haben. Das ist mir nach der Hochzeit klar geworden.«

»Es hat niemand bei mir angerufen.«

»Weil du nicht da bist … Erinner dich doch bitte an das, was wir überlegt haben, du wolltest dir bei uns im Haus ein Atelier einrichten. Ich bin letzte Woche auf den Speicher gegangen und habe überlegt, wie man ihn umgestalten könnte, damit du dort Kundinnen empfangen kannst. Davon abgesehen hindert dich doch nichts daran, hin und wieder nach Paris zu fahren und Marthe und ihre Kundinnen zu besuchen.«

»Bist du an diesem Wochenende nur deshalb hergekommen, weil du mich bitten wolltest, nach Hause zurückzukehren?«

»Nein, ich bin hier, weil du mir fehlst. Seit einer Woche denke ich unablässig nach, ich frage mich, wie es so weit mit uns hat kommen können. Es ist ausschließlich meine Schuld. Ich wollte früher nicht auf dich hören, aber das wird jetzt anders. Du hattest recht, mir auf der Hochzeit so einen Schreck einzujagen. Ich will dich nicht verlieren. Es war wie ein Elektroschock. Aber wenn du nicht zu Hause bist, kann ich dir nicht beweisen, dass ich meine Prioritäten geändert habe, dass jetzt du das Wichtigste für mich bist, du und unsere künftige Familie.«

»Unsere Probleme lösen sich nicht wie von Zauberhand, bloß weil ich früher als vereinbart nach Hause komme.«

»Das weiß ich, aber gib uns eine Chance, gib mir eine Chance … Was hält dich hier noch?«

Die Versuchung. Wieder bekam ich einen Kloß im Hals. Stumm dankte ich meiner Sonnenbrille dafür, dass sie meine aufsteigenden Tränen verbarg.

»Nichts, da hast du recht.«

»Und außerdem wollen wir ein Kind, das ist leichter, wenn man alle Nächte miteinander verbringt.«

Ich seufzte und sah mich um, ohne irgendetwas erkennen zu können. Ich hatte es geschafft. Ich war Modeschöpferin. Pierre hatte seinen Platz wieder eingenommen und kämpfte um mich. Jetzt war es an mir, das Pariser Zwischenspiel zu beenden.

»Ich will nicht, dass wir weiter getrennt leben. Und du?«

»Dir ist doch klar, dass ich nicht schon heute Abend mitkommen kann?« Ich lächelte. »Vorher muss ich noch einiges regeln.«

Pierre nahm meine Hand und drückte sie fest.

»Ich erwarte dich.«

Am nächsten Morgen stand ich früh auf. Mir stand ein voller Tag bevor. Ich musste mehrere Bestellungen fertig machen und Marthe über die veränderte Lage informieren. Noch nie waren mir meine Beine auf dem Weg ins Atelier so bleiern erschienen. Seit Pierre weggefahren war, hatte ich einen dicken Knoten im Bauch. Und er drohte zu platzen, als ich Gabriel vom Motorrad steigen sah.

»Was treibst du denn hier so früh?«, fragte er mich.

»Das könnte ich dich genauso gut fragen.«

»Ich konnte sowieso nicht mehr schlafen, da bin ich eben zur Arbeit gefahren.«

»Gehst du noch einen Kaffee mit mir trinken, bevor du anfängst?«

»Wenn du möchtest.«

Wir gingen in die nächstgelegene Kneipe. Vom köstlichen Geruch nach Croissants wurde mir fast übel. Ich ging zu einem Tisch am Fenster, da konnte man einem Blick besser ausweichen, und setzte mich auf die Bank. Ich bestellte einen großen Schwarzen, Gabriel einen Espresso. Ich hörte Geschirrklappern, das Zischen der Kaffeemaschine und das Rascheln umgeblätterter Zeitungsseiten. Unsere Tassen wurden auf den Tisch gestellt.

»Hattet ihr ein schönes Wochenende, du und Pierre?«

Es brachte mich ein bisschen aus der Fassung, Pierres Namen aus seinem Mund zu hören, als würden sie sich kennen, als wären sie sogar Freunde.

»Äh … ja … wir haben viel geredet, und …«

Ich sah ihn unverwandt an.

»Ich werde schon jetzt nach Hause zurückkehren.«

Er lehnte sich auf seinem Stuhl zurück und verschränkte die Hände hinter dem Kopf.

»Es ist also so weit … Ich habe noch im Ohr, wie du zu

mir gesagt hast:« – er malte mit den Händen Gänsefüßchen in die Luft – »›Ich bin nur für ein halbes Jahr hier.‹«

Ich lächelte.

»Und du hast geantwortet: ›In einem halben Jahr kann sich einiges ereignen.‹«

»Es ist schnell vergangen, oder?«

»Ja.«

Er sah aus dem Fenster. Wir schwiegen lange Sekunden.

»Es ist gut, dass du heimfährst.«

Es traf mich wie ein Schlag ins Herz.

»Meinst du das wirklich?«

»Ja, ich verstehe zwar nichts vom Eheleben, aber ich stelle mir vor, wenn ich eine Frau lieben würde … dann würde ich auch mit ihr zusammenleben wollen. Und außerdem hast du da dein Leben, immer schon.«

»So ist es …«

»Wann fährst du ab?«

»Ich weiß noch nicht … In ein paar Tagen, denke ich. Ich muss es Marthe sagen … Was meinst du, wie wird sie es aufnehmen?«

»Kümmer dich nicht um sie, okay?«

»Das ist leichter gesagt als getan.«

»Ich weiß.«

Er sah auf seine Armbanduhr.

»Ich muss los.«

»Geh nur, du sollst meinetwegen nicht zu spät kommen.«

Er stand auf, zog einen Geldschein aus der Tasche und warf ihn auf den Tisch.

»Sag mir Bescheid, bevor du fährst, wir gehen noch einen trinken.«

»Wenn du möchtest«, flüsterte ich.

Als er weg war, atmete ich tief durch. Einerseits war ich erleichtert, es hinter mir zu haben, andererseits war ich entsetzlich traurig über seine Kälte und die Distanz, die er gerade zwischen uns geschaffen hatte. Ich hatte mich also auf dem Empfang bei Marthe nicht getäuscht. Ich war nur eine vorübergehende Marotte gewesen, auch wenn er mir eine andere Seite als die des Verführers von sich gezeigt hatte. Er hatte sich sehr klar ausgedrückt, er fand meine Entscheidung gut, ansonsten regte ihn mein Weggang nicht weiter auf. Wenn ich blieb, wäre ich für ihn nur ein Klotz am Bein. Letzten Endes verankerte ich mich wieder in meinem Leben der bis ans Ende treuen Ehefrau, und Gabriel ließ sich langsam von mir wegtreiben. *Er wird nur eine Verliebtheit gewesen sein*, versuchte ich mich zu beruhigen.

Marthe erreichte ich erst am späten Nachmittag. Sie lud mich ein, zu ihr hinaufzukommen. Nervös und mit einem unguten Vorgefühl machte ich mich auf den Weg in ihre Wohnung. Ich hoffte, das Kleid, das ich bei dieser Gelegenheit mitbrachte, würde ihre Reaktion ein wenig abmildern. Jacques öffnete mir mit einem Lächeln die Tür. Ich brachte es nicht über mich zurückzulächeln. Ich ging durch den langen Gang, meine Absätze kratzten über das Parkett. Die Stille war bedrückend. Marthe las. Als ich ins Wohnzimmer trat, hob sie den Kopf.

»Chérie, wie geht es dir?«

»Sehr gut, danke.«

Ich trat von einem Fuß auf den anderen.

»Was treibst du? Bleib doch nicht stehen.«

Ich legte das Kleid neben ihr ab. Sie schob ein Lesezeichen ins Buch, legte es auf den kleinen Beistelltisch und fuhr lächelnd über den Stoff. Ich gehorchte und setzte mich auf das Sofa ihr gegenüber.

»Du warst so seltsam am Telefon, Iris. Was hast du?«

»Ich … Ich … Sie wissen ja, ich sollte nur für einen kurzen Zeitraum hierbleiben.«

Ihr Gesicht verschloss sich.

»Ja, das stimmt. Aber das steht nicht mehr auf der Tagesordnung. Das tat es nie.«

Ihr schneidender Ton ließ mir das Blut gefrieren.

»Marthe … Ich hatte nie vor, mich hier endgültig niederzulassen.«

»Nein, das stimmt nicht! Deinem Mann ist klar geworden, dass du ihm entgleitest, er hat dich gebeten zurückzukehren, und du gehorchst wie ein braver Hund. Du bringst deine Karriere in Gefahr.«

Sie stand auf und begann äußerst erregt durchs Zimmer zu gehen.

»Ich dachte, du hättest Größe, du seist brillant. Du hast nichts von meinen Lektionen behalten. Du bist schwach. Du lässt dir dein Verhalten von den Männern diktieren.«

»Aber er ist mein Mann, ich fehle ihm, und er fehlt mir …«

»Er fehlt dir nicht, wenn du mit mir zusammen bist!«, schäumte sie.

Sie rieb sich die Schläfen, ihr Gesicht war schmerzverzerrt. Ich musste sie beruhigen, etwas tun, beweisen, dass ich sie nicht im Stich ließ.

»Ich werde oft hier sein, um mit Ihnen zu arbeiten, Bestellungen anzunehmen …«

»Du kleiner Dummkopf!«, brüllte sie.

Ich sank in mich zusammen. Ich sah sie nicht auf mich zukommen. Sie zog mich am Arm vom Sofa hoch und durchbohrte mich mit ihrem Blick.

»Verlass meine Wohnung!«

Ihre Stimme überschlug sich. Ein metallischer, erschreckender Laut. Sie hielt mich weiter am Arm fest.

»Betrachte diesen Tag als deinen letzten im Atelier.«

Ich atmete schneller.

»Meine Bestellungen …«

»Ich finde jemand Kompetenteren als dich. Da, sieh, was ich aus deinen Klamotten mache! Sie taugen nichts.«

Sie ließ mich abrupt los und griff nach dem Kleid, das ich ihr gerade gebracht hatte. Ihre schmalen Hände, die mir so zerbrechlich erschienen waren, fielen über den Musselin her. Marthe zerriss das Kleid mit einer Kraft, die ich ihr nie zugetraut hätte. Nie würde ich dieses Geräusch reißenden Stoffes vergessen. Als nichts mehr übrig war, warf sie mir die Überreste ihres Kleids ins Gesicht.

»Du bringst mich noch um!«, schrie sie und verließ den Raum, ohne sich noch einmal umzusehen.

Durch den Tränennebel hindurch folgte mein Blick ihrer Gestalt, dieser herrlichen, stolzen, verletzten Gestalt. Was hatte ich ihr da gerade angetan? Ich stand noch lange wie gelähmt im Raum. Schließlich kam Jacques zu mir.

»Sie müssen gehen, Iris.«

»Nein …«

»Ihre Zornausbrüche sind beeindruckend, ich weiß. Es ist

vorbei. Und sie … Sie hat mich beauftragt, Ihnen die Schlüssel vom Atelier abzunehmen und Ihr … Adressbuch.«

Man ließ mich hinauswerfen wie Abschaum.

»Müssen Sie noch einmal ins Atelier?«

»Äh … Nein.«

»Iris, bitte.«

Ich durchwühlte meine Handtasche nach den Gegenständen, die er von mir verlangt hatte. Meine Hände zitterten so sehr, dass der ganze Inhalt auf den Boden fiel. Endlich fand ich den Schlüsselbund und das Adressbuch mit den Telefonnummern all meiner Kundinnen. Jacques nahm sie mir vorsichtig aus der Hand und half mir dann, alles Übrige wieder zusammenzusuchen. Er stützte mich beim Aufstehen und führte mich zur Wohnungstür. Als ich an der Treppe vorbeikam, sah ich an ihrem Fuß einen Haufen verknäuelter Kleider liegen. Die gesamte Garderobe, die ich für Marthe entworfen und geschneidert hatte. Ich hörte einen Schrei und dann eine zuschlagende Tür. Ich würde nie hierher zurückkehren. Aus dem kleinen Schützling war die *Persona non grata* geworden. Es ging alles zu schnell. Jacques lächelte mir bedauernd zu.

»Kehren Sie nach Hause zurück, Iris. Nehmen Sie Ihr Leben dort wieder auf, wo Sie es zurückgelassen haben, bevor Marthe Sie ins Atelier aufnahm.«

Ich schluchzte, und Jacques schloss leise die Tür. Mein Geist war wie ausgeschaltet, als ich den Aufzugknopf drückte, hinunterfuhr und das Gebäude verließ. Ich stand auf der Straße. Ich ging in die Kneipe, wo wir am Morgen gewesen waren, setzte mich auf denselben Platz und bestellte einen Wodka Tonic.

Immer noch völlig daneben, griff ich nach meinem Telefon, um Pierre zu benachrichtigen. Er war überglücklich und versprach, er würde sich am nächsten Tag freinehmen, um bei mir zu sein.

Ich hätte gern geweint, war aber nicht dazu imstande. Ich war wie vor den Kopf gestoßen, am Ende meiner Kräfte, ich verstand überhaupt nichts mehr. Nur eins war für mich sicher: Ich kehrte in den Schoß der Familie zurück. Mein Abenteuer mit Marthe hatte auf die schlimmstmögliche Weise geendet. Eine Mentorin zu finden, war in meinem Leben etwas Unermessliches gewesen. Sie durch eigene Schuld zu verlieren, ein unermesslicher Schmerz. Mit wenigen verletzenden Sätzen hatte sie mir alles genommen, was sie mir geschenkt hatte: mein Selbstvertrauen, mein Talent, meine Leidenschaft, ein neues Leben, eine geistige Mutter. Was würde ohne sie aus mir werden? Ohne ihren Rat? Ohne ihren Blick? Mit der Erinnerung an ihren Hass? In den letzten Monaten hatte ich mich abgerackert, nur um ihr zu gefallen, um sie nicht zu enttäuschen, und all das hatte ich in tausend Stücke gesprengt, um meine Ehe zu retten. Ich war wieder ein Niemand.

Es blieb mir noch ein Letztes. Eine SMS: *»Ich gehe.«* Gabriel antwortete sofort: *»Marthe?«* – *»Ja.«* Mein Handy klingelte.

»Wo bist du?«, fragte er ohne Vorreden.

»Da, wo du mich heute Morgen verlassen hast.«

»Wann fährst du?«

»Morgen früh. Ich geh gleich Koffer packen.«

Erst ein großes Schweigen, dann plötzlich Getöse.

»Bleib nicht da sitzen, geh packen, und dann essen wir zusammen zu Abend.«

»Du hast sicher Besseres zu tun …«

»Ach, halt den Mund.«

»Fang du nicht auch noch an, Marthes Vorwürfe haben mir gereicht.«

»Bitte entschuldige. Ich stehe in zwei Stunden unten vor deinem Haus, okay?«

»Wenn du möchtest.«

Ich zahlte mein Getränk und ging. Ein letzter Blick auf die Fassade, die mich am ersten Tag so beeindruckt hatte. Am letzten Tag beeindruckte sie mich nicht minder.

Meine Koffer waren schnell gepackt. Ich hatte nur die Kleider und die Amateur-Nähmaterialien, mit denen ich gekommen war. Ein kleiner Rundgang mit dem Staubsauger, damit ich sagen konnte, ich hätte die Wohnung geputzt, und schon war ich fertig. Ich ging unter die Dusche, vor allem um den Kopf frei zu bekommen. Lange stand ich unter dem Wasserstrahl. In nicht einmal vierundzwanzig Stunden hatte sich mein Leben schon wieder grundlegend verändert. Für Pierre existierte ich wieder. Für Marthe existierte ich nicht mehr, und morgen würde ich auch für Gabriel nicht mehr existieren. Meine Modeschöpfungen waren der einzige Beweis dafür, dass es diese wenigen Monate wirklich gegeben hatte. Wie sollte ich ohne Marthes Unterstützung weitermachen? Wie sollte ich wieder nähen, wo ich doch wusste, dass sie meine Arbeit verachtete? Sie, die Einzige, die an mich geglaubt hatte. Ich musste es schaffen, allein schon, um ihr zu beweisen, dass die Zeit, die sie mir gewidmet hatte, nicht vergeudet war, dass ich nicht vergaß, was ich ihr schuldete, aber dass ich auch aus eigener Kraft fliegen konnte. Hätte ich mich ohne Pierre, ohne seine Bitte, je von ihr lösen können?

Ich kleidete mich sorgfältig an und dachte dabei nur an ihn: noch ein letztes Mal schön sein für ihn. Mit ein wenig Glück würde ich nicht sofort aus seinem Gedächtnis verschwinden. Ich zog einen schwarzen Bleistiftrock und eine schwarze Bluse an. Dazu meine Luxus-High-Heels, zum letzten Mal für lange Zeit, denn zu Hause würde ich sie nicht tragen können. Ich kämmte mir das Haar und ließ es offen über den Rücken fallen, danach schminkte ich mich. Dann schlüpfte ich in meinen Trench aus schwarzem Stoff und Leder, zog den Gürtel fest und betrachtete mich im Spiegel: Ich war bereit, ihm Auf Wiedersehen zu sagen.

Gabriel erwartete mich, mit verschränkten Armen lehnte er an seinem Motorrad. Und rührte sich nicht, während ich auf ihn zuging, aufrecht und mit durchgedrücktem Rücken. Je kleiner der Abstand zwischen uns wurde, desto mehr suchten sich unsere Blicke.

»Ich hatte Angst, ich würde dich am Boden zerstört vorfinden, und du bist …«

Er betrachtete mich von oben bis unten. Ich ließ ihn nicht weitersprechen.

»Ich möchte diesen letzten Abend genießen. Es kommt also nicht infrage, über mein Schicksal zu weinen oder es auch nur zu erwähnen. Wohin gehen wir?«

»Komm mit.«

Schweigend gingen wir eine knappe Viertelstunde nebeneinander her und betraten dann in der Nähe des Picasso-Museums ein gemütliches Restaurant mit gedämpfter, intimer Atmosphäre. Man hörte sehr leise Hintergrundmusik: brasilianischen Jazz, Stan Getz und Gilberto Gil. Gabriel bestellt eine Flasche Champagner und teilte mir mit, unser Menü sei bereits bestellt: Gänseleberpastete ohne unnötiges Drumherum, nur mit Feigenkonfitüre, Jakobsmuscheln und als Dessert Crème brûlée.

»Ich hatte ja einige Monate Zeit, dich zu beobachten, und schon die Petits Fours reichten aus, um deine Vorlieben zu erraten.«

Ich lachte und wurde rot. Gabriel hob sein Glas.

»Worauf trinken wir?«

»Auf uns.«

Unerbittlich vergingen die Minuten. Am liebsten hätte ich die Zeit angehalten, am liebsten wäre ich in diesem Restaurant geblieben und hätte Gabriel nie verlassen. Seine Blicke waren nicht zu missdeuten, ich war ihm wichtig, und das tat mir gut und tat mir weh. Ich hatte keine Wahl. Langsam, aber sicher leerte sich die Flasche Champagner. Eine sanfte, entspannte Trunkenheit. Es gelang uns nicht, ein Gespräch aufrechtzuerhalten. Hier und da der Austausch eines Lächelns, mehr nicht. Und dann eine seiner verwirrenden Bemerkungen:

»Vergiss nicht, mir eine Anzeige zu schicken.« Er lächelte versteckt.

»Anzeige?«

»Du wirst sicher bald schwanger, das ist nur logisch.«

»Ich weiß nicht … Vielleicht.«

Sein Gesicht wurde ernst.

»Es wird dir gut stehen, ganz gleich, wer der Vater ist.«

Mein Bauch verkrampfte sich.

»Bitte sag solche Sachen nicht.«

»Okay, okay … Und dann bekommst du einen Hund.«

»Ein Klischee nach dem anderen!«

»Wichtig ist nur, dass du glücklich bist und weiterhin entwirfst und nähst. Bleib die, zu der du hier geworden bist. Zum Teufel mit dem, was Marthe dir gesagt haben mag.«

»Genau das habe ich vor.«

Ich glaubte selbst nicht daran. Er bat um die Rechnung und zahlte. Dann sah er mich an.

»Gehen wir?«

Meine Kehle war wie zugeschnürt. Ich nickte nur. Gabriel half mir in meinen Trenchcoat. Wie immer hielt er mir die Tür auf.

Der Weg zu meiner Wohnung wurde immer kürzer. Wir gingen Schulter an Schulter. Ich musste mich immer mehr zusammenreißen, um nicht zu weinen. Ich hätte ihm so gern so vieles gesagt. Ich hätte ihm so gern gesagt, was er in mir auslöste, auch wenn ich es eigentlich nicht empfinden durfte. Ich hätte so gern gesagt, dass er mich nicht vergessen solle. Gabriel brach als Erster das Schweigen:

»Ich werde mich jetzt abends langweilen.«

»Ach was, ich kenne dich, du wirst rasch eine andere Beschäftigung finden. Um dich mache ich mir keine Sorgen.«

Ich stellte ihn mir schon inmitten seines Harems vor.

»Du kannst nicht brav sein, du hast es selbst gesagt«, fügte ich hinzu und sah ihn an.

»Mir dir war der Ungehorsam schön.«

Er zwinkerte mir zu.

»Ich habe meine Rolle als Ritter ohne Fehl und Tadel erfüllt und dich zu Hause abgeliefert.«

Wir waren da. Schon. Vor der Eingangstür. Wir standen uns gegenüber. Gabriel lächelte mir zu, ich hatte nicht mehr die Kraft zu lächeln.

»Ich werde dich wohl so bald nicht wiedersehen«, stellte er fest.

Ich schüttelte den Kopf. Er lächelte nicht mehr, lachte nicht mehr.

»Iris, ich …«

Er fuhr sich durch die Haare.

»Du wirst mir fehlen«, unterbrach ich ihn. »Mehr, als du dir vorstellen kannst.«

Ich konnte nicht anders, ich warf mich ihm in die Arme. Ich schmiegte mich an seinen Hals, an ihn, an seine Haut. Er drückte mich fest an sich und verbarg sein Gesicht in meinem Haar.

»Ich will nicht von dir fort«, flüsterte ich.

»Ich weiß …«

Er richtete sich wieder auf, ich löste mich von ihm. Er nahm mein Gesicht in die Hände. Sie waren weich. Ich legte meine Hände auf seine und streichelte sie. Mit dem Daumen wischte er die verräterischen Tränen weg, die von ganz allein zu fließen begonnen hatten, dann blies er mir sanft ein paar Strähnen aus dem Gesicht, ich spürte seinen Atem auf meiner Haut. Er lächelte traurig.

»Es wäre schön gewesen, sogar sehr schön«, sagte er.

»Ich glaube auch.«

Er seufzte und sah mir in die Augen.

»Wir haben dem Leben viele außergewöhnliche Momente gestohlen, die nicht für uns auf dem Programm standen … Aber wir wissen auch, dass das zwischen uns unmöglich ist. Du hast dein Leben, ich meins. Und wir haben beide eher Glück, jeder nach seiner Art.«

Er nahm mich wieder in die Arme. Wieder legte ich mein Gesicht an seinen Hals, um mich mit seinem Duft vollzusaugen.

»Iris, du musst jetzt ins Haus, sonst kriegen wir's nicht hin.«

Ich ließ ihn los, er legte seine Stirn an meine. Wir sahen uns in die Augen. Unser Atem beschleunigte sich. Für einige Sekunden drückte Gabriel seinen Mund auf meinen. Ich erschauerte vom Kopf bis zu den Füßen.

»Ich möchte nur den Geschmack deiner Lippen kosten.«

Er tat es noch einmal, und ich presste meinen Mund auf seinen. Er war es, der diesen keuschen Kuss beendete.

»Geh zu deinem Mann zurück.«

Ich riss mich von ihm los.

»Gabriel, ich …«

«Pssst …«

Ich öffnete die Tür, sah mich ein letztes Mal nach ihm um und trat in den Hof. Sobald ich allein war, ließ ich mich mit dem Rücken gegen das Holz fallen. Ich hatte einen Teil meiner selbst auf der Straße zurückgelassen. Die Tür erzitterte. Jemand hatte dagegengeschlagen. *Lieber*

Gott, mach, dass er geht, sonst halte ich es nicht durch, dachte ich. Es schien mir eine Ewigkeit zu dauern, bis das Motorrad angelassen wurde. Aufheulend schoss es davon.

Erst nach fünf Minuten konnte ich mich aufraffen, zum Fahrstuhl zu taumeln. Ich war trunken von Traurigkeit, mir war schwindelig von dem Gefühl der Schuld und des ungeheuren Durcheinanders. Ich würde mein Leben lang zweigeteilt sein. Pierres Iris. Gabriels Iris. Zwei Männer, zwei Lieben. Ich konnte nur über die Leute lachen, die behaupteten, man könne nicht zwei Männer gleichzeitig lieben. Doch, so etwas war absolut möglich. Nur liebte man sie nicht auf dieselbe Weise. Mit Pierre war es eine eintönige, beruhigende Liebe. Mit Gabriel eine explosive Liebe auf dem Drahtseil, eine Liebe auf unbekanntem Terrain. Seine Lippen hatten mir nicht das Gefühl von Sicherheit vermittelt, wie es Pierres Lippen taten. Sie hatten mich erbeben lassen, wie es für mich bis dahin unvorstellbar gewesen war, und ich hatte gerade nur von ihnen kosten dürfen.

Ich kam in meinem Apartment an, schüttelte die Schuhe von den Füßen und legte mich angezogen ins Bett. Ich rollte mich zusammen. Notfalls würde ich die ganze Nacht um meine verlorene, um meine unmögliche Liebe weinen. Morgen beim Aufwachen würde ich Gabriel in der Tiefe meines Herzens begraben. Ich würde die Erinnerung an ihn und unsere gemeinsamen Erlebnisse sorgsam bewahren. Ein bisschen wie einen Schatz.

9

Pierre erwartete mich am nächsten Morgen wie verabredet auf dem Bahnsteig. Er nahm mir die Koffer ab, damit ich leichter aus dem Zug steigen konnte. Und dann umarmte er mich. Solche Gefühlsausbrüche in der Öffentlichkeit waren eigentlich gar nicht seine Art.

»Ich bin so froh, dass du da bist«, sagte er und sah mich dann lange an. »Du siehst müde aus …«

Ich strich mir durchs Haar.

»Ich bin gestern spät ins Bett gekommen.«

»Letzter Abend in Paris?«

»Genau. Fahren wir nach Hause?«

Zu Hause stand ein riesiger Rosenstrauß im Wohnzimmer. Das Haus war tipptopp aufgeräumt, alles an seinem Platz. Es ließ mich relativ kalt. Ich dankte Pierre mit einem Kuss und ging dann nach oben, um meine Koffer auszupacken. Er folgte mir nicht.

Tränen stiegen mir in die Augen und liefen über meine Wangen. Ich tupfte sie weg. Ich atmete tief durch und sah nach oben. Nichts half. Die Tränen liefen immer schneller, immer heftiger. Ich hörte, wie Pierre die Treppe heraufkam. Ich rannte ins Bad und spritzte mir kaltes Wasser ins Gesicht.

»Wozu hast du heute Lust?«, fragte er und kam zu mir ins Bad.

Ich drehte ihm den Rücken zu und griff nach einem Handtuch.

»Ich weiß nicht.« Meine Stimme war ein bisschen heiser, als ich ihm, das Gesicht noch im Handtuch versteckt, antwortete.

»Den Speicher einrichten? Dich ausruhen? An die frische Luft?«

Ich musste mich unbedingt wieder in den Griff bekommen.

»Frische Luft ist eine gute Idee. Um das Einrichten kümmere ich mich morgen. Genießen wir doch unseren Tag zu zweit…«

Noch immer drehte ich ihm den Rücken zu, zwang mir ein Lächeln ab und sagte mir, alles sei gut in der besten aller Welten.

Ich stand in der Haustür und winkte Pierre nach, der mit dem Wagen zur Arbeit in die Klinik fuhr. Ich wartete, bis er nicht mehr zu sehen war, und ging dann ins Haus. Ich war allein. In der Stille. Ich brauchte mehr als eine Stunde, um den Frühstückstisch abzuräumen und unser Bett zu machen. Nachdem ich so lange wie möglich herumgetrödelt hatte, fiel mir keine Ausrede mehr ein, hatte ich keine Wahl mehr. Ich stieg in den Speicher hinauf. Pierre war so aufmerksam gewesen, gut zu lüften, es roch nicht im Mindesten muffig. Ich setzte mich vor meine alte Gefährtin. Daran würde ich mich gewöhnen müssen, keine herrliche Profi-Maschine mehr wie im Atelier. Ich blieb den ganzen Vormittag so sitzen, ohne die Singer zu berühren.

Mittags ging ich in die Küche hinunter und machte mir ein Sandwich. Beim Essen sah ich auf meinem Handy nach. Kein Anruf, keine Nachricht. Keine Marthe mehr. Keine Kundinnen. Kein Gabriel.

Am Nachmittag riss ich mich am Riemen. Wenn ich nähen wollte, brauchte ich Stoff, keine alten Reste. Natürlich war der Unterschied zwischen Marthes Fundus und dem Warenangebot von Billig-Toto ein Schock. Ich sagte mir, dass ich mich viel zu schnell an Luxus und Raffinesse gewöhnt hätte. Schließlich fand ich doch ein paar anständige Stoffe und fuhr wieder nach Hause.

Am Tag darauf rief ich Philippe an. Ich wollte wissen, was aus den noch nicht bearbeiteten Bestellungen geworden war. Er nahm den Anruf nicht an, genauso wenig wie die Mädchen. Der Form halber suchte ich die Nummern meiner Kundinnen im Telefonbuch; sie waren alle nicht aufgeführt.

Die drei folgenden Wochen waren die längsten meines Lebens. Jeden Morgen schickte ich eine SMS an Philippe, vergeblich. Ich versuchte nicht mehr, die Mädchen zu kontaktieren, ich wollte nicht, dass sie Ärger mit Marthe bekamen. Alle hatten mir den Rücken gekehrt. Ich bekam ein paar Anrufe von Freundinnen, die etwas gesäumt oder nach der Schwangerschaft eine Taille ausgelassen haben wollten. Wenn ich ihnen vorschlug, sich doch einmal meine Auswahl an Modellen anzusehen, verschoben sie es immer auf später. »Wenn es so weit ist, melde ich mich«, sagten sie.

Ein Satz von Marthe ging mir ständig durch den Kopf: »Glaubst du wirklich, du würdest Erfüllung darin finden, dein ganzes Leben Hosen zu kürzen und enge Röcke für alte Damen zu nähen?«

Als eine Art *desperate housewife* zählte ich die Stunden, bis Pierre abends nach Hause kam. Ich empfing ihn immer mit einem Lächeln auf den Lippen. Ich hatte ihm nichts vorzuwerfen. Es war, als hätte er all seine Fehler ausgemerzt und beschlossen, ein neuer Mann zu werden: Er kam nie mehr viel zu spät nach Hause, er teilte es mir frühestmöglich mit, wenn er Dienst hatte, er übernahm nur das absolute Minimum an Diensten, und er machte bei seinen Kolleginnen und den Krankenschwestern Werbung für mich. Die Wochenenden verbrachte er zu Hause bei mir. Er plante Urlaube und Ausflüge. Und er sprach immer häufiger von unserem künftigen Baby. Ich dachte, dass ich vorerst keins wollte. Das behielt ich jedoch für mich und schob den Tag, an dem ich die Pille absetzen würde, vor mir her. Ich spürte, dass er mich beobachtete. Vor allem abends, wenn wir vor dem Fernseher saßen und uns nichts zu sagen hatten. Inzwischen kam er auch seinen ehelichen Pflichten wieder nach. Aber jedes Mal, wenn wir uns liebten, musste ich gegen meine Erinnerungen ankämpfen. Ich dachte an Gabriel. So sehr, dass ich beim Orgasmus nie wusste, ob es Pierres Körper war, der ihn auslöste, oder die Erinnerung an Gabriel und Gabriels Lippen. Gabriel ... Von ihm war in meiner Wirklichkeit nichts mehr übrig. Als hätte ich ihn nie gekannt, als wäre er nie Teil meines Lebens gewesen. Wenn ich bei meinen wenigen Spaziergängen durch die Stadt einem Mann begegnete, der nach Eau Sauvage duftete, schnupperte ich die ihn umgebende Luft und versuchte vergeblich, die Erinnerung an Gabriel mit Leben zu füllen. Jedes Mal sagte ich mir, ich sei dumm. Hundertmal ging ich unsere Abschiedsszene gedanklich durch. Jedes Mal mit demselben Fazit: Er hatte mich nicht zurückgehalten.

Abgesehen von Gabriel fehlte mir mein ganzes Pariser Leben. Das Adrenalin der Bestellungen, der Lärm im Atelier, die Mädchen, die Maschinen, die lachenden und schwatzenden Kundinnen, die Empfänge, die Vernissagen, die Taxifahrten, die schwindelerregenden Absätze. Und Marthe. Ohne sie konnte ich nicht mehr nähen. Sie war meine Erleuchtung gewesen. Meine Inspiration. Sie hatte mir alles wieder genommen.

Eines Abends, als Pierre nach Hause kam, brach ich zusammen. Er fand mich tränenüberströmt vor meiner Nähmaschine. Auf dem Speicher herrschte das reinste Chaos: Überall lagen Stoffstücke herum, auf dem Boden angefangene Kleider. Nichts Fertiges. Nichts Vollkommenes.

»Iris, mein Gott, was ist passiert?« Er stürzte zu mir.

»Ich habe nichts zu tun, ich schaffe es nicht mehr«, antwortete ich schluchzend.

»Schickt Marthe dir keine Bestellungen?«

Ich hatte ihm nicht erzählen wollen, was geschehen war, aber jetzt hatte ich keine Wahl mehr.

»Sie hat mich gefeuert.«

Unter Auslassung seiner Rolle in dieser Angelegenheit erklärte ich Pierre, dass alles aus war.

»Und dieser Gabriel? Kann der nicht was für dich tun?«

»Nein«, sagte ich schlicht.

»Ich hatte es dir von Anfang an gesagt, ich hatte dich gewarnt, diese Leute verdienen kein Vertrauen. Du hast alles getan, was sie von dir verlangt haben, und jetzt sieh dir an, wo du stehst.«

Er nahm mich in die Arme und drückte mich fest an sich. Und dann verbrachte er den ganzen Abend mit dem Versuch, mich aufzuheitern, und dachte über Möglichkeiten nach, Werbung für mich zu machen. Er sagte mir immer wieder, wie sehr er an mich glaube, dass er mich unterstütze und dass ich irgendwann auch bei uns Erfolg haben würde.

Eines Abends gingen wir aus. Zu einem Essen bei Freunden. Ich hatte mich zurechtgemacht und wartete auf Pierre. Zurechtmachen war zu viel gesagt: Ich hatte nur die Turnschuhe gegen Pumps getauscht, deren Absätze in Marthes Augen erbärmlich niedrig gewesen wären. Als Pierre mich abholte und ich zu ihm in den Wagen stieg, wunderte er sich über meine Aufmachung.

»Ich dachte, du würdest die Gelegenheit nutzen und eins deiner Wunderwerke tragen.«

»Es ist doch nur ein Abendessen bei Freunden. Da kann ich mich doch nicht so auftakeln.«

Seufzend sah ich aus dem Wagenfenster. Es gab nicht viel zu sehen. Es war stockdunkel.

»Chérie …«

Ich hob die Hand, um ihn zum Schweigen zu bringen.

»Hundertmal habe ich dich schon darum gebeten, bitte nenn mich nicht mehr ›Chérie‹.«

»Warum nicht?«

Weil Marthe mich so nennt – nannte.

»Ich hab's dir doch gesagt, du klingst wie dein Vater.«

»Wärst du mit ›meine Liebste‹ einverstanden?«

Ich sah ihn an und lächelte, ich wusste, es war ein trauriges und desillusioniertes Lächeln.

»Das passt irgendwie nicht zu dir.«

Er hatte den Wagen gerade vor dem Haus unserer Gastgeber abgestellt. Er legte mir eine Hand an die Wange.

»Ich mache mir Sorgen, du wirkst so traurig.«

»Brauchst du nicht, alles ist gut.«

»Geh zu etwas Neuem über, bitte. Finde dein Lachen wieder. Diese Frau wird dich nicht zerstören. Du existierst ohne sie, dein Talent hattest du schon, bevor du sie kennengelernt hast, sie hat dir geholfen, das ja, aber nähen kannst du selbst. Und dein Leben ist hier, bei mir.«

»Versprochen.«

Der Abend war nett, aber ich war nur körperlich anwesend, das war mir klar. Schweigend fuhren wir nach Hause zurück. Pierres Sorge war greifbar, sein aufkeimender Ärger auch.

Am Tag darauf beschloss ich, mich zusammenzureißen. Pierre hatte das Leben, das ich ihm seit meiner Rückkehr zumutete, nicht verdient. Ich war nach Hause zurückgekommen, weil ich es gewollt hatte, weil ich mit ihm zusammenleben und unsere Ehe retten wollte. Ich hatte mich für die Vernunft entschieden. Und im Gegensatz zu ihm, der imstande gewesen war, sich infrage zu stellen – der jetzt sogar ein wenig übertrieb –, stagnierte ich. Schlimmer noch, ich machte Rückschritte. Ich war in noch erbärmlicherer Verfassung als zu den schlimmsten Zeiten bei der Bank. Heute war es meine Pflicht, ihm zu zeigen, dass ich glücklich darüber war, mit ihm zusammen zu sein, bei uns zu Hause, dass ich zur Kämpferin geworden war. Also zog ich einen dicken energischen Strich unter mein Pariser Abenteuer; heute würde ich ihm sagen, dass ich die Pille absetzen wollte. Ich durfte es nicht länger hinausschieben.

Der Vormittag reichte, um mir ein hübsches kleines Schwarzes zu nähen. Ich hatte meine Inspiration wiedergefunden, allein. Der zweite Schritt war die Küche: Ich ging rasch beim Fleischer, Bäcker und Gemüsehändler vorbei und bereitete sein Lieblingsgericht zu, ein Rindercarpaccio. Danach schloss ich mich im Badezimmer ein. Das volle Programm: Epilieren, Peelen, Gesichtsmaske. Ich würde die Femme fatale meines Mannes sein; ich zog die schönste Wäsche an, die Marthe mir geschenkt hatte, Strumpfhalter inklusive. Ich war hingerissen von meinem Tagewerk: Das Kleid war perfekt, schlicht und diskret. Als ich die Stilettos anzog, versetzte es mir einen Stich ins Herz. Ich zwang mich, mir einzureden, dass ich Gabriel nicht betrog. Ich hatte mein Leben, er seins. Letzter Schritt: Ich deckte den Tisch mit unserem schönen Hochzeitsgeschirr, zündete Kerzen an und dekantierte den Wein in eine Karaffe. Jetzt fehlte nur noch Pierre.

Ich hörte, wie er den Wagen vor unserem Haus abstellte. Ich ging zu unserer Stereoanlage und legte das neueste

Album von Lana Del Rey auf. In letzter Zeit hatte ich pausenlos *Summertime Sadness* gehört. Fünf Minuten vergingen. Pierre war immer noch nicht da. Ich ging durch die Küchentür, die in den Garten führte, nach draußen. Im Halbschatten sah ich seine Gestalt; er telefonierte. Ich hoffte, dass es nicht die Klinik war, die ihn wegen eines Notfalls anrief. Dann würden all meine Pläne ins Wasser fallen, und ich war mir nicht sicher, ob ich diesen Anlauf noch einmal schaffen würde. Irgendwo in meinem Innern wusste ich, dass dieser Abend unsere letzte Chance war. Ich musste wissen, ob ich mich richtig entschieden hatte, ob ich mich am richtigen Platz fühlte … Ich brauchte Klarheit. Leise ging ich auf meinen Mann zu und hörte seine Stimme.

»Natürlich fehlst du mir … Es ist alles meine Schuld … Ich hätte allem von Anfang an ein Ende setzen müssen, schon vor einem Jahr … Ich hätte dich nicht warten lassen dürfen … Ich konnte es nicht …«

Ich hatte mich verhört. So musste es sein. Mit wem und worüber sprach er?

»Ich weiß, dass wir es schön hatten … Nein … Ich habe dir nie gesagt, dass ich Iris verlassen würde …«

Ich schlug die Hand vor den Mund. Alles Blut wich aus meinem Gesicht. Ich schwankte.

»Wirf die Sachen weg, die ich bei dir vergessen habe … Ich wüsste nicht, wie ich sie abholen könnte … Nein, wir sehen uns besser nicht wieder … Es wäre zu hart … Ich muss jetzt auflegen … Ich liebe dich auch … Das ändert nichts …«

Warum hatte ich mir nicht die Ohren zugehalten? Ich

wollte diese grauenvollen Dinge nicht gehört haben; diese Worte, die er nicht mehr zu mir sagte und die ich mir Gabriel gegenüber nicht einmal in Gedanken gestattete. Ich ging rückwärts zurück zum Haus. Um wieder Luft zu bekommen, stützte ich mich an der Wand ab und tastete mich dann an ihr entlang zurück zur Küche. Mein Kreuzweg endete kurz vor der Arbeitsfläche. Eine schreckliche Migräne brach über mich herein, mir war, als schlüge man mir mit einem Hammer auf den Kopf. Meine Augen starrten ins Leere, ich rang nach Atem, der Zorn würgte mich.

»Meine Liebste, verzeih, ich hab mit der Klinik telefoniert.«

Er stellte sich dicht hinter mich und legte mir die Hände auf den Bauch. Ich betrachtete sie misstrauisch. Wie oft hatten diese Hände den Körper einer anderen berührt? Und jetzt wollte er mir ein Kind machen? Die ganzen letzten Monate, das ganze letzte Jahr hatte ich geglaubt, die Klinik sei meine Feindin und seine Geliebte. Aber nein, die Geliebte war aus Fleisch und Blut. Jedes Mal, wenn ich um seine Aufmerksamkeit gebettelt hatte, hatte er mich gedemütigt, mich als dumme Gans hingestellt, die Probleme sah, wo keine waren. Er hatte herumgevögelt, während ich mit aller Kraft gegen meine Gefühle für Gabriel gekämpft hatte, weil ich auf dem rechten Weg bleiben und Pierre treu sein wollte. Er küsste mich auf den Hals. Am liebsten hätte ich mich übergeben.

»Geht's gut?«, fragte er.

Ich nickte, ich traute mich nicht zu sprechen, ich hatte Angst, dann könnte ich gar nicht mehr damit aufhören.

»Du bist sehr schön heute Abend. Ein besonderer Anlass?«

»Ja«, brachte ich mühsam hervor.

Ich sagte mir, dass ich den Schock aushalten und die Komödie noch für ein paar Minuten weiterspielen müsse. Um zu sehen, wie weit er zu gehen imstande war. Ich löste mich von ihm und wich seinem Blick aus.

»Wollen wir essen?«

»Aber gern!« Er lächelte strahlend und küsste mich auf die Stirn.

Ich aß nicht. Ich trank nicht. Ich sah ihn nur an. Wie lange würde er brauchen, um zu merken, dass etwas nicht in Ordnung war? Dem Appetit nach, mit dem er das Carpaccio verspeiste, musste es ihm gut schmecken. Nun ja, er tat gut daran, es zu genießen, es würde das letzte sein, das ich für ihn zubereitet hatte. Endlich hob er den Blick vom Teller.

»Isst du gar nichts? Fühlst du dich nicht gut?«

»Nein, mir ist etwas in der Kehle stecken geblieben.«

Er runzelte die Stirn.

»Hast du ein Problem?«

»Ja.«

»Kann ich dir helfen?«

Ich brach in Lachen aus, ich krümmte mich vor Lachen. Und dann, mit einem Mal, brach ich in Tränen aus. Ich stand kurz vor einem hysterischen Anfall.

»Iris, was ist los mit dir?«

Er tupfte sich erst noch den Mund mit der Serviette ab, bevor er zu mir kam. Er wollte mir die Hand auf die Schulter legen.

»Rühr mich nicht an mit deinen dreckigen Pfoten!«

Ich sprang auf und sah ihm fest in die Augen. Er wich zurück, wurde leichenblass und stieß einen langen Seufzer aus.

»Scheiße«, sagte er.

»Mehr fällt dir dazu nicht ein?«

»Nein … äh … Es ist vorbei, ich schwör's … Ich weiß, dass ich eine Dummheit gemacht habe.«

»Eine Dummheit!«, brüllte ich. »Eine Dummheit, die länger als ein Jahr gedauert hat!«

»Nicht zu fassen … Du hast alles gehört …«

»Du bist unglaublich … Du versuchst nicht einmal, es zu leugnen … Du bist ein echter Mistkerl! Wie konnte ich nur so dumm sein? Ich hab all deine Lügen geschluckt, die Klinik hier, die Kranken da, und dabei warst du nur bei deiner Schlampe.«

Ich stieß ihn weg. Er ließ es sich gefallen.

»Verzeih mir.«

»Machst du Witze?« Ich schlug noch einmal nach ihm. »Das ist unverzeihlich. Du ekelst mich an, du mit deiner idiotischen Erziehung. Immer diese tollen, praktizierenden Katholiken! Ich war schon die gehörnte Ehefrau, als ich nach Paris ging, es muss dir ja prima in den Kram gepasst haben, dass ich ging. Du konntest sie bumsen, wann immer du wolltest, ohne dir Ausreden einfallen lassen zu müssen. Scheiße! Warum hast du mich damals nicht verlassen?«

Sein Schweigen weckte Mordgelüste in mir.

»Ah, es fällt dir keine Antwort ein! Ich werde an deiner Stelle antworten. Du hast mich nicht verlassen, weil du ein Angsthase bist, du hast keinen Schneid! Du hattest Angst um deinen guten Ruf. Der schöne Arzt mit der vielversprechenden Karriere betrügt seine Frau, nein, das passt nicht ins Bild. Und dann hast du sicher an deine Eltern gedacht, die so stolz sind auf ihren Sohn. Was würden sie von dir denken, wenn sie Bescheid wüssten? Du bist so ein Mistkerl, hast lieber alles mir aufgeladen, hast dich vor allen Leuten über mich und meine Näherei lustig gemacht, hast mich als Trottel vom Dienst hingestellt. Und weil es so nett und so bequem war, hast du mich weiter betrogen. Du bist nämlich nichts als ein Feigling!«

Ich spuckte die Worte regelrecht aus und ging im Zimmer auf und ab, von links nach rechts, völlig ziellos wie ein Löwe im Käfig. Noch nie hatte ich so viel Gewaltbereitschaft in mir gespürt. Er nahm den Kopf zwischen die Hände, als wollte er sich das Haar ausreißen.

»Bitte verzeih mir.«

»Es ist alles aus!«, schrie ich.

Ich hob die geballten Fäuste. Ich wollte ihn wieder schlagen, ihm wehtun.

»Lass es mich wiedergutmachen.«

»Du hast gerade mein Leben zerstört!«

Ich war ganz atemlos vom vielen Brüllen. Ich musste meinem Hass, meiner Trauer um das Verlorene Luft machen.

»Deinetwegen habe ich auf meine Karriere bei Marthe verzichtet, ich habe auf dieses Leben in Paris, das ich liebte, verzichtet. Deinetwegen habe ich alles verloren.«

»Dachte ich es mir doch …«

Er war wieder obenauf, erlaubte sich sogar ein höhnisches Lachen.

»Du hast mit Gabriel geschlafen, diesem elenden Ficker.«
Ich ohrfeigte ihn mit aller Kraft.

»Ich verbiete dir, so über ihn zu sprechen«, fauchte ich. »Er hatte in all den Monaten in Paris mehr Respekt vor mir als du. Ja, ich hätte mit Gabriel schlafen können. Aber ich habe es nicht getan, weil ich dich noch liebte, weil ich noch an uns glauben wollte, und er … er hat das respektiert.«

Pierre wirkte wie vor den Kopf gestoßen.

»Wundert dich das?«

»Als ich in Paris war, sah ich, wie er dich anschaute, und dich erkannte ich auch nicht wieder. Da war es ganz klar für mich, dieser Kerl war dein Geliebter.«

Von seinem Gerede wurde mir übel.

»Du bist erbärmlich. Du glaubtest, ich würde mit einem anderen schlafen, und hast mich gebeten, nach Hause zu kommen! Du hast überhaupt keinen Stolz. Oder solltest du gerade verlassen worden sein?«

Ich sah Tränen über seine Wangen rollen. Aber ich hatte keinerlei Mitleid mit ihm.

»Auf der Hochzeit begriff ich, dass ich dabei war, dich zu verlieren, und dass du die Frau meines Lebens bist …« Er schniefte. »Als ich dich am nächsten Morgen verließ, bin ich zu ihr gegangen, um Schluss zu machen.«

»Soll ich dir dafür vielleicht auch noch dankbar sein?«

»Und als ich dich dann mit ihm sah, dachte ich, wir wären quitt, wir wären beide vom Weg abgekommen, aber wir könnten die Dinge gemeinsam in Ordnung bringen.«

»Wie kannst du nur glauben, das sei reparabel?«

Ich ließ die Schultern hängen. Eine große Müdigkeit war über mich gekommen.

»Ich weiß nicht, warum du mich betrogen hast … Sex, Langeweile oder weil ich dir nicht mehr gefiel … Im Grunde ist es mir egal. Unsere Ehe ist schon lange reine Heuchelei.«

Ich warf einen Blick auf meinen hübsch gedeckten Tisch, blies die Kerzen aus und ging zur Treppe.

»Iris, was hast du vor?«

Er lief mir nach, packte mich am Arm und drehte mich zu sich um. Ich erdolchte ihn mit meinem Blick.

»Ich schlafe oben auf dem Speicher, das Bett überlasse ich dir, ich nehme an, du hast sie hierhergebracht.«

Sein Schweigen war Antwort genug. Ich befreite mich mit einem Ruck aus seinem Griff.

»Morgen gehe ich.«

»Das kannst du nicht …«

»Doch, ich kann. Jetzt kann ich es. Du hast mir meine Freiheit zurückgegeben.«

»Gehst du zu deinen Eltern?«

Ich lachte schallend. Ein böses, nervöses Lachen. Wenn ich es nicht schon war, würde ich ab jetzt eine Paria für sie sein. Seit wenigen Minuten hatte ich endgültig keine Familie mehr.

»Wie bescheuert du sein kannst!«

»Gehst du etwa zu diesem Gigolo zurück«, hakte Pierre nach.

»Das geht dich nichts an.«

Ich ging nach oben. Ich wusste nicht mehr, wer ich war. Ich wusste nicht mehr, wo ich wohnte. In meinem ganzen Leben war ich noch nie so allein gewesen. Ein morbider Voyeurismus trieb mich trotz allem noch in unser

Schlafzimmer. Ich betrachtete das Bett. Ein erstes Würgen. Noch eins. Ich schaffte es knapp bis zur Toilette. Die beißende Galle steigerte den Schmerz. Ja, ich litt in meinem tiefsten Innern. Nachdem ich mich übergeben hatte, betrachtete ich mich im Spiegel. Kein sehr hübsches Bild. Ich schminkte mich ab. Dann ging ich wieder in unser – ihr – Schlafzimmer und holte meine Koffer aus dem Schrank. Pierre war da, stumm und verstört. Ich packte meine Sachen aufs Geratewohl zusammen, zog Reißverschlüsse zu und stellte alles auf den Treppenabsatz. Dann ging ich wieder ins Badezimmer zurück und schloss ab. Ich duschte mich und zog eine Jeans und einen Pulli an. Als ich das Schlafzimmer verließ, sah ich, dass Pierre sich nicht von der Stelle gerührt hatte, er war wie gelähmt. Wortlos ging ich an ihm vorbei auf den Speicher, wo ich mich auf einem alten Sofa zusammenrollte. Ich weinte die ganze Nacht. Ich fühlte mich gedemütigt, verraten und extrem dumm. Ich hätte merken sollen, dass der neue Pierre nicht echt war. Ich hatte den Kopf in den Sand gesteckt. Ich hatte das Offensichtliche nicht sehen wollen. Ich hatte mich lieber in den Kokon und die Sicherheit meiner Ehe geflüchtet, die jetzt nicht mehr bestand, aber für mich das einzig Bekannte gewesen war. War nicht die Wahrung der guten Sitten – die ich verabscheute – die beste Entschuldigung dafür gewesen, dass ich mich nicht wirklich in Gefahr hatte begeben wollen?

Am nächsten Morgen war ich derart groggy, dass ich meine Gepäckstücke mit Fußtritten über die Treppe ins Erdgeschoss beförderte. Dann schleifte ich sie in die Diele.

Dort fand ich Pierre, der an die Haustür gelehnt auf dem Fußboden saß. Seine Augen waren vom Weinen gerötet, in dieser Nacht war er um zehn Jahre gealtert. Mir war es vermutlich nicht anders ergangen. Ich bestellte mir ein Taxi zum Bahnhof und lehnte mich während des Wartens neben dem Mann, den ich bereits als meinen Exmann betrachtete, an die Wand.

»Bitte geh nicht … Iris, ich liebe dich.«

»Das hättest du dir früher überlegen müssen.«

»Du liebst mich nicht mehr, ist es das?«

»Nein, und … und das nicht erst seit gestern, ich wollte es mir nur nicht eingestehen.«

»Und ihn, liebst du ihn?«

Mit einem Blick nach oben versuchte ich, meine Tränen zu verbergen.

»Antworte mir.«

Ich sah ihn an. Bilder von unserer ersten Begegnung, unserer Hochzeit und den letzten gemeinsamen Momenten standen den gestohlenen Augenblicken gegenüber, die Gabriel und ich erlebt hatten. Ich wusste, mit wem ich in den letzten Monaten glücklich und wirklich ich selbst gewesen war. Wenn ich nicht erfahren hätte, dass Pierre mich betrog, hätte ich mich womöglich mit diesem falschen und faden Leben zufriedengegeben und auf Gabriel verzichtet. Ich hätte mich selbst verleugnet. Aber jetzt nicht mehr.

»Ja, ich liebe ihn.«

Ich hörte ein Hupen.

»Lass mich vorbei, das Taxi ist da.«

Er stand auf und trat zur Seite, er kämpfte nicht. Ich bat

den Fahrer, mir mit den Koffern zu helfen, dann ging ich zurück zu Pierre. Ich hatte meinen Ehe- und den Verlobungsring nie allzu wichtig genommen und eigentlich nie etwas mit ihnen anzufangen gewusst, sie hatten eher etwas mit der Tradition von Pierres Familie und den Träumen meiner Eltern zu tun. Aber heute wogen sie bleischwer an meinen Fingern und taten mir weh. Ich zog sie ab, nahm Pierres Hand und legte sie ihm auf die Handfläche. Ein letzter Blick, dann stieg ich ins Taxi.

Einige Stunden später saß ich an einem versteckten Platz in der Brasserie gegenüber von Marthes Haus. Ich war nicht in der Verfassung, Gabriel und womöglich auch seiner Ablehnung entgegenzutreten. Wie würde er es aufnehmen, dass ich zurückgekehrt war, nachdem ich Pierres Ehebruch entdeckt hatte? Der Augenblick unserer Trennung war intensiv gewesen, aber danach war ich gegangen, hatte ihm den Rücken gekehrt. Ich rief mir noch einmal den Satz ins Gedächtnis, der mich verfolgte: »Geh zu deinem Mann zurück.« Letztlich hatte auch er nicht um mich gekämpft. Obwohl sein Motorrad nicht da war, wartete ich, bis es dunkel wurde. Ich sah alle Angestellten nacheinander gehen. Als im ersten Stock kein Licht mehr brannte, nahm ich mein Herz in beide Hände. Notfalls würde ich zu Marthes Füßen kriechen, damit sie mich zurücknahm.

Vor der großen Eingangstür betete ich inbrünstig, dass sich der Eingangscode nicht geändert hätte. Als das Summen ertönte, lachte ich nervös auf. Ich ließ mein Gepäck unten im Flur stehen und nahm den Fahrstuhl in die fünfte

Etage. In den nächsten Minuten würde ich mein ganzes Leben aufs Spiel setzen. Als ich oben war, zögerte ich einige Sekunden, bevor ich klingelte; ich hatte mir nichts zurechtgelegt, was ich hätte sagen können. Mein Finger drückte nur ganz kurz. Jacques öffnete die Tür.

»Was machen Sie hier, Iris«, fragte er mich flüsternd.

»Äh …«

Ich begann zu weinen.

»Schnell, antworten Sie, bitte!«

Warum war er so in Panik?

»Marthe … Ich will zu Marthe.«

»Das geht nicht.«

Es schien ihm wirklich leidzutun.

»Bitte sagen Sie ihr doch wenigstens, dass ich da bin.«

»Was ist denn hier los?«

Nicht Jacques hatte die Frage gestellt, sondern diese schleppende Stimme, die mich so sehr verzauberte. Das Geräusch ihrer Pfennigabsätze ließ die Tränen wieder fließen.

»Marthe … Es ist …«

»Iris, was machst du denn hier?«

Wir sahen uns an. Sie war noch schöner und skulpturenhafter als in meiner Erinnerung.

»Dabei hatte ich dir doch gesagt …«

Sie hielt plötzlich inne, ihr durchdringender Blick musterte mich. Ich war sicher eine furchtbare Enttäuschung für sie: schlecht angezogen, nicht frisiert, kein bisschen geschminkt und dann auch noch in Turnschuhen.

»Marthe … Bitte vergeben Sie mir … Sie hatten immer recht, ich hätte auf Sie hören sollen.«

Sie sah mich lange und forschend an. Ich zitterte vor Angst und Müdigkeit.

»Komm.«

Sie streckte ihre Hand aus, und ich legte meine hinein, ohne ihren Blick loszulassen. Dann brach ich in ihren Armen zusammen, den Kopf an ihrer Brust. Sie hielt mich an sich gedrückt, während sie mich durch den Flur führte. Plötzlich blieb sie stehen. Mit der freien Hand hob sie mein Kinn.

»Chérie, heute Nacht behalte ich dich hier.«

»Ich wüsste auch nicht, wo ich sonst hinkönnte.«

»Du wirst hierbleiben. Aber … Hast du kein Gepäck?«

»Ich habe es unten gelassen, ich hatte Angst, Sie würden nichts mehr von mir wissen wollen.«

»Holen Sie Iris' Sachen hoch«, befahl sie Jacques. »Und bereiten Sie das Gästezimmer vor.«

»Welches?«

»Was für eine Frage, Jacques!« Sie wirkte verärgert. »Das ehemalige Zimmer von Gabriel! Machen Sie schnell, Iris braucht auch noch etwas zu essen.«

»Machen Sie sich keine Gedanken«, mischte ich mich ein. »Ich kann später essen oder morgen.«

»Chérie, ab jetzt tust du, was ich sage, es ist nur zu deinem Besten.«

»Danke«, sagte ich mit einem leisen Schniefen.

Sie führte mich an den Tisch im Esszimmer. Ich setzte mich. Sie ließ sich mir gegenüber nieder. Ich öffnete den Mund, um ihr meinen Sinneswandel zu erklären …

»Später«, sagte sie abwehrend.

Jacques schien über die Gabe der Allgegenwärtigkeit

zu verfügen: Zehn Minuten später stellte er mir einen gemischten Salat hin. Er servierte Marthe einen Gin, reichte ihr die Zigarettenspitze und gab ihr Feuer. Sie sah mir zu, während ich in dem Salat herumpickte. Als ich fertig war, stand sie auf.

»Ich zeige dir jetzt dein Zimmer.«

»Ja, danke.«

Ich folgte ihr und betrat zum ersten Mal die obere Etage ihrer Maisonettewohnung. Sie blieb vor einer geschlossenen Tür stehen.

»Das hier ist mein Zimmer«, erklärte sie.

Wir gingen ans andere Ende des Flurs.

»Und hier ist deins.«

Ich trat in den Raum, der mein Schlafzimmer werden sollte. Ein Zimmer mit hellen Wänden und einem breiten Bett, dessen Wäsche makellos weiß war. Und auch hier, wie in allen anderen Räumen, schwere schwarze Samtvorhänge. Meine Koffer waren ausgepackt worden. Jedes Kleidungsstück, jedes Paar Schuhe hatte seinen Platz in dem großen Schrank gefunden. Sogar meine Unterwäsche war eingeräumt worden. In meinem Kopf herrschte ein solches Chaos, dass mir nicht einmal der Gedanke kam, dies könne peinlich sein. Und dann bewunderte ich das Badezimmer, sehr nüchtern und sehr modern. »Ein Fünfsternehotel *all inclusive*«, hatte er gesagt. Dieses keineswegs unbedeutende Detail kam mir wieder in den Kopf.

»Sie sagten, es sei Gabriels Zimmer gewesen?«

»Vor sehr langer Zeit …«

»Wie geht es ihm?«

»Ganz der Alte, Chérie. Gabriel ist unverbesserlich. Er geht mir auf die Nerven.«

»Was hat er getan?«

Ich bekam Angst. Angst, von einer Realität zu erfahren, zu der ich nicht mehr gehörte.

»In letzter Zeit benimmt er sich schlecht, ich ertrage es nicht mehr, in seinem Kielwasser die abgelegten Geliebten beschwichtigen zu müssen. Ich habe ihn zu unseren ausländischen Kunden geschickt in der Hoffnung, dass er ein bisschen ruhiger wird …«

Ich stellte ihn mir in den Armen anderer Frauen vor. Es tat mir weh, weil das Gefühl, zu ihm zu gehören, zum Greifen nah gewesen war, wie in einem Traum; weil ich begriffen hatte, dass keine Frau die Macht hatte, ihm das Herz zu rauben.

»Chérie, was ist los? Du bist ganz blass.«

»Ich bin müde.«

»Geh schlafen.«

Sie trat auf mich zu, hauchte mir einen zarten Kuss auf die Wange und ließ mich allein. Ich wankte ins Badezimmer. Aufs Waschbecken gestützt, musterte ich mich im Spiegel. Ich war entstellt. Als einzige Abendtoilette putzte ich mir die Zähne. Statt eines Schlafanzugs behielt ich meinen Slip an und zog ein altes Top über.

Seltsamerweise fiel ich gleich in bleiernen Schlaf. Doch diese Zuflucht war nicht von Dauer. Gegen zwei Uhr morgens schreckte ich völlig verzweifelt hoch. Ich zog mir Kopfkissen und Decke über den Kopf und schluchzte. Die Nachttischlampe ging an. Ich streckte den Kopf unter dem

Kissen hervor und sah Marthe, die in einem schwarzen Seidenpyjama neben meinem Bett stand. Mit den Handflächen wischte ich mir die Tränen aus dem Gesicht.

»Ich wollte Sie nicht stören«, entschuldigte ich mich und richtete mich ein wenig auf.

»Ich schlafe ohnehin nur sehr wenig.«

Sie setzte sich neben mich, lehnte sich an das Betthaupt und begann, mir leicht über das Haar zu streicheln.

»Es ist nicht schwer, sich vorzustellen, was dein Mann dir angetan hat. Erspar dir die Mühe, mir eine derart traurige Geschichte zu erzählen. Ich genehmige dir diese Nacht der Schwäche. Danach will ich nichts mehr davon hören.«

Wie sollte ich ihr sagen, dass ich nicht Pierres wegen weinte, sondern weil mir klar geworden war, dass ich mir über Gabriels Gefühle für mich Illusionen gemacht hatte? Ich hob den Blick, sie lächelte mir zu. Ich wagte, näher zu rücken, legte ihr einen Arm um die Taille und schmiegte mich an sie. Sie roch gut, nach einem schweren, betörenden, sinnlichen Parfüm. Ihre Hand strich an meinem Nacken hinunter und verharrte dann auf meinem Rücken. Ich spürte die Liebkosung durch die Baumwolle hindurch.

»Was soll bloß aus mir werden?«

»Eine unabhängige und starke Frau.«

»Das kann ich nicht.«

»Du wirst meine Worte nie mehr in Zweifel ziehen. Ich weiß, was gut für dich ist. Bleib auf Distanz zu den Männern, sie betrügen die Frauen, sie nutzen uns aus, uns und unseren Körper.«

»Aber Sie haben doch gesagt, dass Jules …«

»Männer wie Jules gibt es nicht mehr, damit musst du dich abfinden. So viel Glück wirst du nicht haben. Aber ich werde dir beibringen, wie man sich der Männer bedient, sie zu seinem Vergnügen benutzt und die eigenen Gefühle unter Kontrolle behält.«

Mein Körper verkrampfte sich. Das ging über meine Kräfte, besonders, was Gabriel anging. Ich drückte mich noch enger an Marthe. Mein Kopf hob und senkte sich im Rhythmus ihres Atems.

»Schlaf, Chérie. Schlaf, ich kümmere mich um dich.«

Als ich aufwachte, war ich allein. Wie lange war Marthe dageblieben und hatte mich an ihrem Busen gewiegt? Ich konnte mich einfach nicht mehr erinnern. Der Kummer hatte mich schließlich in Morpheus' Arme entführt. Es klopfte an meiner Tür.

»Herein«, sagte ich und setzte mich auf.

Jacques trat ein, in den Händen ein Tablett.

»Guten Morgen, Iris, hier kommt das Frühstück!«

»Danke, aber das war doch nicht nötig.«

»Auftrag der Chefin«, antwortete er mit breitem Lächeln.

Er stellte seine Last auf dem Schreibtisch ab. Als er aus dem Zimmer ging, drehte er sich noch einmal um.

»Sie hat mir aufgetragen, Ihnen zu sagen, dass sie in zwanzig Minuten zu Ihnen kommt, sie erwartet Sie dann geduscht und im Morgenmantel.«

»Ja, in Ordnung, danke.«

Ich hatte den Morgenmantel gerade übergezogen, da kam Marthe. Sie trug eins der ersten Kostüme, die ich für sie angefertigt hatte, ein marineblaues Kostüm mit Schößchenjacke. Sie hatte also doch nicht alles weggeworfen.

»Chérie, du siehst besser aus.«

»Danke für diese Nacht.«

Sie hob die Hand.

»Wie ich schon sagte, betrachte das alles als Schnee von gestern.«

Sie ging zum Schrank und musterte ein paar Sekunden lang dessen Inhalt. Dann holte sie einen schwarzen Bleistiftrock, einen schwarzen Pulli mit V-Ausschnitt und einen leichten schwarzen Mantel heraus.

»Zieh das an. In einer Stunde haben wir einen Termin mit meinem Rechtsanwalt, um deine Scheidung zu regeln. Den restlichen Tag werden wir gemeinsam verbringen. Ich habe Jacques damit beauftragt, deinen Schneidertisch in einem freien Zimmer hier oben aufzubauen.«

»Ich kann doch auch zurück ins Atelier.«

»Nein, so weit bist du noch nicht. Die Gänschen würden dir ständig mit ihren Fragen auf die Nerven gehen.«

Eine Dreiviertelstunde später verließen wir das Haus und stiegen in ein Taxi, Marthe hielt mich am Ellbogen. Ich wusste, dass ich ihr nicht annähernd das Wasser reichen konnte. Dennoch wurde die Ähnlichkeit allmählich frappierend. Wir waren beide brünett, wir waren nahezu gleich gekleidet, trugen die gleichen Schuhe und versteckten uns hinter ähnlichen teuren Sonnenbrillen. Wir hatten sogar die gleiche Haltung, sie natürlicherweise, ich dank ihrer

Lektionen. Wenn schon nicht für Klone, so hätte man uns auf jeden Fall für Mutter und Tochter halten können. Meine eigene Mutter hatte mich inzwischen sicher verstoßen, also würde ich Marthes Wohlwollen gut gebrauchen können.

Ihr Anwalt erklärte, er werde alle nötigen Vorkehrungen treffen, um meine Scheidung schnell und gütlich – Letzteres hatte ich mir gewünscht, obwohl Marthe Rachegelüste in mir zu entfachen versucht hatte – zu regeln, wobei ich nichts weiter zu tun hätte, als die Papiere zu unterzeichnen und zur Verhandlung zu erscheinen.

An den Tagen darauf stellte sich eine Routine ein. Ich verbrachte den größten Teil meiner Zeit damit, ernsthaft, fleißig und entschlossen weiterzuarbeiten. Ich entwarf meine erste echte Herbst-/Winter-Kollektion. Mittags aß ich mit Jacques einen Happen in der Küche – das war unser kleines Geheimnis –, denn Marthe aß wegen ihrer vielfältigen Aktivitäten mittags immer auswärts. In diesen kurzen Pausen erfuhr ich ein wenig mehr über ihn: Er arbeitete von 7 bis 21 Uhr bei ihr und wohnte nur zwei Straßen entfernt in einer Wohnung, die Marthe ihm und seiner Familie zur Verfügung stellte, und er hatte diese Stelle schon seit über zwanzig Jahren. Ich versuchte, ihn auch über Marthe auszufragen, doch ich biss auf Granit; Fragen über Marthe würde er nicht beantworten. Trotz meiner Enttäuschung wusste ich so viel Anstand und Loyalität zu schätzen und sprach das Thema nicht mehr an. Wenn ich weiteres Material brauchte, ging ich abends ins Atelier hinunter, aber erst wenn niemand mehr da war. Marthe kam dann mit meinen Zeichnungen in der Hand dazu, und wir diskutierten oft lange über die geeigneten Stoffqualitäten. Zum Abendessen gingen wir häufig ins Restaurant, immer nur zu zweit. Und danach ließ sich jede von uns auf einem Sofa im Salon nieder und las. Wenn ich den Blick vom Buch hob, begegnete ich oft ihrem Blick, und immer war ich die Erste, die den Blick senkte, denn dieses Beobachtetwerden war mir peinlich. Dass sie mich so genau studierte, lenkte mich von der Lektüre ab. Ich führte einige erregte Telefongespräche mit meinen Eltern und vor allem mit Pierre, der inzwischen von meinem Anwalt gehört hatte. Pierre konnte nicht akzeptieren, dass ich unsere Ehe so schnell beenden wollte. Auf Marthes Rat hin nahm ich nicht mehr ab, wenn er anrief. Ich dachte unablässig an Gabriel und an unser Wiedersehen. Wie würde er reagieren? In dieser Sache zog ich Marthe lieber nicht ins Vertrauen, denn auf meine wenigen Erwähnungen seines Namens hatte sie immer seltsam verkrampft reagiert.

Doch die Zeit wurde mir lang, und der schützende Hafen, den Marthes Wohnung für mich bedeutet hatte, verwandelte sich langsam in einen goldenen Käfig. Außer ihr und Jacques sah ich niemanden. Ich lebte wie eine Rekonvaleszentin. Sosehr ich es in den ersten Tagen genossen und beruhigend gefunden hatte, dass Marthe für mich dachte und entschied, so sehr begann es mir nun lästig zu werden, weil ich mich wie das kleine Mädchen fühlte, das ich doch hinter mir zurückgelassen zu haben glaubte.

Nun lebte ich schon über zwei Wochen bei Marthe. Ich saß an der Nähmaschine, als sie in mein Pseudoatelier trat.

Sie kam ruhig auf mich zu, legte mir eine Hand auf die Schulter und schob mein Haar zur Seite. Dann strich sie sanft über meinen Nacken. Ihre zärtlichen Gesten wurden immer häufiger und übergriffiger. Diese neue Intimität war mir unangenehm.

»Wie war dein Tag?«

»Sehr gut, ich bin mit Ihrem Kleid weitergekommen.«

Ich stand auf und ging zu der Schneiderpuppe mit ihrem Kleid.

»Wunderbar, ich ziehe es morgen an.«

Ich drehte mich erschrocken zu ihr um.

»Morgen?«

»Ich habe beschlossen, eine Cocktailparty zu geben. Zur Feier deiner Rückkehr, alle werden dich sehen, und dann kommt auch wieder Schwung in die Bestellungen.«

Wenn ich nicht befürchtet hätte, ihr wie ein undankbares Gör vorzukommen, hätte ich ein erleichtertes Uff ausgestoßen. Doch sehr bald schon bekam ich Angst. Würde Gabriel da sein? War er von seinen Reisen zurück? Wusste er, dass ich wieder in Paris war? Marthe nahm mein Kinn und hob es an.

»Woran denkst du, Chérie?«

»Äh … An nichts … Das heißt doch, Sie sollten Ihr Kleid anprobieren, es muss perfekt sein.«

Sie deutete ein Lächeln an.

»Das wird es sein, genau wie du.«

Ein rätselhafter Ausdruck trat auf ihr Gesicht, sie fasste mich wieder am Kinn, zog mich an sich, drückte mir ihre Lippen auf den Mundwinkel und ließ sie dort eine Ewigkeit verweilen, so schien es mir zumindest. Dann ging sie.

An der Tür drehte sie sich noch einmal um und sah mir in die Augen. Ich fühlte mich völlig nackt.

»Du bist heute Abend allein, ich esse auswärts. Wir sehen uns morgen.«

Sie ging hinaus. Und ich stand da wie angewurzelt und war verwirrt, eigentlich sogar verstört. Dieses Küsschen, das keines war, gefiel mir nicht. Es war ein Kuss gewesen.

10

Als ich zum Frühstück hinunterging, geriet ich in den Trubel der Vorbereitungen für die Abendeinladung. Ich hatte ihn noch nie als Insiderin erlebt. Unter anderen Umständen hätte ich es genossen, alles genau zu verfolgen, doch heute stand mir der Sinn nicht nach feiern. Seit dem vergangenen Abend quälten mich Angst, Nervosität und eine ständige Unruhe. Ich litt unter diesem Misstrauen, das mir Marthes Verhalten einflößte. Während der Nacht war es unaufhaltsam gewachsen, ich fand einfach keine vernünftige Erklärung dafür. Hoffentlich würde mir ihr heutiges Verhalten beweisen, dass ich ihre Geste fehlinterpretiert hatte. Je eher, desto besser. Wenn nicht – aber das wollte ich einfach nicht glauben –, wusste ich nicht, wie ich reagieren sollte. Doch ich wurde enttäuscht, denn als ich in die Küche kam, erklärte mir Jacques, an den Tagen, an denen Marthe eine Einladung gebe, sei sie tagsüber grundsätzlich nicht zu Hause. Genau wie beim allerersten Mal war also er derjenige, der das Kleid entgegennahm. Den Rest des Tages verbarrikadierte ich mich entweder in meinem Schlafzimmer oder in meinem Atelier in der Wohnung.

Zwanzig Uhr. Ich hörte, wie die ersten Gäste eintrafen. Von Marthe kein Lebenszeichen. Mein Magen war verkrampft. Ob Gabriel kommen würde? Ob er schon da war? Ich war gerade mit Schminken und Frisieren fertig, ich hatte das Haar zu einem tiefen Knoten zusammengesteckt. Nur mit meinem String bekleidet, ging ich zum Schrank und öffnete ihn. Erster Streich, ich zog die Stilettos an. Zweiter Streich, ich zog das rote Kleid vom Bügel. Dritter Streich, ich zog es an. Und letzter Streich, ich betrachtete mich im Spiegel. Wenn mich meine Erinnerung nicht täuschte, hatte mich Gabriel nie stärker begehrt als an dem Tag, als er bei der Anprobe dieses Kleides zugesehen hatte. Meine einzige Hoffnung, meine einzige Erwartung war, dass ich sein Interesse an mir noch einmal würde wecken können. Alles Weitere würde sich dann finden …

Ich war bereit. Ich verließ mein Zimmer und ging durch den Gang und dann die Treppe hinunter. Jacques stand an der untersten Stufe. Als er mich sah, lächelte er mir freundlich zu.

»Iris, Sie sind die Schönste heute Abend.«

»Danke Jacques, aber Sie wissen genauso gut wie ich, dass es nicht stimmt.«

»Sie erwartet Sie …«

»Ich gehe zu ihr.«

Ich holte tief Luft.

»Wenn Sie heute Abend irgendetwas brauchen, ich bin für Sie da«, sagte er.

Ich lächelte ihm dankbar zu. Dann schritt ich dem entgegen, was ich als meine Rückkehr in die Zivilisation betrachtete.

Als ich den Salon betrat, wandten sich mehrere Köpfe nach mir um. Einige Gäste waren so überrascht über meine

Anwesenheit, dass sie erst nach einem kurzen Moment auf mein freundliches Nicken reagierten. Als wäre ich aus dem Jenseits zurückgekehrt. Gabriel glänzte durch Abwesenheit. Noch bevor ich Marthe entdeckt hatte, spürte ich ihren Blick. Ich ging zu ihr. Sie lächelte siegesbewusst, sie hatte ihre Schülerin zurück. Ich blieb vor ihr stehen, und wir sahen uns einige Sekunden lang an. Dann trat sie auf mich zu und küsste mich auf die Wange.

»Perfekt, ich hatte es ja gesagt.«

»Danke, Marthe.«

Wir kehrten zu unseren Gewohnheiten zurück. Ich suchte in jeder ihrer Gesten, ihrer Äußerungen einen Sinn, einen Hinweis, der mir bislang hätte entgangen sein können. Sie hielt mich am Ellbogen, und ich hörte zu, wie sie mit ihren Gästen plauderte. Alles ganz normal. Ich ergriff erst das Wort, wenn es darum ging, Termine für die Vorführung der ersten Stücke meiner neuen Kollektion vorzuschlagen. Auch das völlig normal …

Eine alte Kundin war recht ungeduldig.

»Wann kann ich ins Atelier kommen?«

Ich wusste nicht weiter und sah Marthe an. Ich fragte um Erlaubnis wie ein Kind.

»Kann ich wieder dort arbeiten?«

»Natürlich, Chérie. Das Atelier gehört dir.«

Mir blieb keine Zeit, mich über diese schöne Neuigkeit zu freuen. Gabriel war in den großen Salon getreten. So aus der Ferne schien er magerer geworden zu sein, sein Gesicht jedenfalls wirkte ausgezehrt. Er war nicht mehr der Windhund, den ich kannte, seine verführerische Lässigkeit war verschwunden. Ich atmete schneller. Unmerklich spannte sich mein Körper ihm entgegen. Wie durch einen Nebel hörte ich Marthes Stimme:

»Iris!«

»Pardon, bitte verzeihen Sie, ich …«

Mir war, als würde ich aus dem Schlaf gerissen, dann erinnerte ich mich an die Kundin.

»Äh … Was sagten Sie gerade? Ach ja … Kommen Sie doch nächste Woche, dann habe ich mich wieder im Atelier eingerichtet. Ich freue mich schon auf Ihren Besuch.«

Ich warf einen Blick auf Marthe, sie wirkte sehr zornig. Unwillkürlich duckte ich mich.

»Aufrecht, Schultern zurück«, zischte sie.

Ich schloss kurz die Augen, bevor ich Haltung annahm. Marthe setzte das Gespräch mit verblüffender Unbefangenheit fort. Und plötzlich hörte ich eine heisere Stimme – sie wenigstens hatte sich nicht verändert.

»Marthe, endlich …«

Er brach ab, als er mich an ihrer Seite sah.

»Gabriel, Chéri, ich dachte schon, du kämst gar nicht mehr.«

Sie behielt meinen Ellbogen in festem Griff. Ihre Fingernägel bohrten sich in meine Haut und taten mir weh. Ich fing Gabriels Blick auf. Er musterte mich von oben bis unten, bemerkte auch Marthes Griff. Seine Kiefer spannten sich an, er stürzte sein Glas Champagner in einem Zug hinunter und setzte dann ein ironisches Lächeln auf.

»Ist Iris für diesen Abend in unseren Kreis zurückgekehrt?«

»Ach, Chéri, du warst ja so beschäftigt, da bin ich gar

nicht dazu gekommen, es dir zu sagen: Iris hat dein Zimmer hier bezogen, seit zwei Wochen wohnt sie bei mir.«

Er wurde blass, seine Augen weiteten sich ein wenig, dann schüttelte er den Kopf. Als er sie ansah, zeugte jeder seiner Gesichtszüge von seiner Selbstbeherrschung.

»Du hattest immer große Pläne für sie, du musst überglücklich sein.«

»Wie gut du mich doch kennst.«

»Sogar zu gut.«

»Iris«, sagte er an mich gewandt, »es ist mir ein Vergnügen.«

Warum klang es so falsch? Sein harter Blick, die angespannte Haltung verrieten das genaue Gegenteil.

»Gabriel … Ich …«

»Bitte entschuldige mich, ich werde erwartet.«

Er machte auf dem Absatz kehrt, nahm im Vorbeigehen ein Glas von einem Tablett und ging auf den Balkon hinaus. Allein. Um Marthes Zorn auf mich nicht noch zu steigern, riss ich mich zusammen und machte gute Miene zu diesem Spiel.

Über eine Stunde lang tat ich so, als hätte ich keinerlei Interesse an Gabriel. Endlich ließ Marthes Wachsamkeit nach. Ich konnte nach Belieben zwischen den Gästen umhergehen. Wenn sich ein Gespräch entspann, antwortete ich einsilbig, wenn gelacht wurde, lachte ich mit. Meine gesamte Aufmerksamkeit war auf Gabriel gerichtet. Er stand immer noch reglos auf dem Balkon, nicht weit von der Glastür entfernt. Er trank ein Glas Champagner nach dem anderen und behielt mich dabei im Blick. Seine

Miene war düster. Er war mir noch nie so gefährlich erschienen, er wirkte gekränkt und raubtierhaft zugleich; mit geneigtem Kopf musterte er meine Beine, dann wanderten seine Augen über meinen Körper nach oben. Wenn eine Frau seine Aufmerksamkeit auf sich zu ziehen versuchte, schickte er sie weg. Und hin und wieder sah er sich suchend nach Marthe um.

Die Spannung wurde unerträglich. Ich verdrückte mich unauffällig und flüchtete in die Küche, wo Jacques die Kellner überwachte. Er kommentierte mein Kommen nicht. Ich füllte ein Glas am Wasserhahn, trank einen Schluck und schüttete den Rest in die Spüle. Dann fächelte ich mir mit den Händen Luft zu.

»Ich geh wieder rein«, sagte ich leise.

Ich hatte kaum ein paar Schritte durch den Gang gemacht, als plötzlich Gabriel vor mir stand. Seine Augen waren blutunterlaufen, an seinen Schläfen perlte Schweiß, sein Anzug wirkte zerknittert.

»Warum bist du zurückgekommen?«

Er schwitzte vor Zorn.

»Keine Sorge, ich werde dir nicht nachlaufen, ich habe schon verstanden …«

Er machte die zwei Schritte, die uns trennten, und presste mich gegen die Wand. Sein Mund streifte meine Schläfe, meine Wange, meinen Mund. Sein Atem stank nach Alkohol. Er keuchte, ich auch.

»Du hättest nicht zurückkommen dürfen.«

Seine Stimme bebte vor Zorn.

»Warum nicht?«

»Weil dieses Leben hier nicht dein Leben ist.«

»Und wenn ich dieses Leben haben will?«

»Scheiße!«

Er schlug mit der Faust gegen die Wand. Ich zuckte zusammen und schloss die Augen.

»Du weißt ja nicht, was es bedeutet!«

Er sprach immer lauter.

»Was ist hier los?«

Jacques war aus der Küche gekommen. Er trat hinter Gabriel und legte ihm eine Hand auf die Schulter.

»Du solltest jetzt lieber gehen, mein Junge«, sagte er. »Das hier ist nicht der rechte Ort und noch viel weniger der rechte Moment.«

Über Gabriels Gesicht ging eine Woge von Trauer und Angst. Er trat abrupt von mir zurück. Die Wand in meinem Rücken verhinderte, dass ich zusammenbrach. Er wandte sich zu Jacques.

»Verhindern Sie, dass sie Schaden anrichtet«, sagte er.

»Ich werde tun, was ich kann.«

Jacques schlug Gabriel freundschaftlich auf den Rücken und führte ihn dann mit fester Hand zur Wohnungstür.

»Geh nicht weg«, flüsterte ich.

Ich hatte das Gefühl, verrückt zu werden. Was hatte er mir sagen wollen?

»Sie müssen wieder hineingehen«, sagte Jacques, der plötzlich neben mir stand.

Ich sah ihn verstört an.

»Marthe wird sich Sorgen machen, wenn Sie zu lange wegbleiben«, beantwortete er meine stumme Frage.

»Aber Gabriel … Es geht ihm nicht gut. Ich kann ihn doch so nicht weggehen lassen.«

»Der hält einiges aus. Es nützt nichts, wenn Sie ihm heute Abend folgen.«

»Jacques, warum sollte ich Schaden anrichten können?«

»Er sprach doch nicht von Ihnen.«

Ich nickte und nahm wieder meinen Platz mitten unter den Gästen ein. Ich begegnete Marthes Blick, er war grimmig.

Nach und nach gingen die Gäste. Wie ein Gift mischte sich die Angst in mein Blut, und mir brach kalter Schweiß aus. Wenn ich gekonnt hätte, wäre ich mit ihnen gegangen. Als niemand mehr da war, schickte Marthe Jacques nach Hause. Ich sah den besorgten Blick, den er mir zuwarf, bevor er ging. Innerlich schrie ich ihm nach: »Nehmen Sie mich mit, lassen Sie mich nicht mit ihr allein!« Das Schweigen war bedrückend. Ich versuchte, möglichst natürlich zu wirken, als ich die Treppe ansteuerte – bloß weg von ihr.

»Ich geh schlafen, Marthe, ich bin müde. Danke für diesen Abend, Sie hatten recht, die Kundinnen sind begeistert.«

Ich kam nicht einmal dazu, den Fuß auf die unterste Stufe zu setzen.

»Bleib!«

Ihr Ton war rasiermesserscharf. Ich zuckte zusammen. Meine Schultern sackten nach vorn. Ich schloss die Augen.

»Sieh mich an!«

Ich gehorchte. Ihre Schönheit hatte jetzt etwas Makabres. Der weiße Teint, die blutroten Lippen, die finster dreinblickenden Augen.

»Seit wann bist du Gabriels Geliebte?«

»Das war ich nie.«

»Du bist nur eine armselige kleine Lügnerin.«

»Nein, ich schwöre es. Ich habe nie mit ihm geschlafen.«

»Geschlafen! Lächerlich!«

Sie lachte teuflisch auf. Dann zeichnete sich eine unvergleichliche Kälte auf ihrem Gesicht ab.

»Du bist nur seinetwegen zurückgekommen. Du benutzt mich.«

»Das stimmt nicht! Ich wollte zu Ihnen zurück… Sie sind mir derart wichtig… Aber…«

»Aber was?«

»Ich… Ich liebe Gabriel… Ich war vom ersten Tag an in ihn verliebt.«

Ich sah die Ohrfeige nicht kommen. Den Schlag, hätte ich sagen sollen, so heftig war es. Meine Ohren summten. Ich berührte meine Wange, in meinem Mund breitete sich ein metallischer Geschmack aus, meine Augen begannen zu tränen. Ich fuhr mir mit dem Finger über die Lippe, sie blutete. Ich sah sie an, sie machte mir Angst. Sie war voller Wut. Ihr Atem ging stoßweise, in ihren geweiteten Pupillen sah ich nichts als Hass und Wahnsinn. Sie beherrschte sich, aber wie lange noch? Ich drehte mich um und begann, die Treppe hinaufzugehen. Nach drei Stufen spürte ich eine eiskalte Hand, die mein Bein packte und an ihm zog. Ich stolperte, fiel auf die Knie und schürfte mir die Arme auf. Mir entfuhr ein Schmerzensschrei.

»Du kleine Schlampe!«, schrie Marthe. »Bleib hier, das ist ein Befehl.«

Ich kämpfte, trat mit dem Absatz nach ihr, es fiel mir

schwer, ihr wehzutun, aber ich konnte mich aus ihrem Griff befreien. Ich nutzte die Gelegenheit und lief die übrigen Stufen auf allen vieren hinauf. Dann rannte ich durch den Gang.

»Du entkommst mir nicht!«, hörte ich Marthe hinter mir ausstoßen. »Du gehörst mir!«

Einen Meter vor der Tür meines Zimmers knickte ich mit dem Fuß um. Marthe packte mich an der Schulter und kratzte mich. Dann drehte sie mich mit einem so heftigen Ruck zu sich um, dass ich mit dem Kopf gegen die Wand schlug. Ich unterdrückte ein Schluchzen.

»Marthe … Bitte hören Sie auf … Sie tun mir …«

Meine Worte erstarben. Mit einem Wutschrei hatte sie meinen Hals umklammert. Alles verschwamm vor Tränen. Sie drückte fester zu. Ich rang nach Luft. Flehend sah ich sie an. Plötzlich weiteten sich ihre Augen, ihr Griff wurde lockerer.

»Chérie …«

Ihre Stimme war nur noch ein Murmeln. Sie ließ mich los. Dann begann sie am ganzen Körper zu zittern, es sah fast aus wie ein Krampfanfall. Sie stieß den Schrei eines verängstigten Tiers aus und machte wieder einen Schritt auf mich zu; ich zuckte zusammen, stieß sie zurück und schaffte es in mein Zimmer. Der Schlüssel fiel mir aus der Hand, ich stöhnte panisch, endlich konnte ich ihn aufheben und ihn zweimal im Schloss umdrehen. Marthe begann gegen die Tür zu schlagen.

»Verzeih mir, das hätte ich nicht tun dürfen … Chérie, bitte, mach auf …«

Ich trat von der Tür zurück und hörte, wie sie auf der

anderen Seite zusammenbrach. Sie schlug immer weiter gegen die Tür und schrie schmerzlich flehend meinen Namen. Ich hielt mir den Hals und versuchte, hustend und schluchzend wieder zu Atem zu kommen. Ich wollte Gabriel. Ich wollte, dass er kam und mich vor Marthes rasender Wut rettete. Ich suchte nach meinem Telefon. Vergeblich, ich hatte es im Atelier gelassen. Vor morgen früh würde mich niemand befreien. Marthe rief immer noch nach mir, sie weinte und stieß schreckliche, leidvolle Schreie aus. Ich flüchtete mich ins Bett und lehnte mich ans Kopfende, die Arme fest um die angezogenen Beine gepresst. Das herzzerreißende Stöhnen war nun in größeren Abständen zu hören, aber sie war immer noch da. Manchmal drang ein weinerliches »Chérie« durch die Tür. Meine Sinne blieben angespannt. Beim geringsten Geräusch, beim leisesten Knarren des Parketts zuckte ich schluchzend zusammen. War das alles tatsächlich passiert? Hatte Marthe mich wirklich töten wollen? War das wirklich sie? Diese Frau, die ich bewunderte, ja verehrte … Für mich brach eine Welt zusammen. Alle waren verrückt geworden.

Als ich aufwachte, saß ich immer noch in derselben Haltung auf dem Bett, mit steifen Beinen und Nackenschmerzen. Ich sah auf die Uhr: Es war fast zehn. Ich war bei Sonnenaufgang eingeschlafen, länger hatte ich nicht durchhalten können. Ich streckte die Beine und saß danach lange auf der Bettkante. Meine Hände krallten sich um die Knie. Bis zum Abend brauchte ich Antworten und eine Lösung. Ich durfte hier nicht länger bleiben. Vorsichtig stand ich auf, mir tat alles weh. Als ich mich im Badezimmerspiegel sah, erstarrte ich. Er zeigte mir ein schreckliches Bild: Mein Make-up war zerflossen, schwarze Tränen waren auf meinen Wangen getrocknet, meine Lippe war geschwollen und hatte eine tiefe Platzwunde, mein Kleid war an mehreren Stellen zerrissen, Knie und Arme waren aufgeschürft, und ich hatte überall blaue Flecken. Am eindrucksvollsten waren jedoch die Würgemale an meinem Hals.

Ich nahm eine fast kalte Dusche, um meinen Kreislauf wieder in Schwung zu bringen. Ich war verkatert, obwohl ich nichts getrunken hatte. Nach der Dusche versuchte ich, Marthes Spuren auf meinem Körper zu kaschieren: Ich zog eine Hose und einen Pulli an, legte mir ein großes Tuch um den Hals und versteckte meine Lippe unter einer dicken Schicht Make-up. So würde es hoffentlich nicht allzu sehr auffallen.

Als ich meine Zimmertür aufschloss, begann ich wieder zu zittern, doch es war niemand im Gang. Erleichtert seufzte ich auf. Lautlos schlich ich an Marthes Tür vorbei und dann die Treppe hinunter. Unten brummten mehrere Staubsauger, in einigen Stunden würde alles so aussehen, als hätte diese Abendeinladung nie stattgefunden. Doch das Heer der Putzfrauen würde sie nicht aus meinen Erinnerungen wischen können. In der Küche schenkte ich mir einen Kaffee ein und sah aus dem Fenster. Keine Spur von Gabriels Motorrad.

»Iris, da sind Sie ja!«

Beim Klang von Jacques' Stimme zuckte ich zusammen. Ich drehte mich um und sah etwas wie Erleichterung auf seinem Gesicht. Ich unternahm einen wenig erfolgreichen Versuch, ihm zuzulächeln.

»Haben Sie Marthe heute Morgen gesehen?«, fragte ich.

»Sie ist ausgegangen.«

»Wissen Sie, wann sie zurückkommt?«

»Keine Ahnung.«

»Wo ist sie?«

»Das kann ich Ihnen nicht sagen, tut mir leid.«

Ich ließ mich auf den nächstbesten Stuhl fallen. Allmählich bekam ich Atemnot.

»Was kann ich für Sie tun, Iris?«

Ich nahm meinen Kopf zwischen die Hände und unterdrückte ein Schluchzen.

»Bitte erklären Sie mir, was hier vor sich geht.«

»Das steht mir nicht zu.«

Ich sah ihm offen in die Augen.

»Würden Sie mich gehen lassen?«

»Sie sind hier nicht im Gefängnis, jedenfalls nicht, was mich angeht.«

Obwohl mir alles wehtat, rannte ich durch die Wohnung und die Treppe hinauf und stürmte wie eine Furie in mein Zimmer. Ich schnappte mir meine Handtasche und einen Lederblouson und holte mein Handy aus dem Atelier. Das Blut pulste in meinen Adern. Die Kraft der Verzweiflung. Dann stürmte ich genauso schnell wieder hinunter. Jacques wartete an der Wohnungstür auf mich. Er hielt mir einen Schlüsselbund hin.

»Wenn er Ihnen die Wohnungstür nicht aufmacht, schließen Sie damit auf.«

Verblüfft starrte ich auf die Schlüssel in meiner Hand.

»Von Ihnen würde er alles akzeptieren«, fuhr er fort. »Und er hat es nötig. Sie übrigens auch.«

»Und Marthe ... Werden Sie keinen Ärger bekommen?«

»Ich kümmere mich um sie, machen Sie sich keine Gedanken.«

Unten auf der Straße holte ich tief Luft und blickte zum Himmel. Ich blieb einige Sekunden lang stehen. Ich nahm mir wieder meine Freiheit. Ich war in Sicherheit. Ich war allein, und ich würde entscheiden, in welche Richtung ich gehen würde. Innerlich dankte ich meinem Ortsgedächtnis und meinem guten Orientierungssinn. Ich hatte ihn nie besucht, war nur eines Abends im Taxi an seinem Haus vorbeigekommen, doch die Adresse hatte sich tief in mein Gedächtnis gegraben.

Ich lief. Und lief. Und lief durch die Straßen von Paris. Oper. Boulevard Haussmann ... Nichts hätte mich aufhalten können. Ich war in einem Film, in dem die Passanten Spalier standen. Sie streiften mich, ich rempelte sie an, ohne es zu spüren, ich konnte kein einziges Gesicht erkennen. Sie waren nur Umrisse auf dem Bürgersteig vor den großen Warenhäusern. Gabriel war in Gefahr, ich spürte es in meinem Innern. Ich würde ihn verteidigen, ich würde ihn heilen, ich würde ihn zwingen, mir zuzuhören, sich zu öffnen.

Der Sicherheitscode an der Haustür war kein Problem für mich, ich hatte ja den Schlüssel. Wenn mir die Briefkästen nicht die richtige Etage verraten hätten, hätte ich auf jedem Stockwerk an die Türen geklopft. Auf der vierten Etage war eine einzige zweiflüglige Tür, die der betäubenden Lautstärke der Musik nichts entgegenzusetzen hatte. *Begin the End* von Placebo dröhnte durchs Treppenhaus. Die Holztür vibrierte von den Bässen. Ich klingelte, obwohl ich genau wusste, dass er es nicht hören würde. Dann benutzte ich den Schlüsselbund und betrat zum ersten Mal seine Wohnung, jetzt in Begleitung von Muse mit *Explorers*. Matthew Bellamy bat singend um seine Befreiung: »*Free me. Free me. Free me from this world. I don't belong here. It was a mistake imprisoning my soul. Can you free me, free me from this world?*« Die Wohnung lag im Halbdunkel. Es gab keine Diele. Der Fernseher lief, aber der Bildschirm war voller Schnee. Über den Rand des schwarzen Ledersofas ragten nackte Füße. Als ich darauf zuging, stolperte ich über einen Motorradhelm. Ich unterdrückte einen Schmerzensschrei und fluchte leise. Immer noch keine Reaktion von ihm. Und ich sah auch warum: Eine leere Wodkaflasche war unter den Couchtisch gerollt. Gabriel lag auf dem Bauch, in Jeans und mit nacktem Oberkörper, und er schnarchte. Das bot mir Gelegenheit, sein Tattoo in aller Ruhe zu studieren. Bei ihm durfte man ja auf etwas Abseitiges, Selbstironisches gefasst sein. »Marke Gefallener Engel«, hatte er gesagt. Das »Gefallene« überwog. Die Flügel des Engels Gabriel waren schwarz, zerrissen, aufgeschlitzt und wurden von einem unentrinnbaren Höllenschlund angesogen. Es tat mir weh um seinetwillen. Welches Geheimnis verbarg er? Was fraß an seiner Seele? Sein Schlaf war alles andere als erholsam. Seine Gesichtszüge verkrampften sich immer wieder; er litt. Ich beugte mich über ihn und drückte ihm einen Kuss auf die Wange. Er zog im Schlaf eine Grimasse, dann lächelte er. Ich stellte den Fernseher ab, sah mich nach der Musikanlage um und stellte auch die Musik aus. Da ihn auch die Stille nicht aufweckte, machte ich einen Rundgang. Obwohl ich den Eindruck hatte, über ein Schlachtfeld zu gehen, beeindruckte mich die Schönheit dieser Wohnung. Marthe drängte sich in meine Gedanken, kein Zweifel, diese Inneneinrichtung war ihr Werk: schlicht, minimalistisch, modern. Wie ihre eigene Wohnung gehörte auch diese zur Haussmann'schen Architektur, mit hohen Stuckdecken und Marmorkaminen. Das Parkett war fast schwarz, das Weiß der Wände so rein, dass es schon bläulich schimmerte. Keinerlei Wandschmuck. Keine Fotos, keine persönlichen Gegenstände, die mir mehr über ihn und seine Vergangenheit hätten verraten können. Die Küche war zum Wohnraum hin offen, und hier herrschte völliges Chaos. Ich ging durch einen Flur an einem Arbeitszimmer vorbei, das ich jedoch nicht betrat. Dann stand ich an der Schwelle zu seinem Schlafzimmer; die Luft roch abgestanden, die Bettwäsche schien seit geraumer Zeit nicht mehr gewechselt worden zu sein. Ich verbot mir den Gedanken, wer wohl schon darin gelegen hatte. Ich ging zurück in den Wohnraum, zog meinen Blouson aus und beschloss, Gabriel schlafen zu lassen und erst einmal Ordnung zu schaffen.

Nach einer Stunde hatte ich ganze Arbeit geleistet. Ich zog die Vorhänge vollständig auf, um das Tageslicht hereinzulassen und ihn damit sanft zu wecken. Ich setzte mich in einen Sessel ihm gegenüber und schlug die Beine übereinander. Mein Herz wand sich vor Liebe zu ihm. Er begann sich zu regen, knurrte, rieb mit dem Gesicht über das Kissen unter seinem Kopf. Als er die Augen aufschlug, sah er als Erstes mich. Mehrere Sekunden lang starrte er mich wortlos an. Dann setzte er sich auf, fuhr sich mit der Hand durch die Haare und deutete ein Lächeln an.

»Dass du hier bist, verdanke ich vermutlich Jacques.«

Ich nickte.

»Seit Monaten träume ich davon, dich beim Aufwachen ansehen zu können, und dann muss es ausgerechnet an dem Tag passieren, an dem ich so groggy bin.«

Ich sprang auf und wollte mich auf ihn stürzen. Er hielt mich mit einer Handbewegung davon ab.

»Antworte auf meine Frage.«

»Welche Frage?«

Er stand vom Sofa auf.

»Warum bist du nach Paris zurückgekehrt? Wo ist dein Mann?«

»Ich habe Pierre verlassen.«

»Warum?«

Ich seufzte.

»Ich habe erfahren, dass er mich betrog, und da …«

»Dieser Hurensohn! Wie konnte er dir das antun?«

Er fuchtelte wild herum. Ich ging auf ihn zu und legte ihm eine Hand auf den Arm. Er hörte sofort damit auf und sah mich prüfend an.

»Es geht mir gut, Gabriel. Und wenn ich mutiger gewesen wäre, hätte ich diese Entscheidung getroffen, noch bevor ich von seinem Fremdgehen erfuhr. Denn ich wollte gar nicht mehr mit ihm zusammen sein, ich liebte ihn nicht mehr. Ich wollte mit dir …«

»Sag so was nicht, bitte.«

Gekränkt zog ich mich zurück.

»Du willst mich also wirklich nicht haben?«

Meine Augen füllten sich mit Tränen. Er trat dicht an mich heran und nahm mein Gesicht zwischen seine Hände.

»Ich verdiene es nicht, dass du weinst … Aber … Was hast du denn da?«

Sein Daumen strich leicht über die Platzwunde auf meiner Lippe, ich zog scharf die Luft ein vor Schmerz. Sein Blick glitt hinunter zu meinem Hals. Beim Putzen musste ich unbewusst das Tuch abgenommen haben.

»Nicht weiter schlimm …«

»Sag bloß nicht, es war Marthe!«

Ich wich seinem Blick aus. Er ließ mich los und ballte die Fäuste, seine Augen schleuderten Blitze.

»Dieses Weib! Wie konnte sie es wagen, die Hand gegen dich zu erheben?«

»Es ist nicht schlimm, das hab ich doch gesagt.«

»Doch, es ist sehr schlimm! Du verheimlichst mir etwas …«

Er ging auf und ab wie ein Löwe im Käfig.

»Da siehst du, warum ich dich drängte wegzugehen«, wütete er. »Da siehst du, warum das zwischen uns nicht möglich ist, auch wenn ich dich liebe wie verrückt, du verdienst nämlich etwas viel Besseres als dieses beschissene Leben, du …«

»Halt den Mund, Gabriel!«, schrie ich.

Ich lief zu ihm und wollte ihn zwingen, mir in die Augen zu sehen. Er sah beharrlich zu Boden.

»Iris, bitte … Mach es nicht noch schlimmer …«

»Sag das noch einmal, was du da gerade gesagt hast«, schimpfte ich und trommelte mit den Fäusten auf seine Brust.

»Ich liebe dich«, murmelte er.

Meine Schläge hörten auf. Ich presste meine Lippen auf seinen Mund. Er drückte mich mit aller Kraft an sich. Unsere Zungen kämpften miteinander. Unser Kuss tat mir weh, er schmeckte nach Blut, nach Alkoholdünsten, aber er löschte alles andere aus. Ich wollte die Wirkung seiner Lippen auf mich erfahren. Sie machten mir Angst, sie taten mir gut, sie brachten mich in Gefahr, sie machten mich lebendig. Er drängte mich gegen die nächste Wand. Seine fordernden, besitzergreifenden Hände umklammerten meinen Po, dann stahlen sie sich unter mein T-Shirt. Meine Finger krampften sich in seinen Rücken, ich knetete seine Haut, ich musste mich zurückhalten, sonst hätte ich ihn gekratzt. Ich wollte mit ihm verschmelzen. Er griff wieder nach meinem Schenkel, ich spürte, wie sehr er mich begehrte, und stöhnte. Unser Kuss endete abrupt. Ich war atemlos. Er ließ mein Bein los und sah mir in die Augen, mit einem schmerzvollen und reuigen Blick. Ich fuhr ihm übers Haar.

»Was hast du?«

Ich streichelte sein Gesicht, und er schloss die Augen. Dann machte er sich von mir los.

»Du weißt nicht alles. Du hast einen besseren Mann verdient. Selbst dein idiotischer Mann hätte dich glücklicher machen können als ich.«

»Warum denkst du so was?«

Er wandte sich mir zu, ragte in voller Größe vor mir auf.

»Weil ich, bevor ich dich liebte, mit dir schlafen wollte, um Marthe zu ärgern, um ihr ein Spielzeug wegzunehmen, um dich zu meinem Eigentum zu machen. Weil sie und ich immer solche Spielchen gespielt haben. Nur dass sie dich für sich allein behalten wollte. Je strenger sie mir untersagte, mich dir zu nähern, desto mehr wollte ich dich, und keineswegs zu deinem Besten. Glaub mir.«

Ich legte mir die Hand vor den Mund.

»Das stimmt nicht.«

»In Wahrheit bist du die erste Frau, Iris, mit der ich Liebe machen wollte, statt sie nur wie eine Luxushenne zu ficken. Willst du wirklich wissen, wer ich bin?«

Er sah mir fest in die Augen. Ich brachte kein Wort mehr über die Lippen.

»Ich bin ein Kerl, der fast fünfzehn Jahre lang mit Marthe geschlafen hat, obwohl ich sie liebe wie eine Mutter. Ich war ihr Gigolo, mit Jules' Billigung und meinem uneingeschränkten Einverständnis. Auch das Ende wird dich interessieren! Ohne sie bin ich nichts, alles, was du von Anfang an gesehen hast, die Firmen, die Knete, die Wohnung hier, alles, absolut alles, was ich habe, gehört ihr, und wenn sie es will, dann stehe ich morgen splitternackt auf der Straße.«

Mir flossen unaufhaltsam Tränen übers Gesicht. Gabriels Kiefer waren angespannt. Er war bleich. Trotzdem sprach er weiter.

»Wenn ich an dem Abend, als sie dich vor meinen Augen ein Kleid anprobieren ließ, nur den kleinen Finger gehoben hätte, wäre das Ende ein flotter Dreier gewesen, ob du es gewollt hättest oder nicht. Wir hätten dich dazu verführt.«

Nur mühsam konnte ich die aufsteigende Übelkeit zurückdrängen.

»Das war der Moment, in dem mir klar wurde, dass ich mich veränderte, denn ich wollte dich vor ihrem Einfluss schützen. Ich wollte alles tun, um zu verhindern, dass Marthe mit dir dasselbe machte wie mit mir. Aber es war so schwer, gegen meine Gefühle anzukämpfen. Ich habe kaum versucht, Distanz zu halten, da war einfach nichts zu machen. Ich dachte nur noch an dich, ich wollte nur noch dich. Und dann kam dein Mann … Ich begriff, dass ich dir nur Unglück bringen konnte, dass ich aufhören musste zu träumen. Deine überstürzte Abreise hat mir alles erleichtert, obwohl mein Leben seither die Hölle war. Als ich dich gestern sah, als ich erfuhr, dass du bei ihr wohnst … Ich … Die Art, wie sie deinen Ellbogen hielt … Und du … du … Du warst so unterwürfig, ich dachte, ich würde verrückt.«

Ich zitterte am ganzen Körper. Ich hatte so sehr das Gefühl, eine ganz andere Geschichte als meine, als unsere, zu hören, dass mir schwindelig wurde, und ich schwankte. Gabriel kam hastig auf mich zu und führte mich zum Sofa, damit ich mich setzen konnte. Dann hockte er sich vor mich und nahm meine Hände.

»Du musst fort. Hast du deine Papiere bei dir?«

Ich nickte, ohne zu wissen, worauf er hinauswollte.

»Vergiss deine Geschäfte hier. Du gehst nicht zu ihr zurück, sonst lässt sie dich nicht mehr aus dem Haus. Wenn ich nur daran denke, was sie dir angetan hat …«

Er verstummte, strich sanft mit dem Daumen über meine verletzte Lippe und legte zart die Hand an meinen Hals.

»Mich konnte sie nicht schlagen, aber du, du bist zu zerbrechlich. Sie ist so böse auf dich, dass sie gewalttätig wird. Sie ist verrückt geworden und hat ohnehin schon viel zu viel Macht über dich. Ich lasse nicht zu, dass du zu ihrem Besitz wirst, dass sie dich in ihrem Haus einsperrt. Ich werde eine Möglichkeit finden, sie zu beruhigen. Die Folgen sind mir egal … Du sagst mir, wohin du gehen willst, und ich besorge dir ein Zug- oder Flugticket oder was immer du willst …«

Er seufzte und machte Anstalten aufzustehen. Ich klammerte mich an seine Hände.

»Ich will nicht fortgehen.«

»Scheiße noch mal, Iris! Du hast nichts verstanden …«

Er versuchte, sich loszumachen, aber ich hielt ihn energisch fest.

»Bitte hör mir zu.«

Er seufzte, senkte den Blick und konzentrierte sich auf mich. Eine Frage musste ich ihm unbedingt stellen. Aber sie war schwer auszusprechen.

»Es fällt mir nicht leicht, das zu fragen, aber … Schläfst du noch mit ihr?«

»Nein, das schwöre ich dir! Es hat vor drei Jahren, nach Jules' Tod, langsam aufgehört. Sie genoss es einfach, dabei zuzusehen, wie ich ihre Methoden anwandte. Und dann … Dann kamst du und hast den schlafenden Hund wieder geweckt. Es ist passiert, was nie hätte passieren dürfen: Wir liebten dich beide.«

Ich sah ihm tief in die Augen. Ich wusste noch nicht alles, das stand fest. Und ich würde nie alles erfahren. Immer schon hatte ich vage etwas Ungutes, eine undefinierbare Spannung zwischen den beiden wahrgenommen. Doch ohne dabei zu ahnen, dass es um mich ging und dass auch Sex dabei eine Rolle spielte. War ich bereit hinzunehmen, dass all das derart weit gegangen war? Die Antwort war einfach. Aus meinem Leben war ein echtes Chaos geworden, doch solange Gabriel bei mir war, würde ich mit jeder Schwierigkeit zurechtkommen, und ich würde ihm helfen, sich von allem zu befreien.

»Marthe hat über dein Leben bestimmt, seit du sie kennst, lass sie nicht länger für dich entscheiden, lass nicht zu, dass sie uns trennt.«

»Wie kannst du mich überhaupt wollen?«

»Ich liebe dich, so etwas lässt sich nicht begründen.«

»Ich bin nur ein Haufen Scheiße.«

»Das will ich nie wieder hören! Wenn ich dich ansehe, sehe ich einen Mann, der mich verführt hat und den ich nicht daran hindern wollte, einen Mann, der mich respektiert und vor allem geschützt hat und bereit war, sein eigenes Glück dafür zu opfern.«

Über sein Gesicht lief ein kleines hoffnungsvolles Leuchten.

»Und wenn mit mir zusammenbleiben bedeuten würde, noch einmal bei null anfangen zu müssen?«

»Dazu bin ich bereit. Ich will dich nicht verlieren.«

Er umklammerte meine Hände, seine Augen füllten sich mit Tränen. Unsere Gesichter kamen sich immer näher. Ich wollte diese Maske der Traurigkeit und Furcht nicht mehr auf seinen Zügen sehen. Ich presste meine Lippen auf seine. Er nahm meinen Kuss an und erwiderte ihn drängend. Dann richtete er sich auf und zog mich aufs Sofa.

Sofort überfiel uns quälendes Verlangen; meine Hände attackierten wieder seinen Rücken, er lastete mit seinem ganzen Gewicht auf mir, und ich liebte diese Schwere. Er löste seinen Mund von meinem.

»Nicht so«, sagte er.

Er stand auf, zog mich mit sich und führte mich zu seinem Schlafzimmer. Am Fußende des Bettes blieb er stehen und begann, mich unendlich langsam zu entkleiden. Mit einer Handbewegung verbot er mir, ihm zu helfen. Als ich völlig nackt vor ihm stand, lähmte mich die Angst, nicht zu genügen, ihn zu enttäuschen. Jetzt stand ich im Licht, und dabei war mein Körper seit Monaten, seit Jahren nur einem blasierten, trügerischen Blick ausgesetzt gewesen. Meine Schultern fielen nach vorn, ich senkte den Kopf und verschränkte die Arme schützend vor der Brust. Gabriel zog mich an sich.

»Ich liebe dich, Iris«, sagte er mir ins Ohr. »Und ich will dich sehen. Sieh mich an.«

Ich gehorchte. Und sah nur Liebe und Verlangen in seinen Augen. Meine Scham und Angst verflogen. Wir küssten uns bis zur Atemlosigkeit. Wir waren nur noch Küsse, Streicheln, Seufzen. Es war so einfach, mich ihm hinzugeben, unsere Bewegungen, unsere Haut, alles fand sich in vollkommenem Einklang. Als er in mir war, hielt er meine Hände links und rechts von meinem Kopf fest. Seine Stöße waren langsam, tief. Wir sahen uns in die Augen, bis uns der Orgasmus hinwegriss. Danach legte Gabriel den Kopf in meine Halskuhle. Lange blieben wir reglos liegen. Irgendwann beruhigte sich unsere Atmung wieder. Er küsste mich auf die Schulter, löste sich von mir und rollte auf die Seite. Ich sah ihn an, er strich mir die an der Stirn klebenden Haarsträhnen zur Seite. Ich ertrug es nicht, dass er fern von mir war, nicht einmal in dieser Nähe, ich schmiegte mich an ihn, und er nahm mich fest in die Arme.

»Danke, dass du meinen Avancen in den letzten Monaten nicht nachgegeben hast«, flüsterte er.

Ich richtete mich ein wenig auf und stützte mein Kinn auf seinen Oberkörper.

»Ich hingegen bedaure es«, erwiderte ich. »Das hätte uns viel Leid und eine unnötige Trennung erspart.«

»Da täuschst du dich, denn ich hätte dich nicht auf die richtige Weise geliebt.«

»Ich bin vom Gegenteil überzeugt, du wärst perfekt gewesen und hättest alles verstanden.«

Er verdrehte die Augen.

»Weißt du was?«, fragte ich ihn.

Er sah mich lächelnd an.

»Nein, aber du wirst es mir gleich sagen.«

»Wir pfeifen darauf; was zählt, ist das Jetzt.«

Sein Gesicht erstrahlte, der kleine Halunke war wieder da. Er drehte mich um und hielt mich mit seinem Gewicht fest. Ich brach in Lachen aus. Er begann, mich mit Küssen zu kitzeln, am Hals, auf der Brust, auf dem Bauch – der langsam zu knurren begann. Gabriel lachte und redete ihm gut zu.

»Ach, du bist gerade gar nicht glücklich? Einen Moment, ich bringe die Sache in Ordnung.«

Er stand auf und ging Richtung Wohnraum.

»O nein!«

Er schimpfte, weil ich bei ihm Ordnung gemacht hatte. Ich lachte.

»Ich wollte mich nur irgendwie beschäftigen, während du deinen Rausch ausgeschlafen hast«, antwortete ich. »Allerdings muss ich dir etwas beichten, ich habe in den Schränken gewühlt, weil ich saubere Bettwäsche haben wollte.«

Er brach in Lachen aus. Ich war völlig erschöpft und glücklich, mit einem Rest Adrenalin in den Adern. Und noch ganz aufgewühlt von dem, was gerade geschehen war. Mit Gabriel zu schlafen war eine Befreiung, eine Erleuchtung gewesen. Mit Pierre hatte es praktisch keinen Sex mehr gegeben, und als er wieder Einzug in unser Zusammenleben gehalten hatte, war er mechanisch und unecht gewesen. Der Sex mit Gabriel war einfach, ehrlich, überwältigend. Zum ersten Mal in meinem Leben hatte ich bei der Liebe das Gefühl gehabt, ich selbst zu sein. Marthe war für mich im Augenblick weit weg. Ich glitt in eine Art Benommenheit ab, versuchte aber mit aller Kraft, die Augen offen zu halten.

Eine Hand, seine Hand, streichelte über meinen Rücken. Ich blinzelte und drehte den Kopf, um ihn anzusehen. Er beugte sich über mich und küsste mich vorsichtig.

»Ich kann dir leider nur Champagner anbieten«, sagte er.

»Willst du mich flüssig ernähren?«

»Genießen wir es, bevor der Hahn zugedreht wird.«

Er nahm einen Champagnerkelch vom Beistelltisch und reichte ihn mir. Ich setzte mich auf und zog das Laken über meine Brust. Wir sahen uns in die Augen, als wir anstießen. Nach einigen Schlucken nahm er mir das Glas wieder ab und drückte mich nieder, bis ich ausgestreckt dalag. Dann wurde ich eingehend geprüft: Er begann bei meinem Hals, strich sanft über meine aufgeschürften Arme, konstatierte das Ausmaß der Schäden an meinen Knien und arbeitete sich dann wieder an meinem Körper bis zu den Kratzspuren auf meiner Schulter hoch, die er zärtlich küsste.

»Ich könnte sie umbringen für das, was sie dir angetan hat«, murmelte er.

»Sag so was nicht …«

»Während du schliefst, hat ständig dein Handy geklingelt.«

»Ganz sicher sie.«

»Genau. Vermutlich hat sie im Augenblick einen Wutanfall und denkt schon über die Rache nach.«

»Kann sie dir wirklich den Geldhahn zudrehen?«

»Ja, sie hat Vollmacht über all meine Konten. Das rührt noch von damals her, als Jules sie für mich eröffnet hat. Die Firmen laufen auf ihren Namen, ich bin nur der Geschäftsführer. Alles ist darauf ausgerichtet, dass ich sie nie verlasse. Als Jules starb, sagte er mir, er sei froh über das Geschenk, das er Marthe gemacht habe, weil auch er eins bekommen habe: mich.«

»Hattest du nie den Wunsch zu gehen?«

»Nein … Was immer sie angestellt hätte, ich liebe Marthe, ich habe nur sie. Vor dir, bevor wir uns kennenlernten, war ich zutiefst davon überzeugt, dass es nie eine andere in meinen Leben geben würde, dass sich nie etwas ändern würde. Erst als ich sah, was sie mit dir machte, begriff ich, wie sehr sie mich manipuliert hatte. Marthe hat mir die Überzeugung eingepflanzt, keine andere Frau könne mich wirklich lieben, sie sei die Einzige, die mich ertragen könne. Und da es keinen Sex mehr zwischen uns gab, dachte ich, wir hätten zwar eine etwas seltsame Beziehung, aber immer noch eine gesündere als vorher. Aber du sollst wissen, dass … dass sie mich anfangs nicht dazu gezwungen hat …«

»Du meinst …«

»Ja.«

»Wieso hast du mitgemacht?«

»Denk an meine damalige Situation, ich war jung, dumm und arrogant. Und eine unglaublich schöne Frau, deren sexuelle Erfahrung eine Pornodarstellerin zum Erröten gebracht hätte, stieg zu mir ins Bett, ohne dass ich etwas dafür hätte tun müssen …«

»Es wäre mir ganz recht, wenn du mir eure Zweisamkeit nicht allzu genau schildern würdest.«

»Bitte entschuldige«, sagte er verlegen.

Ich küsste ihn. Er lächelte.

»Und was machen wir jetzt?«, fragte ich.

»Ich rufe sie an.«

»Soll ich es tun? Schließlich bin ich aus ihrer Wohnung geflohen, und, nicht zu vergessen, ich war es, die von ihr angegriffen wurde.«

»Ja, aber es ist jetzt eine Sache zwischen ihr und mir. Es ist kaum zu akzeptieren, aber in ihrer Vorstellung bist du ein Gegenstand, um dessen Besitz wir streiten. Und für mich ist wichtig, dass ich es tue, ich muss mich von ihr und ihrer Macht frei machen.«

»Dazu bist du bereit?«

»Noch zu weit mehr …«

Er küsste mich und machte sich auf die Suche nach seinem Handy. Dann kam er zurück und setzte sich aufs Fußende des Bettes. Ich hielt mich ein wenig im Hintergrund. Er starrte auf das Handy und fuhr sich seufzend mit der Hand durch die Haare. Er tippte die Nummer ein und drückte das Telefon ans Ohr, mit der freien Hand tastete er nach meiner. Auf allen vieren überquerte ich das Bett, damit er sie fand. Er hielt sie fest und führte sie an seinen Bauch. Ich schmiegte mich an seinen Rücken und streichelte die Tätowierung; seine Muskeln waren angespannt.

»Marthe, ich bin's … Iris ist bei mir …«

»Ihr macht euch lächerlich!«, hörte ich ihre Stimme durch das Handy.

Gabriel stieß die Luft aus.

»Falls ihr vorhabt, Kinder zu machen, werd ich bestimmt nicht die Großmutter spielen.«

Ihr Ton war scharf.

»Das erwarten wir ja auch nicht von dir. Wir wollen, dass du uns in Frieden leben lässt.«

»Du hast nicht das Recht, sie mir wegzunehmen«, schäumte sie. »Gib sie zurück!«

»Iris gehört dir nicht.«

Gabriels Stimme wurde härter, die Muskeln unter meinen Händen spannten sich noch mehr an.

»Rühr sie nie wieder an, hörst du?«

»Du weißt doch, Chéri, dass du nicht das Recht hast, mir zu drohen?« Jetzt war ihre Stimme wieder betörend und verführerisch.

Gabriel rang nach Luft, an seinen Schläfen perlte Schweiß; er kämpfte.

»Und ich gehöre dir auch nicht«, sagte er brüsk.

»Aber ja doch! Seit ich dich gesehen habe, seit du meine Wohnung betreten hast, gehörst du mir.«

»Damit ist Schluss, Marthe.«

»Du weißt ja, was das bedeutet! Du wirst alles verlieren. Ohne mich bist du nichts. Deine Arbeit, deine Macht, dein Geld – das kannst du alles vergessen.«

Über die Schulter hinweg sah sich Gabriel nach mir um, sein Blick war traurig und besorgt. Als Antwort auf seine stumme Frage lächelte ich ihm zärtlich zu. Er drückte meine Hand noch fester und holte tief Luft.

»Marthe, ich möchte nicht, dass es so endet«, sagte er ruhig. »Aber wenn du uns dazu zwingst, gehen wir fort, Iris und ich. Du wirst nicht mehr über unser Leben bestimmen, es ist aus.«

»Du wirst dein Leben ruinieren und ihres mit.«

Und dann, mit einem Mal, brach ihr Zorn aus.

»Ihr habt kein Recht dazu!«, brüllte sie. »Ihr müsst mich lieben, mich allein!«

»Merkst du nicht, wie sehr du dir schadest? Es geht dir nicht gut. Ich glaube, du musst zum Arzt.«

Marthe schrie so laut, dass ihre Worte nicht mehr zu verstehen waren. Gabriel seufzte.

»Ich lege jetzt auf. Du hast noch Zeit nachzudenken. Es hängt allein von dir ab, ob wir bei dir bleiben.«

»Chéri, das geht über meine Kräfte«, schluchzte sie. »Lass mich nicht im Stich, ich brauche dich. Du hast es Jules versprochen, deinem Vater Jules, vergiss das nicht.«

Sie weinte und schrie. Gabriel atmete tief durch.

»Auf Wiedersehen, Marthe«, sagte er rasch.

»Ich liebe euch!«, schrie sie aufschluchzend.

Gabriel drückte auf die Taste und legte das Telefon sehr ruhig neben sich ab. Ich umschlang ihn. Dann versuchte er aufzustehen, und ich ließ es zu. Er nahm meine Hand und führte mich ins Badezimmer. Dort zog er die Boxershorts aus und schob mich unter die Dusche. Er stellte die Temperatur ein. Ich nahm sein Gesicht zwischen die Hände und versuchte, ihn zu zwingen, mich anzusehen, mit mir zu sprechen. Er kniff mit aller Kraft die Augen zu. Dann warf er sich auf mich und küsste mich, als ginge es um sein Leben. Er begann meinen Körper zu kneten, und das Begehren erwachte sofort. Ich ließ ihn gewähren. Auf seine Art. So, wie er es jetzt brauchte. Er hob mich hoch und drückte mich gegen die kalten Fliesen. Er nahm mich mit kraftvollen, harten Stößen, bis wir beide mit schmerzvollem Stöhnen den Höhepunkt unserer Lust erreichten. Plötzlich brach er in Schluchzen aus. Wie in Zeitlupe ließen wir uns zu Boden sinken, ich legte den Arm um ihn, er klammerte sich an mich und bettete seinen Kopf auf meinen Bauch. So wiegte ich ihn lange unter den Wasserstrahlen und ließ ihn mit Tränen sagen, was er in Worten nicht ausdrücken konnte.

»Verzeih«, schluchzte er nach einer Weile.

»Pscht …«

Ich zwang ihn sanft aufzustehen. Ich wusch ihn, duschte ihn ab, und er ließ es geschehen. Dann stellte ich das Wasser ab. Ich verließ die Dusche, wickelte mir das erstbeste Handtuch um, nahm ein weiteres und ging zu ihm zurück, um ihn abzutrocknen. Er schlotterte.

»Geh dich anziehen«, sagte ich liebevoll.

In seinen Augen glomm ein Funken Leben auf, er sah mich endlich an. Ich legte ihm einen Finger auf die Lippen.

»Geh schon.«

Er ging ins Schlafzimmer, ich folgte ihm und sah ihm zu. Er stellte sich vor den Kleiderschrank. Endlich bekam seine Tätowierung einen Sinn. Gabriel war immer zwischen seiner inzestuösen Sohnesliebe zu Marthe und seinem Wunsch nach Freiheit hin- und hergerissen gewesen. Er hatte sich aus Marthes Fesseln befreit, aber er hatte auch seine Mutter verloren. Eine kastrative Mutter. Er begann seine Muskeln zu lockern, indem er die Arme streckte und den Kopf rollte. Dann zog er sich mit ruhigen Bewegungen an, immer noch wortlos. Als er sein Hemd fertig zugeknöpft hatte, wandte er sich mir zu.

»Ich muss noch ein paar berufliche Anrufe tätigen, und dann gehen wir eine Kleinigkeit essen. Hast du Lust?«

Ich lächelte ihm zu.

»Ja, gern. Ich habe Hunger.«

Er nahm sein Telefon vom Bett und trat auf mich zu. Er drückte mich an sich und küsste mich aufs Haar.

»Danke«, flüsterte er.

Er wandte sich ab, doch ich hielt ihn an der Hand zurück.

»Darf ich dir ein Hemd klauen?«

Sein Lächeln erleichterte mich. Er ging ins Wohnzimmer. Ich hörte ihn die ganze Zeit sprechen. Ich sammelte meine Sachen ein und suchte mir eins von seinen Hemden aus. Nachdem ich angezogen war, kehrte ich ins Badezimmer zurück, um mein Haar in Ordnung zu bringen. Ich stützte mich aufs Waschbecken. Trotz der Schmerzen und der vor mir liegenden Schwierigkeiten war ich am Leben und bei dem Mann, den ich liebte. Im Verlauf weniger Stunden hatten wir das Stadium der Jungverliebten verlassen und einen Grad von Intimität erreicht, den ich mit Pierre nie erlebt hatte.

Gabriel saß auf dem Sofa, das Handy am Ohr, vor sich auf dem Couchtisch der offene Laptop. Während ich hinter ihm vorbeiging, streichelte ich seinen Rücken; er fing meine Hand ein, als ich mich schon entfernte, küsste sie und setzte sein Gespräch dann fort.

»Mach die Unterlagen und die Verträge fertig, übermorgen komme ich vorbei und unterzeichne sie … Nein, bitte keine Fragen.«

Dann beendete er das Gespräch.

Wir gingen gleich in die erstbeste Pizzeria. Die Bestellung wurde rasch aufgegeben, das Essen rasch serviert. Gabriel fand ganz langsam wieder zu einer gewissen Lebensfreude zurück, zumindest tat er so. Ich würde gut achtgeben müssen. Wir waren beide völlig ausgehungert. Wir lachten über unseren Bärenhunger, dachten aber keinen Moment daran, eine Pause einzulegen.

»Ich hätte nie gedacht, dass ich eines Tages meinen Weggang vorbereiten müsste«, sagte er schließlich, als sein Teller leer war.

»Du kannst nicht einfach alles aus der Hand geben, dieser Job ist dein Leben. Bist du sicher, dass es so enden wird?«

»Sie will uns beide haben, aber nicht uns beide zusammen. Ich wüsste daher nicht, wie sie es ertragen sollte, mich täglich zu sehen, und das in dem Wissen, dass ich abends zu dir zurückkehre und sie nichts mehr von dir hat. Dir ist schon bewusst, dass sich die Pforten des Ateliers endgültig für dich geschlossen haben? Ich will nicht, dass du sie wiedersiehst, es ist zu gefährlich. Wo wirst du von nun an nähen?«

»Ich weiß nicht. Bei der Scheidung werde ich ein wenig Geld bekommen, ich könnte etwas mieten, aber nicht jetzt sofort … Mist!«

»Was?«

»Marthes Anwalt kümmert sich um die Scheidung.«

»Mach dir keine Gedanken, ich kenne ihn, ich rufe ihn morgen an und sage ihm, er soll alles direkt mit dir regeln. Es ist ihr also gelungen, ihre Nase auch da reinzustecken? Ich fasse es nicht!«

»Ich habe ihr freie Hand gelassen. Als ich bei ihr ankam, konnte ich selbst nicht mehr klar denken.«

»Darin liegt ihre Stärke, sie webt ein Netz um dich, und du kannst dich nicht mehr daraus befreien. Und deshalb gehen wir weg und bauen uns ein Leben ohne sie auf.«

Er seufzte. Ich gähnte.

»Ich bin auch ziemlich fertig«, sagte er.

Als wir in seiner Wohnung ankamen, gingen wir direkt ins Schlafzimmer. Wir verloren keine Zeit, sondern zogen uns aus und verschwanden unter der Decke. Nackt aneinandergeschmiegt, kosteten wir das Glück aus, endlich zusammen zu sein. Ich kämpfte gegen den Schlaf und versuchte, die Augen offen zu halten.

»Schlaf, Iris.«

»Ich will nicht.«

»Warum nicht?«

»Weil es so schön ist mit dir. Besser als alles, was ich mir je habe vorstellen können.«

»Sag dir, dass unser Aufwachen noch schöner sein wird.«

Er drückte meinen Kopf auf seine Schulter, und ich gab ihm mit dem größten Vergnügen nach. In der Wärme seiner Umarmung fühlte ich mich wie in einem weichen Nest.

11

Etwas vibrierte und störte unseren Schlaf. Gabriel und ich schliefen in Löffelchenstellung. Er knurrte an meinem Hals, ich öffnete ein Auge, der Tag war gerade erst angebrochen. Wieder vibrierte es.

»Verdammt!«, schimpfte Gabriel. »Wahrscheinlich ein Kunde am anderen Ende der Welt, der sich einen Dreck um die Zeitverschiebung schert.«

Ich zog seinen Arm enger um meinen Bauch. Er küsste mich auf die Schulter.

»Wir bleiben den ganzen Tag im Bett«, schnurrte er.

Ich kicherte. Dann waren wir eine Weile ruhig. Doch Gabriels Handy begann schon wieder zu vibrieren. Seufzend machte er sich von mir los. Ich drehte mich um. Er griff nach dem Telefon, starrte es, so schien mir, eine Ewigkeit lang an und setzte sich schließlich auf, um den Anruf anzunehmen.

»Ja?«

Er wurde bleich, seine freie Hand krallte sich ins Bettlaken.

»Ich komme sofort, Jacques.«

Er sprang aus dem Bett und in seine Jeans. Plötzlich fiel ich ihm wieder ein.

»Bitte komm mit. Es ist Marthe, sie …«

Seine Stimme brach. Ich bat nicht um Erklärungen, ich brauchte keine. Ich dachte nicht lange nach, sondern stand sofort auf. Keine fünf Minuten später waren wir angezogen. Gabriel nahm zwei Helme mit. Er schlug die Wohnungstür zu und hielt den Aufzugknopf so lange gedrückt, bis die Kabine unsere Etage erreichte. Als wir eingestiegen waren, drückte er mich wortlos an sich, er war verstört. Unten rannte er zu seinem Motorrad, ich folgte ihm. Er stieg auf, ich kletterte hinter ihn und hielt mich an seiner Taille fest. Er brauste los. Er fuhr so schnell, dass ich die Augen zukniff. Mit heulendem Motor schlängelte sich das Motorrad zwischen irgendwelchen Hindernissen durch. Gabriel bremste scharf, und ich schlug die Augen wieder auf, wir waren in Marthes Straße angelangt, sie war wie ausgestorben. Gabriel stellte das Motorrad am üblichen Platz ab. Als wir im Aufzug waren, hielt er mich wieder bis zur fünften Etage in den Armen. Sein Körper war völlig angespannt. Dann verschränkte er seine Finger mit meinen. Jacques öffnete Marthes Wohnungstür, er war weiß wie ein Laken.

»Sie ist im Wohnzimmer …«

Gabriel zog mich mit durch den Flur. Jacques rief noch einmal seinen Namen. Wir drehten uns gleichzeitig zu ihm herum.

»Es tut mir sehr leid.«

Gabriel schwankte. Trotz allem gingen wir weiter durch den totenstillen Gang. An der Schwelle zum großen Salon nahm ich das Bild in mich auf. Die ein wenig zur Seite gezogenen Vorhänge ließen die Strahlen der Morgensonne herein, Staubfäden tanzten im Licht. Marthe saß auf dem Sofa, an ihrem üblichen Platz. Sie trug das erste Kleid, das ich ihr genäht hatte, ich erkannte es sofort. Auf dem kleinen Beistelltisch standen ein Aschenbecher mit ihrer Zigarettenspitze, ihr Glas, das darauf wartete, mit Gin gefüllt zu werden, und, stolz thronend, eine Medikamentenpackung. Leer.

»Es ist vorbei«, murmelte Gabriel.

Er ließ meine Hand los und ging quer durch den Raum zu Marthe. Er kauerte vor ihr nieder und sah sie lange an. Dann streichelte er ihr das Haar und verbarg sein Gesicht in ihrem Schoß. Er unterdrückte ein Schluchzen. Mir war, als fiele mein Körper auseinander, diese Wunde würde ich nie heilen können. Ich spannte jeden einzelnen Muskel an, hielt mir die Faust vor den Mund und schluckte meine Tränen herunter. Nur nicht den eigenen Kummer ausbrechen lassen.

Die Stille wurde von anschwellendem Sirenengeheul unterbrochen. Ich riss mich aus meiner morbiden Betrachtung und ging zu Jacques. Er bestätigte mir, er habe die zuständigen Stellen angerufen. Wenige Minuten später klingelte es. Gabriel verharrte in seiner Haltung. Ich stellte mich dem Mann vom Rettungsdienst entgegen.

»Ich muss hier rein, Madame.«

»Lassen Sie mich einen Moment mit ihm allein, bitte. Drängen Sie ihn nicht.«

»Der Sohn?«

»Praktisch ja.«

Ich betrat den großen Salon und ging auf die beiden zu. Ich kauerte mich hinter Gabriel und nahm ihn bei den Schultern. Marthe sah prächtig aus, sie war perfekt geschminkt und frisiert. Sie wirkte friedlich. Unter meinen

Händen spürte ich das zuckende Weinen des Mannes, den ich liebte. Meine Stimme war nur noch ein Flüstern.

»Wir müssen die Rettungsleute zu ihr lassen. Komm mit mir.«

Er stand auf, küsste Marthe aufs Haar und trat ein paar Schritte zurück.

»Ich bleibe noch bei ihr«, sagte er und sah sie weiter an. »Sag ihnen, sie können kommen.«

Ich gab ihnen einen entsprechenden Wink und verließ den Salon. Auch die Polizei war gekommen, sie verhörte gerade Jacques. Danach war ich an der Reihe. Mechanisch beantwortete ich ihre Fragen. Es schien mir Stunden zu dauern. Als sie mit mir fertig waren, gingen sie in den großen Wohnraum. Ich folgte ihnen in Sorge um Gabriel. Es war ein Schock für mich, als ich eintrat: Marthe lag bereits auf einer Trage, und die Sanitäter hüllten sie gerade in einen schwarzen Plastiksack. Die Polizisten gingen direkt zu Gabriel. Ich verstand nicht, was sie sagten. Sie ließen ihn auf mich zugehen. Er nahm mich bei der Hand und zog mich in den Gang und Richtung Wohnungstür.

»Jacques!«, rief er.

Er erschien sofort.

»Bitte rufen Sie ein Taxi für Iris.«

»Was? Nein, ich will bei dir bleiben.«

Er runzelte die Stirn.

»Mir ist lieber, du gehst, fahr zu meiner Wohnung, ruh dich aus. Das hier wird noch Stunden dauern …«

»Monsieur?«, rief einer der Polizisten.

»Ich komme«, erwiderte Gabriel und wandte sich wieder an Jacques.

»Kann ich mich auf Sie verlassen?«

»Natürlich.«

Gabriel sah mich eindringlich an, strich mir eine Strähne aus dem Gesicht, küsste mich und ging. Zehn Minuten später teilte mir Jacques mit, mein Taxi warte unten vor dem Haus. Um mich zum Verlassen der Wohnung zu bewegen, versprach er mir, er werde mich auf dem Laufenden halten. Auf der Straße stockte ich kurz, als ich den Rettungswagen und die Polizeiwagen mit den Blaulichtern sah. Sie wurden wie von Geiern von einigen Schaulustigen umkreist. Er war erst acht Uhr morgens, doch es kam mir so vor, als hätte ich seit dem Anruf mehrere Tage erlebt.

Die Stunden vergingen, mal saß ich auf dem Sofa, mal ging ich unruhig umher, dann stand ich wieder verzweifelt wartend am Fenster. Gabriel anzurufen wagte ich nicht, ich wollte ihn nicht stören. Und in meiner Aufregung war ich gar nicht darauf gekommen, mir Jacques' Nummer zu notieren.

Als es gegen 17 Uhr klingelte, stürzte ich zur Wohnungstür. Es war Jacques, beladen wie ein Muli. Ich ließ ihn herein und half ihm auf den letzten Metern tragen.

»Tut mir leid, dass ich mich nicht früher bei Ihnen gemeldet habe.«

»Wie geht es ihm?«

»Ich weiß nicht, er ist auf dem Kommissariat.«

»Warum?«

»Regen Sie sich nicht auf, das ist das normale Verfahren.«

Ich seufzte erleichtert. Und richtete meine Aufmerksamkeit auf all die Dinge, die er angeschleppt hatte. Ich sah ihn fragend an. Er lächelte traurig.

»Gabriel hat mich gebeten, Ihre Sachen zu packen und etwas einzukaufen, er hat Angst, dass Sie nicht genug essen. Ich mache Ihnen jetzt erst einmal einen Kaffee.«

»Vielleicht lieber einen Kräutertee, beim derzeitigen Zustand meiner Nerven.«

Wir sahen uns an. Die Nervosität war stärker. Wir brachen beide in Lachen aus.

»Im Ernst, Jacques, kümmern Sie sich nicht um mich, Sie haben doch sicher viel zu tun.«

»Nein, gar nicht, Gabriel hat gesagt, ich soll nach Hause gehen, nachdem ich mich um Sie gekümmert habe.«

»Das kann doch nicht sein. Er darf nicht allein …«

Ich hatte bereits die Hand auf der Klinke der Wohnungstür. Jacques hielt mich an der Schulter zurück.

»Er hat es so entschieden, er will ganz allein mit der Situation fertigwerden. Das ist wichtig für ihn.«

Mit hängenden Schultern ging ich in die Wohnung zurück.

Einige Minuten später saßen wir an der Kücheninsel. Ich mit einem Eisenkrauttee und Jacques mit einem Gin, zu Ehren Marthes.

»Wie geht es Ihnen?«, fragte ich ihn.

»Ich wusste, dass es eines Tages so enden würde. Und Jules wusste es auch. Marthe war eine überwältigende, faszinierende Frau, aber sie war krank. Gabriel hat es nie gewusst, Jules hatte mir verboten, es ihm zu sagen, aber sie wurde jede Woche von einem Psychiater und einem

Psychotherapeuten behandelt. Sie nahm starke Medikamente gegen ihre Störungen. Sie war die Königin der Verstellung.«

Würde irgendwann einmal Schluss sein mit all diesen Enthüllungen?

»Mein Gott …«

»Sie war immer weniger in der Realität verhaftet. Bei jeder Kleinigkeit nahm sie Beruhigungsmittel und Psychopharmaka … Sie verlor zunehmend die Orientierung, ging immer wieder ihre Vergangenheit durch und dichtete sie um. In letzter Zeit hatte sie sogar Halluzinationen: Ich bin einmal zufällig dazugekommen, als sie mit Jules über Sie und Gabriel sprach. Diese Wahnphasen wurden immer häufiger und vor allem unkontrollierbarer, man musste das Ende des Unwetters abwarten …«

Ich dachte an ihre Launen, ihren Kontrollzwang, die man für die Marotten einer Diva hätte halten können, an ihre Migränen, die in Wirklichkeit keine waren, an ihre völlig überzogene Reaktion, als ich zu Pierre zurückgekehrt war, und an ihre Gewalttätigkeit am Abend des letzten Festes …

»Ich hätte Sie in dieser Nacht nicht mit ihr allein lassen dürfen, Iris. Es tut mir leid, dass sie Ihnen das angetan hat.«

Er warf einen Blick auf die Würgemale an meinem Hals, die inzwischen ins Violette spielten.

»Sie können nichts dafür, Jacques. Für mich war das nicht Marthe. Jedenfalls will ich sie nicht so in Erinnerung behalten. Haben Sie das alles Gabriel erzählt? Es würde ihn erleichtern.«

»Schon geschehen. Jetzt darf es keine Geheimnisse mehr geben … Und Sie beide dürfen keine Schuldgefühle wegen ihres Todes entwickeln.«

»Leichter gesagt als getan.«

»Ich war gestern in der Wohnung. Ich habe das ganze Telefonat mit angehört.«

»Ach …«

»Ich dachte, ich müsste ihr eine zusätzliche Dosis geben, aber sie weinte lange und beruhigte sich dann von selbst. Als sie mich nach Hause schickte, sagte sie, Jules fehle ihr. Ganz ehrlich, ich glaube, sie hat diese Entscheidung im Vollbesitz ihrer geistigen Kräfte getroffen und auch, weil sie sie beide liebte.«

»Wie hat Gabriel darauf reagiert?«

»Es hat ihn beruhigt, aber er wird noch mit einigen Dämonen zu kämpfen haben.«

Er seufzte und nahm noch einen Schluck, den er lange im Mund behielt.

»Und Sie, Iris? Wie geht es Ihnen?«

»Ich weiß es nicht. Ich kann nicht glauben, dass sie tot ist; und ich denke nur an ihn.«

»Lassen Sie Ihren Kummer zu, Sie haben sie auch geliebt. Das weiß ich.«

»Das sehen wir später«, sagte ich leise.

Jacques stürzte den restlichen Gin hinunter und stieg vom Hocker.

»Bleiben Sie nicht allein hier, kommen Sie mit und verbringen Sie den Abend mit meiner Frau und meinen Kindern.«

»Danke, Jacques, Sie sind wirklich sehr nett, aber ich

bleibe lieber hier. Ich möchte nicht, dass die Wohnung leer ist, wenn Gabriel zurückkommt.«

»Wie Sie möchten, aber rufen Sie mich jederzeit an.«

Er schrieb mir seine Nummer auf und machte sich auf den Weg zur Wohnungstür. Ich begleitete ihn. Er küsste mich auf die Wange, was mir die Sprache verschlug. Und dann ging er und ließ mich allein mit seinen jüngsten Enthüllungen.

Ich holte saubere Kleidung und meine Kosmetiktasche aus den Koffern. Beim Betreten des Badezimmers zog sich mein Herz zusammen. Ich nahm eine lange heiße Dusche, die mich allerdings nicht so entspannte, wie ich gehofft hatte. Nachdem ich angezogen war, ging ich mit schleppenden Schritten in die Küche. Ich musste etwas essen. Als ich den Inhalt des Kühlschranks sah, musste ich trotz allem lächeln: lauter Vorgekochtes der besten Caterer. Luxus auch in Trauerzeiten, dachte ich ironisch. Ich griff blind nach einem Gericht, das ich dann doch kaum zur Hälfte herunterbrachte, und verzog mich danach wieder aufs Sofa, um dort, mit dem Handy in der Hand, weiter zu warten.

»Iris, warum bist du nicht ins Bett gegangen?«, fragte mich Gabriel von der Tür aus.

Ich blinzelte. Ich war auf dem Sofa eingeschlafen. Er kam zu mir, ganz aufgelöst. Ich setzte mich auf und streichelte seine Wange, er schmiegte sie in meine Hand.

»Wie fühlst du dich?«, fragte ich.

Er richtete sich wieder auf.

»Geh schlafen.«

Er ging in die Küche und stützte sich lange auf die Kücheninsel. Dann nahm er ein Glas, schüttete einen Tropfen Orangensaft hinein und ertränkte ihn in Rum. Ich trat hinter ihn und legte ihm die Arme um die Taille.

»Besser als jedes Schlafmittel«, sagte er zu mir.

Ich küsste ihn auf den Rücken. Er trank das ganze Glas in drei Schlucken aus.

»War Jacques bei dir?«, fragte er.

»Ja.«

»Sie war verrückt … Total durchgeknallt … Wie habe ich nur so blind sein können?«

»Sie wollte dich schützen, da bin ich sicher. Was macht es für einen Unterschied? Du hast sie geliebt, wie sie war …«

Er seufzte.

»Mag sein … Nur werde ich mir mein ganzes Leben vorwerfen, sie getötet zu haben. Mit dem, was ich ihr gestern am Telefon entgegengeschleudert habe, bin ich verantwortlich für ihre Tat …«

Er verstummte und schlug mit der Hand auf die Arbeitsfläche.

»Gabriel, ich bin genauso schuldig wie du.«

Er drehte sich jäh zu mir um und nahm mein Gesicht zwischen die Hände.

»Sag das nie wieder. Sie hat dich geschlagen, sie wollte dich umbringen. Das musst du jetzt nicht auch noch aushalten …«

»Ich bin aus ihrer Wohnung zu dir geflohen, ohne eine Nachricht oder Erklärung, ohne mich um ihren Zustand zu sorgen, obwohl sie doch offensichtlich nicht sie selbst war … Doch, ich habe mich falsch verhalten.«

Er drückte mich lange an sich.

»Wir wollten doch nur zusammen sein«, sagte er mit einem Schluchzen in der Stimme.

»Ich weiß … Diese Last werden wir gemeinsam tragen. Wir werden damit leben müssen.«

»Lass mir noch die Zeit, mich um ihre Beerdigung zu kümmern, und dann hauen wir ab … Geh ins Bett, ich dusche noch und komme dann nach.«

Er ließ mich los, schenkte sich noch eine ordentliche Dosis Rum ein und leerte das Glas in einem Zug.

Eine Viertelstunde später kroch er zu mir unter die Decke. Ich fühlte mich völlig hilflos gegenüber seinem Schmerz. Gestern hatte ihm mein Körper Erleichterung verschaffen können. Ich kletterte auf ihn und küsste und streichelte ihn. Und er reagierte auf all meine Liebkosungen. Sanft und mit aller Zärtlichkeit, deren ich fähig war, schlief ich mit ihm. Danach schmiegte er sich in meine Arme und fiel in tiefen Schlaf. Ich streichelte ihm noch mindestens eine Stunde lang das Haar, bevor auch ich einschlief.

Als ich aufwachte, war ich allein im Bett. Auf dem Boden lag noch sein Hemd, ich zog es über und machte mich auf die Suche nach ihm. Er stand blicklos am Küchenfenster und trank einen Kaffee. Ich drängte mich in seine Arme.

»Ich würde dich gern um etwas bitten«, sagte er sehr leise.

»Ja?«

»Näh ein letztes Kleid für sie.«

Ich schloss mit aller Kraft die Augen, denn zum ersten

Mal in den letzten vierundzwanzig Stunden fühlte ich Tränen aufsteigen, und ich wollte mich in seiner Gegenwart nicht vom Schmerz übermannen lassen.

»Nur du kannst wirklich gut für sie entwerfen, sie war noch nie so schön wie in deinen Kreationen.«

»Ich werde es so rasch wie möglich nähen.«

»Danke … Ich muss jetzt los.«

»Wohin?«

Er löste sich aus meiner Umarmung und zog den Lederblouson an.

»Ins Leichenschauhaus.«

Mir stockte das Blut in den Adern.

»Soll ich mitkommen?«

»Nein, geh ins Atelier.«

»Wird jemand da sein, der mir aufmacht?«

Er wühlte in seiner Tasche und förderte meinen Schlüsselbund zutage.

»Den hab ich dir zurückgeholt.« Er hielt ihn mir hin. »Ich habe das Atelier auf unbestimmte Zeit geschlossen. Die Ausbildungszeit war ohnehin fast um.«

Er hob seinen Motorradhelm vom Boden auf und ging auf die Wohnungstür zu.

»Warte.«

Ich rannte zu ihm und fiel ihm um den Hals. Dann nahm ich sein Gesicht zwischen die Hände und küsste ihn.

»Ich liebe dich, Gabriel.«

Er ging ohne ein Wort.

Eine Stunde später stand ich vor der Tür des Ateliers. Meine Hände zitterten, als ich den Schlüssel ins Schloss steckte. In den Räumen, die mir noch wenige Wochen zuvor wie das Paradies vorgekommen waren, herrschte eine bedrückende, eisige Totenstille. Zu Marthes Ehren hatte ich mich so angezogen wie damals, als ich noch für sie arbeitete, und bei jedem Schritt bohrten sich meine Absätze ins Parkett. Die Vorhänge waren zugezogen. Ich ging durch die Werkstatt ins Boudoir. Ich hielt meine Tränen weiterhin zurück und flüchtete in die obere Etage. Dort wagte ich mich in ihr Büro. Die Zeit schien stehen geblieben zu sein. Als würde ich sie gleich hinter ihrem Schreibtisch sitzen sehen. Dann hätte sie gesagt: »Deine Kreationen sind perfekt, Chérie, wir beide werden Großes schaffen.« Ich hätte den Kopf gesenkt, und sie wäre zu mir gekommen, hätte mein Kinn mit dem Finger angehoben und mir fest in die Augen geblickt.

Ich setzte mich an ihren Platz, strich leicht mit der Hand über ihre Schreibunterlage und öffnete dann die erste Schublade. Ich schluchzte unterdrückt auf, sie war voll von meinen Entwürfen, vom ersten bis zum letzten. Ich brach über dem Schreibtisch zusammen und ließ meinem aufgestauten Kummer endlich freien Lauf.

Nach fast zwei Stunden ließen die Tränenfluten langsam nach. Ich wusch mir das Gesicht mit kaltem Wasser und machte mich dann an die Arbeit. In ihren Sachen fand ich meinen letzten Skizzenblock und meine Bleistifte. Ich zeichnete viele Entwürfe und verbrachte einen Großteil des Tages damit. Ich aß nicht zu Mittag. Ich folgte meinen alten Gewohnheiten, als würde sie mir jeden Schritt soufflieren. Ich hörte ihre Stimme sagen, ich solle hier am

Saum, dort an der Raffung, den Falten oder dem Dekolleté noch etwas ändern. Ihre Anwesenheit begleitete mich ins Lager. Den Stoff suchten wir zu zweit aus. Sie war da, sie beobachtete mich, wie ich Schnittmuster durchpauste und den Stoff zuschnitt. Als es dunkel wurde, beschloss ich, die Erinnerung an sie bis zum nächsten Morgen im Atelier zu lassen und zu Gabriel zu gehen in der Hoffnung, er würde zu Hause sein.

Doch er kam erst mitten in der Nacht zu mir ins Bett. Wortlos, aber leidenschaftlich liebte er mich. Dann schliefen wir ein, erschöpft vom Tag und vom intensiven Sex.

Als ich aufwachte, war Gabriel bereits fort, ich musste allein frühstücken. Im Atelier erwartete mich Marthes Geist. Ich nähte den ganzen Tag. Meine Tränen fielen auf Seidenkrepp, einen Stoff, den sie besonders geliebt hatte. Ich hatte mich für Schwarz entschieden, nicht der Trauer wegen, sondern weil diese Farbe Marthes Eleganz, ihr Mysterium und ihre dunkle Seite in meinen Augen am besten widerspiegelte. Das Rattern der Maschine war das einzige Geräusch im Raum und vielleicht sogar im ganzen Haus. Aus den unteren Etagen kam kein Laut, und in den oberen herrschte der Tod. Als ich ihr letztes Kleid fertig genäht und gebügelt hatte, ging ich ins Boudoir und hängte es in eine Kabine, wie ich es auch zu ihren Lebzeiten getan hatte. Ich ließ den Vorhang offen und setzte mich davor auf einen Puff. Ich sah es lange an. Ich stellte mir Marthe vor, wie sie in meinem Kleid aus der Kabine kam und sich stolz und aufrecht auf ihren hohen Absätzen vor den Spiegel stellte. Würde sie sagen »Perfekt, Chérie, wie immer«?

Immer noch auf meinem Puff sitzend, schickte ich Gabriel eine SMS: *»Bestellung ausgeführt.«* Er antwortete mit einem schlichten *»Danke.« »Wo bist du?«*, schrieb ich zurück. *»Im Büro. Ich komme gleich.«*

Tatsächlich fiel fünf Minuten später die Tür des Ateliers zu. Ich hob den Kopf, als ich seine Schritte auf dem Parkett hörte. Gabriel ging durch das Boudoir auf Marthes Kleid zu. Er hob die Hand, um den Stoff zu berühren, doch dann besann er sich anders. Mit gebeugtem Kopf rieb er sich die Augen, bevor er mir das Gesicht zuwandte.

»Danke. Sie wäre stolz auf dich.«

»Bestimmt? Glaubst du, es hätte ihr gefallen?«, fragte ich mit bebender Stimme.

»Ganz sicher.«

Zum ersten Mal rollten mir in seiner Gegenwart Tränen über die Wangen. Ich wischte sie sofort weg. Er kam auf mich zu und nahm meine Hände.

»Entschuldige bitte«, stotterte ich. »In den zwei Tagen hier habe ich sie ständig um mich gespürt.«

»Du hast jedes Recht zu weinen ... Du bist völlig fertig, das sieht man.«

Er richtete sich auf und zog mich an sich. Eine Hand in meinem Rücken, führte er mich aus dem Boudoir. Als wir im großen Raum des Ateliers standen, seufzte er.

»Was wird aus alldem bloß werden?«

»Weißt du denn gar nichts darüber?«

»Nicht das Geringste ... Ich wusste über alles Bescheid, nur nicht über ihre testamentarischen Verfügungen. Wir jedenfalls gehen nach ihrer Beerdigung weg, das ist doch das Beste für uns, oder?«

»Wenn du das willst, dann gehe ich mit dir, das habe ich dir ja schon gesagt.«

»Ich will nicht, dass wir hierbleiben, es würde uns das Leben vergällen, ihr Geist würde uns verfolgen. Im Büro bereite ich meinen Weggang wie geplant vor. Als Letztes bleibt mir noch, eine Beerdigung zu organisieren, die ihrer würdig ist. Es ändert zwar nichts, aber sie wird einen prachtvollen Abgang haben, so prachtvoll, wie sie immer war.«

»Ich helfe dir.«

Ich legte ihm den Kopf auf die Schulter, und er küsste mich aufs Haar.

»Gehen wir nach Hause?«

Als ich an dem Tag, an dem Gabriel die Traueranzeige erscheinen ließ, ins Atelier kam, hagelte es Bestellungen. Die ganze große Welt, die bei ihr verkehrt hatte, wollte sich auf ihrer Beerdigung von der besten Seite zeigen. Das Atelier würde seine Pforten ein letztes Mal öffnen. Ich nahm diese Herausforderung an, um ihr die Ehre zu erweisen, und vielleicht auch um das Schuldgefühl abzumildern, das mich mitten in der Nacht aufweckte, das mir den Appetit raubte und mich daran hinderte, Gabriel offen in die Augen zu sehen. Er wirkte immer niedergeschlagener, Marthe fehlte ihm, und die Reue über die letzten Worte, die er an sie gerichtet hatte, nagte an ihm. Es tat mir weh, ihn so leiden zu sehen.

Ich war fest entschlossen, mich von der Größe der Aufgabe nicht erschlagen zu lassen und alles in meiner Macht

Stehende zu tun. Gleich morgens bestellte ich meine früheren Kursgefährtinnen für den Abend ein. Philippe lehnte meine Einladung ab, sein Kummer war zu groß, zudem glaubte er, ich bräuchte ihn nicht mehr. Ich bereitete die Arbeit vor, überprüfte die Maße meiner Kundinnen, wählte die Stoffe aus, die am besten zu der Gelegenheit, aber auch zu den einzelnen Persönlichkeiten passten, und zeichnete die Schnittmuster. Ich betäubte mich mit Arbeit. Gabriel schickte Jacques zu mir, damit ich etwas aß. Als die Mädchen kamen, hatte ich alles fertig. Ich umriss kurz, was ich von ihnen erwartete, und zeigte ihnen die Modelle, die schnellstens genäht werden sollten. Ihr Lohn würde durch die Zahlungen der Kundinnen gesichert sein. Dafür verlangte ich, dass sie nicht auf die Uhr schauten und mit äußerster Sorgfalt arbeiteten. Sie waren bereit, die Herausforderung anzunehmen. Ich schickte sie nach Hause, damit sie eine letzte uneingeschränkte Nachtruhe genießen konnten, und verabschiedete sie mit einem »Ich erwarte euch morgen im Atelier«. Als ich ihnen nachsah, entdeckte ich Gabriel, der im Türrahmen lehnte. Er nickte den Mädchen zu, sein Blick jedoch war die ganze Zeit auf mich gerichtet. Als wir allein waren, ging er durch den Raum auf mich zu, legte die Hand um meinen Nacken und zog mich an sich. Sein Kuss war brutal, er tat mir weh, aber das war mir egal, er lebte, er reagierte. Dann, noch ganz atemlos, lehnte er seine Stirn an meine.

»Danke in ihrem Namen«, flüsterte er. »Du erweckst das Atelier zum Leben.«

Ich weinte einige Tränen, bevor ich antwortete.

»Ich tue es auch für mich …«

»Tut dir die Schufterei gut?«

»Ja.«

»Dann sind wir also zu zweit … Wenn alles vorüber ist, geht's uns besser.«

Seit drei Tagen war das Atelier der reinste Ameisenhaufen. Die Arbeit ging voran. Es wurde emsig zugeschnitten, genäht und anprobiert. Ich kam mir vor wie ein Dirigent, der seine schönste und vielleicht letzte Partitur dirigiert.

Mittags tauchte unerwartet Gabriel auf, eigentlich wollten wir uns erst am Abend in seiner Wohnung treffen. Ich hatte ihn morgens nicht gesehen, er war schon bei Tagesanbruch weggegangen. Sein Gesicht war von Trauer und Erschöpfung gezeichnet; die müden Züge, die Augenringe, seine fahle Haut und die Bartstoppeln machten mir immer größere Sorgen. Ich ging zu ihm und streichelte ihm die Wange, er schloss die Augen.

»Salut«, sagte er schließlich mit einem Lächeln, das nicht bis in seine Augen gelangte.

»Möchtest du dich nicht ein bisschen hinlegen?«

»Geht nicht. Ich bin hier, um dich abzuholen, ich brauche dich.«

»Wozu?«

»Der Notar hat angerufen. Er will Marthes Testament eröffnen, ich soll dabei sein. Ich habe Jacques gebeten dazuzukommen. Das Ganze gefällt mir gar nicht.«

»Gib mir zwei Minuten.«

Ich erklärte den Mädchen noch, was sie während meiner Abwesenheit machen sollten, dann ging ich mit ihm. Draußen wartete schon ein Taxi. Gabriels Beine waren in ständiger Bewegung, er konnte nicht stillsitzen, ich legte ihm beruhigend die Hand aufs Knie, er nahm sie und drückte sie fest. Während der ganzen Fahrt schwiegen wir. Er steckte mich an mit seiner Nervosität. Hielt Marthe noch weitere Überraschungen für uns bereit? Welchen Platz hatte sie Gabriel in der Erbfolge zugedacht? Ich konnte mir nicht vorstellen, dass sie ihn ganz ausgeschlossen hatte, es schien mir nur natürlich, dass auch sein Name fallen würde. Was ich jedoch fürchtete, war seine Reaktion. War er bereit, Marthes letzten Willen zu hören? In Anbetracht seines nervlichen Zustands bezweifelte ich es.

Jacques erwartete uns vor dem Notariat. Er umarmte Gabriel und küsste mich auf die Wangen. Ohne meine Hand loszulassen, meldete Gabriel uns an. Die Sekretärin bat uns, in einem Wartezimmer Platz zu nehmen. Gabriel wollte sich als Einziger nicht setzen, sondern ging unruhig auf und ab. Der Notar erschien, er wirkte überrascht über Gabriels Eskorte. Doch Gabriel blieb fest, wir sollten ihn bis ans Ende begleiten. Der Notar gab widerwillig nach und führte uns in ein großes Büro. Die Atmosphäre war feierlich und bedrückend. Ohne weitere Vorreden verkündete uns der Notar, es werde schnell gehen. Er habe Marthes Testament vor zwei Monaten selbst aufgenommen und könne bezeugen, dass sie im Vollbesitz ihrer geistigen Kräfte gewesen sei. Ich wusste, woran Gabriel und Jacques dachten, ich dachte dasselbe. Dann wandte er sich an Gabriel.

»Monsieur, Sie sind ihr Alleinerbe. Sie erhalten ihr gesamtes Eigentum, Bankkonten, Aktien, Immobilien …«

Ich hörte ihm nicht mehr zu, sondern beobachtete

Gabriel, der sehr bleich wurde. Ich spürte das in ihm aufsteigende Unwohlsein. Plötzlich sprang er auf und rannte aus dem Zimmer, ich folgte ihm. Er stürmte zur Toilette … Er erbrach nicht nur seine letzte Mahlzeit. Er erbrach seinen Schmerz, seine Schuldgefühle und seine Liebe zu Marthe. Als er wieder herauskam, wirkte er verstört. Er spritzte sich sehr viel kaltes Wasser ins Gesicht, dann stützte er sich aufs Waschbecken. Ich ließ ihn in Ruhe, ich wollte, dass er sich von selbst öffnete. Ich durfte ihn auf keinen Fall drängen.

»Es hätte nicht schlimmer kommen können«, sagte er nach einigen Minuten, seine Stimme war noch heiserer als sonst.

»Wäre es dir lieber gewesen, sie hätte dich enterbt? Dich vergessen?«

»Tja …«

»Einen Teil davon hast du verdient, deine Arbeit in all den Jahren …«

»Ist nichts im Vergleich zu dem, was ich ihr angetan habe …«

»Was wir ihr angetan haben. Und jetzt hör damit auf …«

Er schüttelte den Kopf.

»Wenn sie ein paar Tage gewartet hätte mit ihrem Selbstmord, dann hätte sie das verdammte Testament geändert …«

Ich trat zu ihm und nahm seinen Kopf zwischen die Hände.

»Das kannst du gar nicht wissen«, sagte ich. »Ich bin sicher, sie hat dich geliebt.«

»Ich will das alles nicht haben. Es ist, als würdest du von mir verlangen, auf ihrem Grab zu tanzen.«

»Du brauchst Abstand. Aber erst einmal müssen wir zu den anderen zurück.«

Ich nahm seine Hand, und wir kehrten in das Büro des Notars zurück. Gabriel murmelte eine Entschuldigung. Ich begegnete Jacques' besorgtem Blick, er erstarrte, als er hörte, wie Gabriel den Notar bat, ihm zu erklären, was man rechtlich zu beachten habe, wenn man ein Erbe ausschlage. Auch der Notar stutzte, nahm aber rasch wieder seine strenge Haltung des Rechtsgelehrten ein. Er forderte Gabriel auf, sich die unumkehrbaren Folgen eines solchen Schrittes zu überlegen, und erklärte ihm, er habe noch genug Zeit nachzudenken, ob er das Erbe annehmen oder ablehnen wolle. Jacques legte Gabriel die Hand auf die Schulter und drückte sie. Gabriel seufzte tief und versprach widerwillig, sich noch etwas Zeit zum Überlegen zu nehmen.

Als wir die Kanzlei verlassen hatten, bat Jacques ihn, keine überstürzten Entscheidungen zu treffen.

»Gabriel, mein Junge, Sie dürfen nicht komplett wegwerfen, was Ihr Leben ausmacht.«

»Iris ist jetzt mein Leben! Und Sie wissen sehr gut, dass ich das nicht verdient habe. Ganz davon zu schweigen, dass Marthe verrückt war und dass sie mich, hätte sie genug Zeit zum Überlegen gehabt, aus ihrem Testament gestrichen hätte.«

»Nein, ich bin vom Gegenteil überzeugt, sie hat Sie geliebt wie einen Sohn.«

»Jacques, tun Sie nicht so unwissend, wo Sie doch alles wissen! Sie sind loyal gegenüber ihrem Andenken, das respektiere ich, es tut mir übrigens sehr leid, dass Sie nichts bekommen haben … Aber wenn ich bleibe und alles behalte, werde ich mich nie von ihrem Einfluss befreien, das halte ich nicht mehr aus, es macht mich fertig … Schluss der Debatte, fahren wir nach Hause, wir haben zu tun.«

Er umarmte mich und rief ein Taxi.

Die letzten Tage vor Marthes Beisetzung verbrachte ich mit der Fertigstellung der Kleider. Alle Bestellungen wurden ausgeführt. Und Gabriel schuftete ebenfalls wie verrückt. Sein berufliches Ethos schien sich verdoppelt zu haben. Und deshalb machte ich mir noch mehr Sorgen um ihn. Was würde aus ihm werden, wenn er sich nicht davon abbringen ließ, alles zu verschleudern? Ihm war nicht bewusst, wer er war.

An diesem Abend, dem Abend vor der Beerdigung, war ich, sicher zum letzten Mal, allein im Atelier. Ich hatte mich von den Mädchen verabschiedet und ihnen für ihre Arbeit gedankt. Als die Eingangstür zufiel, war ich auf Gabriel gefasst. Doch Jacques war es, der in den großen Raum trat.

»Welche Überraschung«, sagte ich zu ihm.

»Iris, wie geht es Ihnen?«

»Ich möchte nur, dass alles schnell vorbei ist, vor allem wegen Gabriel.«

»Ich war gerade mit ihm zusammen, er ist in Marthes Wohnung, ich musste ihm etwas übergeben. Setzen Sie sich doch …«

Er führte mich zu einem Stuhl und setzte sich mir gegenüber. Er erklärte mir, dass er zwei Tage zuvor mitten in seiner anderen Post einen Brief von Marthe gefunden hatte, den sie am Tag ihres Todes abgeschickt hatte. Zu seiner freudigen Überraschung enthielt er die Überschreibung der Wohnung, die sie ihm bisher zur Verfügung gestellt hatte. Doch der arme Jacques fand sich auch mit einer Aufgabe betraut: der eines Boten aus dem Totenreich, sollte Gabriel die Erbschaft ausschlagen wollen. Marthes Kontrollzwang und ihre Intelligenz waren intakt geblieben. Ich begann zu denken, dass sie all ihre Entscheidungen, trotz ihres Wahnsinns, wirklich im Vollbesitz ihrer geistigen Kräfte getroffen hatte. Sie hatte Gabriels Reaktionen vorhergesehen, nicht nur wegen ihres letzten Gesprächs, sondern auch weil sie ihn besser kannte als sonst jemand.

»Sie sollten jetzt zu ihm hinaufgehen«, sagte er.

»Ich gehe sofort.«

Ich machte die Runde im Atelier, knipste alle Lichter aus und folgte Jacques auf den Treppenabsatz.

»Sehen wir uns morgen?«, fragte ich ihn.

»Natürlich, ich will mich von ihr verabschieden.«

»Danke für alles, danke, dass Sie sich um ihn kümmern.«

»Keine Ursache.«

Er wedelte ein unsichtbares Staubfädchen vor seinem Auge weg und ging hinunter. Ich ging hinauf.

Zum ersten Mal seit dem Tag ihres Todes betrat ich Marthes Wohnung. Ich spürte ihre Anwesenheit, als wäre sie noch die Bewohnerin. Sie war immer noch Herrin im eigenen Haus. Gabriel wusste, dass ich kam: meine Absätze auf dem Parkett. Schon wieder. Ich lehnte mich an den Rahmen der Tür zum großen Salon und sah ihn an.

Mit gelockerter Krawatte und offenem Hemdkragen saß er, wo Marthe zuletzt gesessen hatte. Den Kopf gegen die Rückenlehne des Sofas gestützt, starrte er auf das Glas und die Zigarettenspitze, die immer noch an ihrem Platz waren. Er selbst hielt ein Glas in der Hand, das, so vermutete ich, Rum und einen Tropfen Orangensaft enthielt. In der anderen Hand hielt er einen Brief, Marthes Brief. Nach einigen Minuten drehte er den Kopf in meine Richtung und deutete ein Lächeln an.

»Super-Jacques als rettender Held?«

»Ja.«

»Ich beginne zu begreifen, warum Marthe nicht ohne ihn auskommen konnte.«

Ich setzte mich neben ihn aufs Sofa und streichelte sein Gesicht.

»Sie wird mich nie in Frieden lassen und dich übrigens auch nicht«, sagte er. »Hier, lies.«

»Soll ich wirklich?«

»Wir haben keine Geheimnisse voreinander.«

Ich nahm den Brief, den er mir hinhielt. Meine Hände zitterten, ich holte tief Luft, bevor ich mich an diese Lektüre machte, die, das spürte ich, über unsere Zukunft entscheiden würde. Ich erkannte ihre elegante Handschrift.

Gabriel, Chéri,

in meinem Leben habe ich drei Menschen geliebt, Jules, dich und Iris. Jules gehörte mir, du hast mir gehört, und ein Teil von dir wird mir immer gehören, doch Iris hat immer nur dir gehört. Für sie war ich nur eine Ersatzmutter. Das ist schmerzhaft, aber ich habe die Genugtuung, sie nach meinem Bild geformt und sie geliebt zu haben. Sie schenkt sich dir. Ich gratuliere dir zu diesem Sieg, Chéri. Liebe sie für mich mit.

Dennoch: Wenn du diesen Brief liest, bedeutet es, dass du mir nicht gehorchst, und das dulde ich nicht. Töte mich nicht zum zweiten Mal, brich mich nicht im Tode. Nimm, was dir zusteht, verfolge meinen Traum weiter, nimm die Herausforderung und das Reich an, das Jules geschaffen und dir seit dem Tag, als er dich zum ersten Mal sah, zugedacht hat. Übernimm deine Verantwortung. Lauf nicht weg. Ich hätte mir keinen schöneren Tod erträumen können. Verdirb nicht alles. Du würdest es bitter bereuen, du würdest Iris verlieren, du würdest sie zerstören und dich mit. Ihr seid und bleibt mein Werk. Ich habe aus euch gemacht, was ich wollte. Ihr seid bereit. Zermalme jeden, der sich euch in den Weg stellt. Setz unsere Iris an die Spitze des Ateliers, schenk es ihr, wie Jules es mir schenkte.

Seid stolz bei meiner Beerdigung. Wie es unserer Liebe und unserer Beziehung entspricht. Seht sie alle herausfordernd an. Zeigt ihnen, dass ihr mächtig seid, dass sich nichts ändert.

Du wirst mir gehorchen, Chéri, wie du es immer getan hast. Du liebst mich wie ich dich.

Marthe

In diesem von meinen Tränen verwischten und vor Wahrheit strotzenden Brief steckte die ganze Marthe. Sie behielt die Kontrolle, sie wusste oder glaubte zu wissen, was gut für uns war. Aber hatte Marthe nicht immer recht gehabt? Ich brauchte Gabriel nicht anzuschauen, so greifbar waren für mich seine Nervosität und seine ängstliche Gespanntheit, wie ich reagieren und was aus unserem Plan eines völligen Neuanfangs werden würde. Er überließ die Entscheidung mir. Ich schloss sekundenlang die Augen, eine Flut von Erinnerungen zog an mir vorbei. Wir würden immer unter ihrem Einfluss bleiben, es war sinnlos, dagegen ankämpfen zu wollen. Ein Gefühl des Friedens überkam mich. Ich lächelte leise und sah ihn an.

»Wir bleiben.«

»Ich will dich zu nichts zwingen.«

»Gehen wir heim, wir brauchen Schlaf. Morgen müssen wir unsere Rolle spielen.«

Ich stand auf und hielt ihm die Hand hin. Er nahm sie und stand ebenfalls auf. Er knipste die Lampe auf Marthes Tischchen aus und dann alle Lichter in der Wohnung. Eng aneinandergeschmiegt verließen wir das Haus.

Am nächsten Morgen nahm ich das Modell aus dem Schrank, mit dem alles angefangen hatte. Ich zog die Hose an, sie passte noch. Ich brauchte mich jedoch nicht zu verdrehen, um die Weste zu schließen. Gabriel tauchte hinter mir auf, in Hose und noch offenem Hemd.

»All die Erinnerungen«, sagte er und fing meinen Blick im Spiegel ein.

»Er passt zur Gelegenheit. Findest du nicht?«

»Absolut.«

Ich sah zu, wie er das Häkchen schloss und das untere Rückenteil zuknöpfte. Er küsste mich auf die Schulter und ging wieder, um sich fertig anzuziehen. Als ich fünf Minuten danach zu ihm ins Schlafzimmer kam, kämpfte er mit seiner Krawatte. Das passierte ihm vermutlich zum ersten Mal.

»Ich helfe dir.«

Ich band ihm ganz selbstverständlich die Krawatte. Dann klappte ich den Hemdkragen nach unten und strich ein imaginäres Fältchen glatt. Gefühle stiegen in mir auf. Meine Gefühle für ihn. Mein beruflicher Erfolg. Der Verlust Marthes. Die öffentliche Bekanntmachung der Beziehung zwischen Gabriel und mir auf Marthes Beerdigung – wie eine düstere Hochzeit.

»Wir schaffen es«, sagte mir Gabriel ins Ohr.

»Das bezweifle ich nicht.«

Eine Stunde später setzte uns ein Taxi vor dem Krematorium des Friedhofs Père-Lachaise ab. Während der ganzen Fahrt hatten wir uns an der Hand gehalten. Wir stießen völlig synchron einen tiefen Seufzer aus und mussten danach einen nervösen Lachanfall unterdrücken.

»Bereit?«

»Ja.«

Ich stieg aus, Gabriel kam zu mir und legte mir die Hand in den Rücken, um mich zu führen. Wir wurden vom Zeremonienmeister empfangen; er hatte nur noch auf uns gewartet. Gabriels Mundwinkel zuckten. Er hatte als Letzter kommen wollen; Marthe hätte dieser Auftritt gefallen. Wir gingen durch einen langen Gang, und ich hörte Miles Davis' Trompete aus *Fahrstuhl zum Schafott*. In meiner Kehle bildete sich ein Kloß, meine Hände wurden feucht. Der Mann verließ uns an der Schwelle zu dem Raum, in dem Marthe lag. Er war voll bis zum letzten Platz. Der Sarg aus dunklem Holz stand am Ende des Mittelgangs, auf dem Deckel lag eine blutrote Rose. Daneben war eine Vergrößerung ihres letzten Fotos als Mannequin aufgestellt. Sie erschlug uns alle mit ihrem hochmütigen Blick und der skulpturenhaften Schönheit. Meine Beobachtungen wurden von einem plötzlich anschwellenden Gemurmel unterbrochen. Alle Blicke waren auf uns gerichtet. Gabriels Atmung beschleunigte sich kaum merklich. Ich erkannte vertraute Gesichter: die Mädchen, Philippe. Und Jacques, der uns herzlich zulächelte. Er stand ganz hinten, dabei hätte er einen Platz in der ersten Reihe verdient, er, der immer über sie gewacht hatte. Jacques, der diskrete Butler bis ans Ende. Für einige Augenblicke schienen alle Anwesenden Marthe vergessen zu haben. Ich erkannte die Speichellecker aus ihrem Umfeld, ihr Gesichtsausdruck war sehr leicht zu lesen; sie fragten sich, ob wir ihr Werk fortsetzen würden. Ich straffte mich und nahm eine leicht kämpferische Haltung ein, als ich einige von Gabriels ehemaligen Geliebten entdeckte. Ich musste ihnen so oder so deutlich machen, dass er sie nicht brauchte. Ich war da. Gabriel drückte mich enger an sich und küsste mich aufs Haar. Ich sah zu ihm auf, und er schaute mir tief in die Augen; ich hatte nichts zu befürchten. Dann setzte er wieder die beherrschte Maske auf, ich atmete durch und tat es ihm nach. Wir waren Marthes Erben.

»Möge das Schauspiel beginnen«, flüsterte er.

MEIN DANK GILT

dem Verlag Michel Lafon – Ihr Vertrauen und Ihr Respekt tragen meine schriftstellerische Arbeit. Welch schönes und außergewöhnliches Abenteuer wir doch gemeinsam erleben! Die Bereitschaft vieler, mir zu helfen und zuzuhören, ist mehr als wertvoll für mich.

allen Lesern der *Glücklichen Menschen* – Ihre Unterstützung, Ihre Ermutigung, Ihre Zuschriften bewegen mich und erfüllen mich mit Freude.

Anita Halary, unser Gespräch über Ihren Beruf hat zu Iris' Leidenschaft beigetragen.

allen Frauen meiner Familie, die an einer Nähmaschine gesessen haben – das Rattern einer Singer gehört zu den Geräuschen meiner Kindheit.